Anne Philippi • Giraffen

Anne Philippi

Giraffen

Roman

KEIN & ABER
POCKET

Satz: omnisatz GmbH, Berlin
Druck und Bindung: CPI – Ebner & Spiegel, Ulm
ISBN 978-3-0369-5963-4
Auch als eBook erhältlich

www.keinundaber.ch

»Most of us are living our metaphors.«
Robert Downey Jr. im *Esquire UK*

I

Eine Stunde unter der Dusche. Ich lehne an der Kachelwand, die Augen sind zu. Ich knie mich hin, drücke auf den Kaltknopf, umschließe die Knie. Der Strahl trifft mein Genick, ein ekliges Gefühl, schockartiges Aufwachen. Ein alter Trick, der angeblich aus dem Militär stammen soll. Ich bin ein Soldat, ich habe Disziplin, ich mache weiter. Ich erforsche alles. Bis es nicht mehr geht.

An meinem rechten Oberschenkel sehe ich einen fetten blauen Fleck. Bin ich heute Nacht hingeflogen? Der Fleck war gestern nicht da. Er gefällt mir nicht. Er starrt mich an. Er ist im Inneren gelb und hat einen dunkelblauen Rahmen. Ich kümmere mich jetzt nicht um den Fleck. Er kann bleiben. Ich schmiere Make-up über die Wangen, sie sind zu weiß. So will ich doch nicht aus dem Haus, die Katerhaut soll niemand sehen. Zu viel Rouge auf den Wangen. Ich sehe aus wie ein Clown. Für Durchblutung habe ich keine Zeit. Immer weniger. Ich liege, ich stehe auf, ich liege. Ist mir gar nicht mehr aufgefallen. Henry liegt auf dem Bett. Die Augen geschlossen. Er trägt das Hemd von gestern. Ich glaube, er hat keine Kraft, ein neues zu finden. Sein Talent ist es, selbst jetzt gut auszusehen. Nur wenn ich ganz nahe komme, sehe ich den Film auf seiner Haut. Ich will sie nicht küssen. Aus Henrys Haut kriecht die letzte Nacht. Wie komm ich überhaupt dazu? Meine Haut sieht genauso schlimm aus. Nur weil ich das Mädchen bin, sehe ich nicht weniger schrecklich aus. Wir haben es gut, keiner muss dem anderen vorwerfen, zu krass auszusehen.

»Bist du fertig? Ich muss noch Zigaretten kaufen.«

»Ja.«

Ich nehme den Parka von der Garderobe, Henry schließt hinter mir die Tür ab. Wir reden nicht. Was gibt es zu sagen? Wir liegen gerade nicht auf einer Wellenlänge, Henry erinnert sich nicht an letzte Nacht, ich könnte alles aufzählen. Henry glaubt mir grundsätzlich nicht die Dinge, die ich ihm von den Nächten erzähle. Wir haben eine Weile versucht, die letzten Stunden der Nächte davor zu rekapitulieren. Wir lassen es. Es ist besser, wir würden uns irgendwann abstechen, wenn wir weitermachen. Wir sind die, die im Auto nach Rauch stinkend und mit müden Hundeaugen schweigend zur nächsten Party fahren. Das geht irgendwie immer. Das ist doch was.

Ab in den gemütlichen Westen von Berlin. Goldene Türklinken. Rahmengenähte Schuhe, keine Neonfarben. Der Westen ist ein guter Ort, wenn man verkatert ist, er beruhigt dich. So viele Ärzte, Zahnärzte, Gynäkologen, alle haben diese schönen Schilder. Hier ist Berlin in Ordnung. Hier schreit es dich nicht an, was du tun sollst. Wohl fühle ich mich hier nicht. Fünfter Stock. Jemand öffnet die Tür, Gesprächsfetzen, Rotweinflaschen im Flur, tatsächlich Kerzenwärme. Die Räume sind so anders im Westen. Sie sind luxuriöser, teurer. Ich hätte ein Kleid anziehen können, ich hätte mein Haar waschen können. Das hätte sicher niemanden gestört. Ich verliere langsam die Übersicht, wann es schick sein muss. Wann es egal ist, schick zu sein. Ich steige seit Monaten in dieselbe

Jeans. Ich habe doch die ganzen teuren Fetzen im Schrank. Sie verlangen von mir Beschäftigung, Aufmerksamkeit. Ich sollte doch stolz sein, das alles zu besitzen. Doch die Liebe für mich ist größer, wenn meine Haut nicht strahlt. Daran halte ich mich und schminke mich nicht mehr.

Wir gehen jetzt rein. Henry lässt meine Hand los und geht schneller. Er wartet nicht auf mich. Ich lasse ihm das Vergnügen, als Erster den Raum zu betreten. Ich finde das nicht so schön, aber er braucht das für sein Selbstbewusstsein.

Ein paar Hände greifen seinen Arm. Marianne. Das war klar. Die Gastgeberin. Sie mag mich nicht, nur Henry. Sie ist eine von diesen Gesellschaftsfrauen, sie war mal attraktiv, nehme ich an, sie kann trinken wie zehn Russen und hat Einfluss in der Stadt. Meine Kurzanalyse, trotzdem kann ich sie nicht leiden.

»Schick, schick«, sagt Marianne und schaut mich von der Seite an. Ich lasse eine Umarmung sein, es wäre gelogen zwischen uns. Konversation mach ich später. Irgendwas wird mir schon einfallen. Mir ist nicht nach Gespräch, der Kater sitzt noch zu fest, der Körper sagt, leg dich hin, ruh dich aus, trinke Wasser, schaue den *Tatort*. Darauf gehe ich nicht ein. Ich weiß, wir mussten hier auftauchen, ich reiße mich für Henry zusammen. Das bin ich ihm schuldig.

Ich nehme mal ein Glas Weißwein vom Tablett. Ein Katerdämpfer, hinsetzen kann ich mich nicht. Dann schlaf ich ein. Ich laufe mal Richtung Küche, Henry hat sich mit ein paar Bankern in einer Diskussion über Golf festgebissen. Er kennt sich da bestens aus, weil er reich ist – und schlau. Ein echtes britisches »Trust Fund Baby«, ein Glücksgriff. Mal sehen, wer sonst noch da ist. Mal sehen, mit wem ich ein Katergespräch führen könnte. Eines über ein wenig unsinnige Dinge, über Anekdoten, über Supermarktverkäufer, die einen schlecht behandeln, über den Drink, den mir neulich X bei Y ausgegeben hat. Damit lässt sich eine halbe Stunde totschlagen. Mein Kopf hat sich an diese Art der Gespräche gewöhnt. Mein Gehirn muss nicht arbeiten. Es lässt sich von meinem Körper aushalten.

Blick in die Küche. Mariannes Küche ist berühmt. Sie ist großzügig, schön gemacht. Sie gehört in Magazine. Ich kenn die meisten in dieser Küche. Ich kenne die Geschichten der meisten, sie kennen meine Geschichte. Wir sind ein kleiner, luftdichter Kosmos. Nichts kommt hinein, nichts tritt hinaus, und süchtig sind wir alle. Wir sind nicht die Süchtigen aus der Fernsehserie, die verloren durch die Straßen wanken, bald von der Polizei aufgegriffen werden. Wir sind elegant süchtig, wir versuchen, gut auszusehen, wir kotzen nicht vor die Tür. Nur in ein Klo von Villeroy & Boch. Wir tun so, als hätten wir alles in der Hand. Wir können morgens aufstehen, alles scheint in Ordnung. Wir lügen uns an, seit Jahren, seit Jahrzehnten. Unsere Leber weiß nicht, wie ein Tag ohne Arbeit aussieht, unser Herz hat keinen Schimmer, was es ohne Substanzen den ganzen Tag machen soll. Es schlägt weder für uns noch für andere. Ich stehe nicht draußen, ich gehöre hierher, zu den Süchtigen. Ob mir das gefällt oder nicht.

Dahinten steht Fritz. Es ist gut für mich, mit Fritz zu sprechen. Er ist schlimmer dran als ich. Das kann ich mir sagen. Es gibt jemanden, der näher an einem Abgrund steht. Mein Abgrund ist lächerlich dagegen. Er ist nicht so tief, ich kann mit dem

Zeh den Boden berühren. Zumindest sieht es von oben so aus. Fritz. Er ist schwer um die Hüften. Dramatisch ist Fritz auch. Er sagt, er will sich umbringen, bevor er Pleite macht. Er wird nicht Pleite machen, er besitzt Häuser in Frankreich und Italien. Es wird noch dauern, bis sich Fritz umbringt. Wenn Fritz nicht von Selbstmord spricht, dann von einer Partygeschichte. Seine Lieblingsgeschichte: Fritz fährt mit einer Prostituierten im Fahrstuhl nach oben und nimmt eine Ecstasy-Tablette. Noch bevor er oben ankommt, hat Fritz einen Herzinfarkt, einen Ecstasy-Herzinfarkt. Die Prostituierte läuft weg, und Fritz muss bei seiner uralten Nachbarin klingeln und ihr sagen, er hat einen Herzinfarkt auf Ecstasy. Die Geschichte ist alt. Alles bleibt alt. Das Saufen, das Koksen, die Gespräche, nur die Gesichter zerfallen. Das Ganze ist eine einzige Wiederholungslaberei, die ich genauso gerne praktiziere wie jeder andere um mich herum.

Nächster Weißwein vom Tablett. Geplant war ein Glas. Ich bin jetzt bei drei. Wein ist ja nicht so schädlich wie anderes Zeug. Jeder hier trägt ein Weinglas, warum soll ich die Ausnahme sein? Über meinem Kopf sitzt wieder die Wolke. Sie macht mich blind, sie weicht mich auf. Ich kann nicht sehen. Wie oft wollte ich die Wolke wegtreten, wegschicken, wegdrücken. Ich will zu Henry gehen und einen Befehl aussprechen. Er soll mit dem Saufen aufhören. Ich bin dabei, ich mach mit. Wie viel Zeit bleibt uns dann noch? Wenn der eine dabei ist, muss der andere mit. Wir wissen das. Wir sprechen es nicht aus.

Ich habe oft die Fantasie einer vollkommenen Reinigung, einer Abschrubbung unserer Beziehung. Ich träume davon, wie ich sie mit einer Spülbürste abwasche, am Dreck herumkratze, ein Messer nehme für die Stellen, an denen ich nicht weiterkomme. Ich will mich frei stechen. Ich hätte nicht einmal was gegen eine Anklage vor Gericht. Hauptsache, ich könnte atmen.

In den Sonntagnächten ist es in der letzten Zeit am schlimmsten. Da kann Henry nicht aufhören mit dem Feiern, da tanzen die Dämonen der letzten Tage um seinen Kopf, und ich schau dabei zu. Eines Sonntagabends stand Henry auf einem Balkon, angelehnt an die schwache Brüstung, die nicht mehr so heil war. Ich zog ihn weg, aber er wehrte sich. Henry trug einen Marlon-Brando-Kamelhaarmantel. Feines Material, zu große Passform. Ich hatte ihn selten so schön gefunden. Ich hatte selten so große Angst vor ihm. Sein Gesicht schien gleich in ein paar Stücke zu zerfallen. Wie ein kubistisches Gemälde. Oder bei Francis Bacon. Er schwächelte, seine Hand hielt die Zigarette mit Ach und Krach. Sein Anblick war jämmerlich, es tat weh, ihn länger als drei Minuten anzuschauen. Henry sagte, er würde bald sterben, wenn ich nicht neben ihm stehen würde. Und wenn es mich nicht geben würde, hätte er die Sache letzte Woche hinter sich gebracht. Wir würden alle bald sterben, davon sollte ich ausgehen. Ich stand blöd herum, ich verspürte keine Dramatik, keine Romantik, ich hatte keine Lust zu sagen »O Gott, bitte stirb nicht. Ich liebe dich« oder so. Es war, als hätte er ein Gerichtsurteil über mich verhängt. Plötzlich ging es um Schuld und Gehorsam, um Erpressung mit dem Tod. So hatten wir nicht gewettet. Nächte, frühe Morgenstunden, in denen über das Sterben gesprochen wird, waren nicht mein Fall. Je mehr Verzweiflung Henry offenbarte, desto kälter wurde ich. Desto mehr verachtete ich den betrunkenen Mann im Bett.

Nicht mal ein Fünkchen Mitleid war übrig. Nicht mal

ein Kuss war drin. Nur Ekel vor dem Film auf Henrys Alkoholikerhaut. Ich liebte Henry nach exakt einer Flasche Wein. Nicht mehr und nicht weniger. Dann saß sein Hemd noch richtig, dann umgarnte er mich, verehrte mich, sagte mir schöne Dinge, aufregende Dinge, lobte unseren Sex und schwor, für immer bei mir zu bleiben. Nach eineinhalb Flaschen Wein war die Sache gelaufen. Alles kippte um. Ich war nur noch eine dumme Fotze. Nach zwei Flaschen Wein hörte ich auf zu existieren.

Lärm aus dem Wohnzimmer. Ich höre Henrys Stimme, hochgepitcht. Es ist seine Uhrzeit, er wacht auf. Gegen elf, keine Hoffnung darauf, dass wir gleich nach Hause gehen.

Um Henry hat sich eine Gruppe versammelt. Es gibt was zu sehen. Zum Beispiel das Mädchen, oder soll ich die Frau sagen? Ich habe Angst vor ihr. Nicht die übliche Angst, ich kann einfach nicht mit ihr sprechen, ohne gleich eine Beleidigung einzufahren. Cara ist eine Legende. Harte Nachtlebenvergangenheit, schlimme Geschichten, Ausraster, ich fühle mich wie ein Waisenkind in ihrer Gegenwart. Ich bin nicht so schön wie sie, ich bin nicht so hart im Nehmen. Cara. Allein der Name ist ja schon was. Caras Haut schimmert, sie hat unfassbare Beine, ich kann mit ihrem Körper nicht mithalten. Sie ist vollkommen blau, ich kenne das nicht anders von ihr. Cara beeindruckt mich, sie schafft es, dass alle sie anglotzen. Der Kreis von Besoffenen kann den Blick nicht von Cara lassen. Sie hat sich rittlings auf Henrys Schoß gesetzt und reitet auf und ab. Henry liebt das. Es amüsiert ihn, er lacht sich kaputt, das ist seine Art von Spaß.

Ich gehe weg, Caras Freundin wird auftauchen. Gleich, sie wird ihr Bescheid sagen, was sie von der Sache hält. Ich kann sie nicht sehen, dieses blöde Arschloch. Warum reißt sie ihre besoffene Alte nicht runter? Cara groovt sich jetzt ein. Sie reißt ihr Becken hoch und lässt es direkt auf Henrys Schwanz plumpsen. Meine Leber reagiert jetzt. Wow, ich fühle mit der Leber. Ich gehe davon aus, dass sie es ist, denn ich habe diese krassen Ausraster bisher nur bei Henry gesehen. Ich habe in den letzten Monaten scheinbar genug gesoffen, um jetzt so zu ticken. Mein System beginnt einfach, Henry zu imitieren. Ich brauche nur drei Schritte, um neben Cara zu stehen, ich habe nicht mal Lust, etwas zu sagen. Worte wie »Aufhören« oder »Komm runter«. Das versteht die nicht, sie hört nicht mehr hin. Die Schlampe ist stark, ich brauche Kraft, ich muss danach eventuell heulen.

Ich greife jetzt Caras Oberarm, so fest es geht, als ob ich mit der Hand eine rohe Kartoffel zerdrücken würde. Mir reicht das nicht, und ich kralle drei bis vier Fingernägel in ihre Haut, damit die Schlampe etwas merkt. Ich reiße das Biest von Henrys Schoß runter, Cara verliert ihr Gleichgewicht. Ihr Kopf saust zu Boden. Kleiner Aufschrei im Publikum. Ich stehe in der Mitte, ich schaue Henry an, er steht auf, klopft seine Hosen ab. Das hättest du nicht gedacht, richtig? Du hast gedacht, deine lahme Freundin flennt in der Ecke. Ich bin ganz happy über meine Verrohung. Sie bringt mich weiter.

Cara hat nicht genug. Sie steht auf, sie fährt beide Arme aus und wirft den Tisch mit einem Schlag um. Flaschen zerspringen, sie keift irgendetwas, ich kann sie nicht verstehen. Die Schaulustigen verziehen sich. »Hennenkampf beendet«, flüstert ein Schwuler hinter mir.

»Das ist so peinlich«, flüstert Henry in mein Ohr. Ich weiß nicht genau, was er meint. Caras Aktion, ihre Herumreiterei, die Tatsache, dass alle zugesehen haben.

»Nein, ich mein dich. Du bist peinlich. Die Frau hat dir nichts getan. Die ist bloß wirr und besoffen.«

Ich brauche mich nicht zu verabschieden. Niemand hat Lust, mit mir zu sprechen, ich habe irgendein Gesetz gebrochen.

Irgendein merkwürdiges Gesetz, das eine Gruppe von Merkwürdigen aufgestellt hat. Jeder soll schweigen, jeder soll die Klappe halten, nicht aussprechen, wenn jemand aus dem Kreis der Süchtigen, der funktionierenden Alkoholiker, etwas anzumerken hat. Zum Beispiel, dass ihm etwas nicht passt. Ich sollte mich nicht beschweren, ich sollte einfach wegsehen, wenn eine Frau auf dem Schwanz meines Freundes herumreitet. Das wird doch hier von mir verlangt. Ich bekomme diese Art Gehorsam trotz Mitgliedschaft in dieser Gang nicht hin. Ich würde es wahrscheinlich ohne Alkohol schaffen, mich selbst zu kontrollieren. Doch die Zeiten sind vorbei, ich halte seit Monaten ein bestimmtes Level. Mir rutschen immer mehr Hände aus. Mir fallen Worte aus dem Mund, die ich nicht leiden kann. Ich überschreite irgendwas, ständig. Ich weiß noch nicht, was es ist.

Im Auto spricht Henry kein Wort. Das ist nicht nötig. Ich kenne die Vorwürfe. Was sollen seine Freunde von ihm denken? Wieso muss ich mich so benehmen? Warum bin ich bloß so eine eifersüchtige Kuh? Das kann ich von allen Vorwürfen immer noch am schnellsten beantworten. In den letzten Monaten habe ich bemerkt, dass mein Wodkakonsum und meine Eifersuchtsreaktionen in direktem Zusammenhang stehen. Ich werde den Wodka deshalb nicht aufgeben. Ich liebe seinen Geschmack zu sehr, ich bin ein Fan von dem öligen Gefühl, wenn er mir die Kehle hinunterläuft. Kaum ist der Wodka in meinem Magen angekommen, setzt er Kräfte frei, die ich nicht kenne. Er bewegt sich vom Magen in meine Venen, sie fangen an zu jucken, und ich muss Dinge tun, die ich besser nicht tun sollte. Henry interessiert diese Erklärung nicht mehr. Er versteht nicht, er will nicht verstehen, er will weitertrinken. Empfindungen aus einer Präpartyzeit existieren nicht mehr für ihn.

»Warum bist du so?« Henry streift seine Schuhe ab und legt sich aufs Bett. Er starrt an die Wand und raucht eine. Ich existiere jetzt gar nicht für ihn. Er will nicht wissen, was los ist. Ich versuche es mit einer Art Wahrheit.

»Ich hatte keine Lust, die Tante auf deinem Schoß anzuschauen.«

»O Gott.« Henry schaut zu mir, als wäre ich behindert. Er hat diesen miesen Blick, mit dem kann ich nicht umgehen.

»Wenn du mir nicht vertrauen kannst, dann geht das nicht zwischen uns.« Henry dreht sich wieder zur Wand. Weiterrauchend. Die Sache mit dem Vertrauen macht mich irre. Ich vertraue einfach niemandem. Nicht mir, nicht Henry. Lustig, das war von Anfang an so. Süchtige, egal welcher Art, vertrauen sich nicht. Das weiß doch jedes Kind aus Berlin-Mitte. Vertrauen, was soll das überhaupt sein. Ich kenne es nicht, und offen gestanden genieße ich die Vorwürfe eines kaputten Playboys, der neben mir seine hundertzwanzigste Zigarette für heute anzündet. Darüber sollte ich mir Gedanken machen, das ist doch nicht normal. Versöhnung wird in einer

Stunde stattfinden. Ohne Sex. Dann schlafen wir ein, weil wir nach einer Woche Ausgehen echt nicht mehr können. Der Erschöpfungsmoment ist für mich so einfach zu erkennen wie rotes Licht an der Ampel. Es ist der Moment, wenn Henry Galle kotzt und ich auf meinen rechten Oberschenkel schlagen muss, damit die Durchblutung wieder in Schwung kommt.

Montagmorgen. Henry bringt Kaffee ans Bett. Gestern ist vergessen. Wir waren betrunken, wir waren nicht richtig da. Ist es nicht so? Bei Paaren? Die Streitigkeiten über Eifersucht, über die andere Frau, den anderen Mann. Gestern ist natürlich nicht vergessen. Es wird in uns schmoren, es wird in uns braten, wie ein Stück Fleisch, das lange im Ofen bleiben muss. Daran denken wir nicht. Nicht jetzt. Ich lege meinen Kopf auf Henrys Oberschenkel, ich könnte mit meinen Lippen fast seinen Schwanz berühren, aber mir ist jetzt nicht danach. Es ist doch erst zehn Uhr morgens. Die Woche geht erst los. Für einige auf einem Schreibtischstuhl mit Plastiksitz. Nicht für uns. Wir haben andere Sorgen. Ich brauche ein Kleid für die Party übermorgen. Das ist eine Aufgabe. Henry sagt, er hat Lust auf eine Shoppingtour. Wir könnten Mittag essen, was Deftiges gegen den Kater, und dann shoppen. Der Kater ist ja nie ganz vorbei. Er bleibt bei uns. So lange wie ein Hausgast oder wie ein Parasit. Wir machen uns fertig für unseren Versöhnungsausflug. Blick in den Spiegel. Ich halte mich gut. Ich sehe immer noch ganz jung aus. Ich bin doch nicht alt und fertig. In unserer Zeit, in unserer Welt hier zwischen Torstraße und Alexanderplatz bin ich jung. Knackjung.

Henry küsst mich auf den Mund. »Bunny, let's go!« Wir haben es doch gut. Wir haben es besser als so viele andere. Ehrlich. Was kann in Wahrheit passieren? Ich finde mein Leben jetzt um 12.34 Uhr sehr geil. Wie sieht es aus mit KaDeWe? Bestens. Von Mitte aus Richtung Ku'damm, vorbei am alten Museumsgebäude, vorbei an diesen Bauten, die ich nicht verstehen kann. Berlin ist mir oft so fremd, deshalb komme ich hier zurecht, ich muss mich hier auf nichts einlassen. Ich weine nicht, wenn ich die Plattenbauten in der Karl-Marx-Allee sehe, ich habe keinen Kloß im Magen, wenn ich mir den sehr hässlichen Alexanderplatz anschaue, auch beim Ku'damm-Ausblick wird mir nicht schwindelig vor Freude. Ich bin sicher, in einem früheren Leben habe ich nicht in Berlin gelebt. Mir ist die Stadt zu hart, ihr Look, ihr Gesicht. Ich habe mich nachts in Berlin verliebt, und meine Liebe hat es oft nicht mehr ins Tageslicht geschafft. Liebe bei Nacht, Hass bei Tag. Das war nicht so schlimm, weil ja die nächste Nacht am nächsten Abend schon begann. Die Gebäude in Berlin sind für mich mit der Nacht behaftet. Nicht mit Adolf Hitler. Wir fahren die Wilhelmstraße hoch, hier lag das Führerhauptquartier, hat mir jemand erzählt, doch für mich zählt nur das »E-Werk«, der Club, mit dem ich in den mittleren 90er Jahren Bekanntschaft machte. Ich weiß noch, ich schob die schwere Stahltür auf und sah eine Frau mit rotem Haar, die nur in einer Strumpfhose und Bikinioberteil tanzte. Über ihr schwebte ein Lichtstrahl, sie war eine Außerirdische aus einer Zeit, die es noch nicht gab. Sie stellte mir die Nacht vor. Persönlich. Danach konnte ich mich von ihr nie mehr trennen.

Parkplatz am KaDeWe. Eine harte Welt, der Westen. Ich komme mir wie in den 90er Jahren vor, da will ich nicht mehr hin. Henry und ich grinsen uns an, da wollen WIR nicht hin. Rolltreppe rauf zum Restaurant. Hier starten wir immer. Henry macht Faxen, wir lachen über die Westberlinerin im Fuchsmantel. Wir sind ja wahnsinnig besonders, wir sind geiler als die anderen, stimmt's? Stimmt. Henry, Pierce-Brosnan-Gesicht, guter Mund, guter Oberkörper, teures Hemd, teurer Mantel, schöne Füße. Ich, Blondie, Busen, gute Beine, schmaler Arsch, halbwegs schön geschwungener Mund. Wir zeigen es der Welt, wir machen nicht mit beim große Langeweileding. Wir feiern die Feste, wie sie fallen. Danach richtet sich der Fahrplan.

Mittag. Henry sagt, er verdient ein Weißbier. »Vielleicht auch zwei«, sagt Henry und kitzelt mich. Es wäre ohne Weißbiere auch mal ganz schön, wenigstens als Testversuch, wie es ist, wenn man ohne Weißbiere durch das KaDeWe schlendert. Henry hat einen guten Punkt. »Ohne Weißbier kann ich keine Weißwürste essen.« Ich kann gegen elf Uhr kein Weißbier trinken, auch nicht zwei Weißbiere. Ich würde mich hinlegen wie ein müder Hund und einpennen. Henry schafft drei, und die Aussicht auf das vierte treibt seine Laune auf den Höhepunkt. Ich kann ihn jetzt alles fragen, lustige Fragen, dumme Fragen, ich kann ihm jetzt sogar ein Liebesgeständnis abringen, wenn ich will. All das wird sich nach dem vierten Weißbier erledigt haben. Ich frage mal an, ganz vorsichtig, was mit dem Kleid ist, das wir kaufen wollten. Natürlich. Dafür wären wir doch hier, sagt Henry. Ich würde das schönste, das geilste Kleid bekommen. Eines, in dem mir alle auf den Arsch schauen können, das ist Henrys Bedingung. Ich muss das Kleid vor dem vierten Weißbier klarmachen, sonst wird Henry die falschen Dinge zur Verkäuferin sagen. Ausfällige Dinge, irgendetwas Sexuelles, ich kann das vorher nicht genau sagen.

»Darin würdest du gut aussehen.« Henry hält mir ein blauweiß gestreiftes Ding hin. Es spannt am Hintern und an den Brüsten. Da müsste was runter. Die kleinen Speckfalten interessieren Henry gar nicht so. »Es sieht aus wie für Marie Antoinettes Küchenpersonal.« Henry ist zum Spaßen aufgelegt und imitiert einen Hund, der sich auf die Vorderpfoten stellt, um zu betteln. Henry fragt, ob er mich als Dankeschön für das Kleid in den Arsch ficken darf.

Ich will das Kleid nicht hergeben. Es steht mir gut. Ich finde mich sexy. Ich lasse es nicht los. Die Verkäuferin schaut ein wenig ungeduldig. »Und? Nehmen Sie es?« Ich nehme es. Was soll der Unsinn. Ich bin doch mit Henry in einer Beziehung. Da muss man Wünsche nach Arschficks äußern dürfen. Und wenn es ein Kleid obendrauf gibt, warum nicht.

Bevor ich mich aber ficken lasse, muss ich was trinken. Sonst muss ich zu viel darüber nachdenken, warum ich mich ficken lasse.

Henry sagt, er will zurück zur Lebensmittelabteilung, nach einem speziellen Olivenöl schauen. Außerdem habe er Leberknödelsuppe im Angebot gesehen, aber es wird in Wahrheit um das fünfte Weißbier gehen. Ich halte meine Klappe und greife nach dem Kleid in der Tüte. Jedem sein Vergnügen.

Jetzt wird der Nachmittag bald kippen. Es dauert drei Schlucke, bis Henry das Ding ausgetrunken hat. Seine Laune gleicht in den nächsten Stunden einem Schiff bei heftigem Seegang. Sie kracht von ganz oben nach ganz unten, dann wieder rauf. So kann es Stunden, Tage gehen. Das alles hört auf, wenn die Erschöpfung überhandnimmt. Wann das ist, weiß niemand. 16.00 Uhr. Mein Ausbalancierungsvermögen ist jetzt gefordert. Das heißt mittrinken. Wenn möglich, mitsaufen. Ich wünschte, ich könnte saufen, so wie das Wort es verlangt. Henry stellt jetzt Schnäpse hin. Marille, Wodka, Birne. »Komm«, sagt Henry. »Trink zwei davon.« Der Magen brennt. Wenigstens ist es kein Bier. Davon fühle ich mich elend und schwanger.

Ab sofort, in diesem Stadium, geht es um die Fähigkeit des Koabsturzes. Der Koabsturz fordert von einem, sich in Windeseile in das Mindset des Abstürzlers zu begeben, als eine perfekte Parallelität zwischen dem eigenen, vielleicht noch gar nicht so betrunkenen Zustand und dem möglicherweise vollkommen betrunkenen herzustellen. Das verlangt vom Koabstürzler das Talent, selbst bei geringerem Alkoholkonsum das Gebaren und die Asozialitäten des echten Abstürzlers zu imitieren beziehungsweise diese mimikryartig nachzuspielen, geradezu nachzuempfinden.

Wohin fahren wir als Nächstes? Henry biegt ab, rauf auf den Ku'damm. Wir fahren in den Westen hinein, was machen wir da? Der Nachmittag liegt vor uns. Er geht noch eine Weile. Wir wollen nicht essen. Wir sind satt. Wir sollten nicht mehr fahren. Wir haben getrunken. Aber der Spaß fängt erst an. Wir lästern über die Party morgen. Wie langweilig es wird. Wen wir zum hundertsten Mal sehen. Und was die, die wir zum hundertsten Mal sehen werden, über uns sagen. Ich will nicht Lästerthema von Henry und mir sein. Wir sind mies. Wir sprechen Dinge aus, die man über andere Leute nicht sagen oder denken sollte. Wir kümmern uns nicht. Wir fahren geradeaus.

»Wie wäre ›Paris Bar‹?«

»Warum nicht?«

Ich weiß nicht, was wir da machen sollen. Nachmittags um drei oder vier?

»Es ist fünf. Wir könnten was trinken.«

»Oh, die haben Calvados.«

»Na, siehst du!«

Henry schlägt vor, das Auto vor der »Paris-Bar« zu parken. Danach, so kündigt er an, wird er nicht mehr fahren können.

Ich habe die Zeitspanne wieder verpasst. Ich hätte Henry sagen können, jetzt genau aufzuhören. Jetzt noch mal abzuspringen. Ich hätte dann aber kein Kleid für morgen und keinen unsinnigen Ausflug unternommen. Niemand macht solche Ausflüge wie ich.

Henry bestellt Biere, Schnäpse und einen Calvados für mich. Und dann noch einen. Wir sprechen gar nicht mehr. Jetzt kommt die Phase, die nicht unbedingt lustig wird. In der wir keine Witze mehr über die Kellnerin machen. Die Phase, in der wir nicht wissen, wie es enden wird. Jetzt. Und im Allgemeinen.

Henry beginnt zu philosophieren. Niemand ist für ewig zusammen. Niemand auf der Welt schafft das. Es ist nur natürlich, dass sich zwei Menschen irgendwann voneinander entfernen. Ich kenne diesen Scheiß. Ich höre ihn mir an, weil wir eben hier sitzen. Henry redet weiter, gleich kommen die Anekdoten, die ich nicht mehr hören kann. Ich lächle, ich nicke. Wird es doch noch lustig? Ein kleines Fenster steht noch offen, es wird sich weiter öffnen, wenn ich noch einen Wodka bestelle. Ich bin gierig, mir ist nach einem zweiten Kleid. Aber ich werde das jetzt nicht zur Sprache bringen können, ich warte ab, geduldig. Woher kommt die Gier? Ich bin doch nicht aus Ostpreußen geflohen und habe alles verloren. Ich bin nicht behindert, ich könnte arbeiten und mir alle Kleider der Welt kaufen. Würde es sich ähnlich anfühlen wie bei Kleidern für Sex? Ich mag doch Sex. Und Kleider. Sie gehören zu meiner Idee von Glamourös-Sein. Henry geht zum achten Mal aufs Klo. Ein Zeichen, dass er sich zu langweilen beginnt. Die nächsten Stunden entscheiden.

Hier saßen wir doch mal, an diesem Nebentisch. An unserem zweiten Abend. Wir hatten Steak Frites bestellt und waren zu nervös zum Champagnertrinken. Wir schauten uns über die Gläser hinweg an und waren der Meinung, hier entstünde etwas Großes. Ich hatte das Gefühl, mit jemandem einen Pakt zu schließen, und wir würden nicht ruhen, bis dieser Pakt zerstört würde, und zwar durch unsere eigene Kraft. Ich wollte meine Paktauflagen wirklich erfüllen, ich wollte mich aufgeben für das Leben aus Amüsement, aus Libertinage, aus der ernst gemeinten Suche nach Grenzenlosigkeit. Henry schien der Richtige dafür. Ich konnte sehen, dass er nirgends haltmachen würde, dass er immer noch weiter gehen würde. In dieser Hinsicht funktioniert er wie ein Athlet.

Er würde keine Rücksicht nehmen. Das fand ich attraktiv. Ich wollte niemanden, der mich an die Hand nimmt. Ich wollte jemanden, der mich zum Ziel treten würde. Ich erinnere mich genau an den Abend. Ich trug eine extrem enge Jeans und ein hellblaues Miu-Miu-Oberteil, das ich mir im Schlussverkauf hatte leisten können. Es harmonierte mit meiner Augenfarbe und meinem Blond, ich hatte eine bestimmte Strahlkraft in diesen Wochen, die mir vorher selbst unbekannt war. Ich setzte mich nach dem Essen auf Henrys

Schoß. Rittlings, auf dem Fahrersitz seines Autos. Er hatte beide Hände auf meinen Brüsten, und ich machte an seinem Hosenschlitz herum. Wir wussten, eine bestimmte Energie hielt uns zusammen, wie Pattex, das man zu spät entfernt, weil man den Trocknungsprozess verschlafen hat. Wir küssten uns wie wahnsinnig. Wir hatten etwas vor, eine lange Reise, eine ermüdende Reise. Eine, in der jeder dem anderen am Schluss die Leviten lesen würde oder einer unterwegs verloren gehen würde. Wir schliefen in dieser Nacht nicht zusammen. Henry war mit einem anderen Mädchen liiert. Er wollte das erst beenden. Das schien mir sinnvoll. Die Sache konnte nur zwischen uns beiden ausgetragen werden.

Ich bin müde. Nach drei Calvados und einem Wodka kann ich die Augen nicht mehr aufhalten. Henry winkt dem Kellner, einen doppelten Espresso. Er kann es nicht leiden, wenn ich müde bin. Es ekelt ihn an. Ich hoffe, es wird von so einem Moment wie jetzt nie Fotos geben. Meine Augen, halb offen, halb zu. Meine Haut fahl wie altes Plastik. Henrys Grinsen, dämlich. Die Haare fettig, das Hemd sitzt nicht mehr. Wir waren unter dem Vorwand losgefahren, ein Kleid zu kaufen, das ist jetzt Nebensache. Henry kann nicht mehr zurück, er kann sich jetzt nicht ins Bett legen und seinen Rausch ausschlafen, denn es ist ja gar kein Rausch. Es ist die Normalität. Unsere Normalität. Wir suchen mit vereinten Kräften nach der Lösung, was jetzt zu tun ist. Die Party ist morgen. Wir müssen für das Jetzt etwas finden. Jetzt, jetzt, jetzt. Die Härte der Situation ist mir bewusst, ich komme besser mit ein paar Ideen an.

Henry kommt in Schwung und empfiehlt, die Uhr doch einfach ein paar Stunden zurückzudrehen.

»Komm mit, ich hab noch was.«

Herrentoilette. Nachmittags muss niemand pinkeln. Wir haben ein paar Minütchen. Ich schaffe nur die Größe eines kleinen Fingers. Also so lang und nicht mal so breit wie ein kleiner Finger. Henry nimmt das Doppelte. Das Betrunkenheitsgefühl legt sich, ich massiere noch ein paar Kristalle ins Zahnfleisch, so lange, bis der Zahnarztgeschmack sich breitmacht. Mein Kopf spielt mir Klarheit vor, die Hände erkalten, das legt sich gleich, das bisschen Herzrasen ist nicht so schlimm. Kristalle zwischen den Zähnen. Ich kaue drauf herum, es klingt, als ob ich was Knuspriges esse. Der Kopf ist leer. Angenehm.

Henry will ficken. Mir geht es ähnlich. Also fahren wir nach Hause, ja? Nicht ganz. Henry will nicht ganz normal ficken, er will was anderes. Was Neues. Wie ist es mit dem Pornoladen in Neukölln? Hinfahren und dann sehen, was passiert. Ich war nie dort. Ich weiß nicht. Der Ort gehörte Henry, als Terrain. Er verschwand ab und zu dorthin, um sich Videos zu kaufen, die er im Internet nicht finden konnte.

Ich weiß nicht. Warum nicht. Ich bin gerade in der Stimmung, und möglicherweise bin ich es morgen nicht mehr. So etwas steht doch auf der »Bucket-List« der Menschen in unserem Alter. Auf der Liste der Dinge, die zu tun sind. Ohne die man nicht sterben sollte. Henry wäre der ideale Begleiter für diese Bucket-List-Experimente.

Also zuschlagen, also hingehen. Es ist doch der Schritt weiter. Der nächste Schritt, das nächste Ding. Warum haltmachen, wo man sonst haltmacht. Einmal muss jeder in einen Pornoladen gehen, einmal muss die Grenze fallen. Ich will da jetzt hin. Ich will alles sehen, ich bin aufgeschlossen. Henry ist erfreut, er ist begeistert, lobt mich und erzählt mir, dass alle seine

Freundinnen vor diesen Dingen zurückschreckten. Logisch, dass wir hingehen. Wir können nicht den ganzen Tag in einer Tom-Ford-Welt leben und Trüffelrisotto fressen. Das wird selbst uns zu viel, mir erst recht. Wir sind nicht die Ersten und nicht die Letzten, die angesoffen oder schwer besoffen in ein Pornokino gehen. Wir, wie die Menschen in unserem Alter um uns herum, suchen doch ständig nach dieser recht künstlichen Grenzüberschreitung, die man nicht mehr ablegen kann, wenn man sich einmal darauf geeinigt hat, dass Langeweile etwas wirklich Schlimmes ist, eine tödliche Krankheit.

Das rote Licht blinkt im Sekundentakt. Ich glaub, es ist kaputt. Das Kino ist in Neukölln, da wird für die Reparatur kein Geld ausgegeben. Neukölln ist zu arm, nahe an Mitte, aber nicht so schick. Andere sagen, Neukölln ist noch »original«. Henry sagt, Neukölln ist kaputt und dreckig. Das stört uns jetzt nicht. Henry geht voran, mir ist das recht, ich will die Klinke nicht anfassen. Niemand schaut uns an. Der Typ an der Kasse sagt nichts. Sein Blick bleibt gesenkt, er ist an Kommunikation mit Pornofreunden nicht interessiert und kassiert stumm einen Euro, wenn man den Film sehen will. Wir warten noch kurz. Erst mal eine kleine Runde im Laden drehen. Was sind das für Typen hier? Verrauchte Gesichter, Männer mit Gliedmaßen, die abzufallen drohen. Sie schauen mir nicht ins Gesicht, wie sie wahrscheinlich keiner Frau ins Gesicht schauen würden. Ihre Gesichter sind grau, ich vermute, das kommt vom Billigfleisch bei Penny. Ihre Hosen sitzen nicht mehr. Ihre Haare sind fettig. Aber wir sind im selben Raum. Wir teilen irgendetwas, das müsste ich jetzt zugeben. Henry und ich machen Witze. Es ist schön absurd hier, wir ziehen dreckige DVDs aus dem Regal und lesen uns die Titel vor. Henry bekommt sich nicht mehr ein über *Kleine Drecksfotzen auf großer Fahrt*, ich hingegen finde *Muschikatzen für alle Fälle* irgendwie süßer. Henry wühlt jetzt in der Kiste mit Unterwäsche. Strings mit einem Loch in der Mitte, schwarze Lacksachen, ich frage mich, ob die jemand anhatte. Kleine Päckchen mit altem Sexspielzeug, verwitterte Vibratoren aus pinkfarbenem Plastik. Ich würde mir gern die Hände waschen, ich weiß nicht, wer hier schon draufgewichst hat. Wenn es nach mir ginge, könnten wir gehen. Das Kokain wirkt nicht mehr. Der Tag war lang. Ich könnte eine Pause gebrauchen.

Henry kommt von der Toilette. Ich kann in seinen Augen sehen, dass er nachgelegt hat. Sie schimmern nicht. Es ist, als hätte er zwei stumpfe Bernsteine in den Augenhöhlen. Die Temperatur seiner Hand beträgt null Grad. »Komm, wir gehen jetzt rein.« Henry legt seine Eishand um mein Handgelenk. Ich kann nicht zurück, dafür sind wir jetzt zu weit gekommen.

Im Kino liegen verschiedene Dinge in der Luft: alter Zigarettenrauch, neuer Zigarettenrauch, Putzmittelreste, Fürze. Männergerüche, die ich nicht kannte.

Henry setzt uns in die zweite Reihe, viel los ist hier nicht. Ich schaue mich nicht zu genau um, ein paar Momente aus den Augenwinkeln. Männer, die onanieren wollen und sonst nichts. Sie wirken ganz happy, jedenfalls nicht so unglücklich, wie ich dachte. Trotzdem scheinen sie zu zerfallen, in Stücke. Eine merkwürdige Mischung. Ihre Schwänze sind ganz fidel, nur ihr Körper sieht aus, als ob er nicht mehr lange mitmacht. Ich kümmere mich mal besser um meine eigene Angelegenheit und das, was ich hier so vorhabe. Der Film ist uralt, ich vermute, aus den frühen 80ern. Das Mädchen trägt große Dauerwelle, ein glitzerndes Höschen, Rollerskates. Es fährt einmal die Straße auf und ab, für die Männer neben uns reicht das schon als Bild, sie können den Blick vom Höschen nicht abwenden. Ich verstehe, das Mädchen flirtet mit den Arschbacken. Dann fährt das Mädchen in ein Auto hinein. Ein Mann steigt aus, spricht drei Worte mit dem Mädchen, zieht das glitzernde Höschen runter, er beginnt, das Mädchen sehr schnell zu ficken. Aus einem bestimmten Winkel sieht es ganz gut aus, aber ich hatte mir den Film spektakulärer vorgestellt. Henry ist begeistert, offensichtlich. Mit einer Hand onaniert er, die andere wandert in meine Unterhose, er ist der Einzige im Kino, der einen echten Körper neben sich sitzen hat. Was mache ich? Blasen aus Verlegenheit. Ich weiß nicht, was ich sonst tun soll, ehrlich. Irgendwas muss ich vorspielen, warum wäre ich sonst hier. Ich sollte nicht kneifen. Henry fragt, ob ich ficken will, aber ich weiß nicht, wie wir das machen sollen. Ich könnte meine Winterstrumpfhose runterziehen und mich auf ihn draufsetzen. Henry fragt, warum ich überhaupt Strümpfe trage, das ist unpassend hier, das bringt nichts. »Geh und zieh sie aus!« Ich klettere über unseren Nachbarn und renne Richtung Toilette. Die Toilette ist nicht uninteressant. Zwei große Flaschen mit Listerine stehen ordentlich nebeneinander, eine gelbe, eine blaue, je nach Geschmack. Das ist nur vernünftig, wenn sich jemand nach dem Blasen den Mund ausspülen will. Ich bin begeistert von der Toilette, sie ist der netteste Raum in diesem Ding. Ich ziehe die Strumpfhose aus, fühlt sich nicht gut an, es ist draußen in den Minusgraden, und das Kino ist der einzige Raum, der geheizt ist. »Wo warst du so lange?«, zischt Henry. Er will kommen und mich dazu ficken. Ewig wollen wir hier nicht bleiben. Ich mache ihm die Sache einfach, ich setze mich kurz auf ihn drauf, das Mädchen mit den Rollerskates hat mir die meiste Arbeit schon abgenommen.

Sind wir durch? War das die Nacht? Mein Telefon zeigt 4.20 Uhr, das Kino macht gleich zu. Was spricht dagegen, früh ins Bett zu gehen? Wir stehen draußen vor der Tür. Es ist kalt. Ich kann nicht mehr, ich muss mich hinlegen. Irgendwohin, mir ist es jetzt egal. Unser Bett wäre schön. Henry tritt mit dem Fuß länger als nötig seine Zigarette aus. »Ich kann nicht heim. Ich will noch wohin, auf einen Absacker.«

Ich sage Henry, er soll gehen. Meine Kraft ist dahin. Ich kann noch ein Bein vor das andere setzen, und damit hat es sich. Ich sage Henry, er soll gehen, das heißt, ich weiß nicht, wann ich ihn sehe. Ich weiß nicht, wo er schlafen wird und wann oder bei wem. Das ist der härteste Part. Das viele Kokain, der viele Alkohol, das stecke ich immer noch irgendwie weg. Nur das Wegbleiben. Das Vielleicht-nicht-Wiederkommen. Das schaffe ich nicht. So viel kann ich gar nicht trinken. Ich kann nicht mehr böse werden, morgens um fünf. Meine Batterien versagen.

»Ich komme gleich nach«, nuschelt Henry, und selbst er weiß, dass es nicht stimmt.

»Vergiss nicht, wir sind morgen eingeladen.«

»Ich weiß, ich bin in einer Stunde zu Hause. Dann kann ich bis morgen Abend schlafen.«

Henrys Rechnung wird nicht aufgehen. Sie geht nie auf. Ich winke und falle auf den Taxirücksitz. Die kommenden Stunden sind die schlimmsten.

Ich werde alle paar Minuten aufwachen und auf die andere Seite des Bettes schauen. Mein Herz wird rasen vom Kokain, mein Kopf will explodieren, müde bin ich trotzdem. Steinmüde.

Ich muss schlafen, koste es, was es wolle. Ich schau mal im Bad nach, da hat Henry normalerweise die Krokodilpillen versteckt. Die Tabletten sehen aus wie Miniaturbrote, einfach in der Mitte zu durchtrennen. Ich weiß nicht, was das für ein Stoff ist. Ich wollte neulich endlich mal googeln, was ich da nehme. Aber immer dann, wenn es so weit ist, interessiert es mich nicht. Die Krokodilpille macht alles schwer, alles erträglich. Der Schlaf kommt, mein Gehirn kann das Kokain vergessen. Auf die Krokodilpille ist Verlass. Ich fühle mich nicht allein mit der Krokodilpille, und ich bin sicher, vor mir haben eine Menge anderer dieses Ding geschluckt. Berühmte Leute, coole Leute. Ich weiß nur nicht genau, wer. Es ist sechs Uhr morgens. Ich lege das Teilchen auf meine Zunge, es tut so gut. Meine Zunge erkennt die Form der Pille und wird ganz weich. Augen zu. Was jetzt kommt, ist mir egal.

Die Bettseite neben mir ist leer. Stich ins Herz. Gott sei Dank nichts Heftiges. Ich kenn die Möglichkeiten. Henry ist noch unterwegs, Henry schläft bei jemand anderem, Henry hat ein Mädchen getroffen und sich letzte Nacht umverliebt. Wie neulich, als er mir von einer Liv-Ullmann-Kopie erzählte, die ihn unbedingt zu sich nach Hause mitnehmen wollte. Andere Möglichkeit: Henry ist tot. Irgendwo zusammengebrochen. Er sah dabei bestimmt gut aus. Sein hübsches Gesicht war weiß. Niemand wüsste, wer er war. Man holt sicher einen Krankenwagen, doch es wäre zu spät. Ich würde die Sache erst ein paar Tage später erfahren. Ich würde mich schuldig fühlen, dass ich von seiner Seite gewichen bin, aber ich hätte es ja nicht verhindern können. Das würden mir alle sagen, mir bei der Beerdigung auf die Schulter klopfen. Ich wäre traurig, ich würde Henry vermissen, den Duft seines Nackens und all die spaßigen Momente. Seinen riesigen Mund, seinen schönen, schiefen, halb abgebrochenen Zahn. Andererseits wäre ich brutal erleichtert. Ich würde auf und ab hüpfen, noch auf dem Klo während der Beerdigungsfeier. Ich würde ein panisches Freiheitsgefühl entwickeln, ich wäre unnatürlich glücklich. Das dürfte gar nicht sein. Ich gehe dieses Szenario öfter durch, ich sehe mich als dünne, stark abgemagerte »Witwe«, die von einer Menge Typen getröstet wird, an die sie vorher nicht rankam. Das wäre das Gute an der Sache. Auf der anderen Seite hätte ich kein Lebensmaterial mehr, keinen Gefährten für diese Touren. Ich würde mir erst mal keinen Ersatz suchen, ich würde die Verwundete spielen, die Ausgenutzte, die Betrogene. Das Reh auf der Autobahn, angefahren von Rohlingen ohne Gewissen. Meine Lieblingsrollen. Ich kann jetzt nicht so viel über das leere Bett nachdenken. Das kann nicht sein. Wie sehe ich denn aus? Wann war ich zum letzten Mal vor fünf Uhr im Bett? Ich brauch jemanden zur Korrektur meiner Umstände. Ich will Ratschläge, aber keine ernst gemeinten Ratschläge.

Ich rufe in solchen Fällen Natalie an. Sie kann damit umgehen. Wir sind eng, ganz eng. Wir funktionieren wie ein Paar. Uns beiden wird das manchmal zu eng, und dann müssen wir uns streiten. Wir wissen, es wird wieder gut. Wir sprechen wochenlang kein Wort. Natalie ist meine Symbiosefreundin.

Das Verhältnis zur Symbiosefreundin ist generell zu eng, emotional zu ungeklärt, beinahe schon pathologisch. Man befindet sich im überdurchschnittlichen Austausch durch SMS, Telefongespräche und E-Mail-Verkehr. Die Balance einer Symbiosefreundschaft ist sehr anfällig. Lässt die Motivation einer der Beteiligten nach, fällt die andere in eine ungesunde, oft beleidigte Haltung, auch wenn sie zugeben muss, dass der gelegentliche Abstand mal guttun würde.

Wir sind beide süchtig, wir tun beide Dinge, die man in unserem Alter nicht mehr tun sollte. Ich bin eifersüchtig auf Natalie, weil sie länger feiern kann als ich und weil sie mit ihrer superschmalen Taille und ihrem straffen Pferdeschwanz alle ganz verrückt macht. Nur kann ich Natalies Flirterei nicht ausstehen. Sie macht mich krank. Natalie arbeitet im Nachtleben, in einer kleinen Bar am Weinbergsweg, da ist nie viel los, und so kann Natalie mit ihren Freunden labern, wenn sie vorbeikommen. Sie sagt, der Job ist nichts Festes, nicht ihre Zukunft. Sie sagt aber nicht, was ihre Zukunft ist. Natalie schläft viel, wenn sie aus war, übermäßig viel, sodass sie am Tag danach niemand erreichen kann. So bin ich nicht, ich muss mich immer irgendwo melden. Ständig. Natalie hat diese andere Seite, die mir Angst macht.

Sie schläft ziemlich oft mit Männern anderer Frauen. Die Gründe? Den dümmsten Grund, den sie nannte: »Aus Trauer.« Was denn für eine Trauer? Die Freundin von dem Mann war abgehauen, Natalie kannte sie gut. Sie wären beide, ohne es genau zu wissen, einfach abgestürzt und hätten am Schluss geheult und sich dann in den Armen gelegen. Natalie hatte mit den Schultern gezuckt, als sie mir das erzählte, und behauptet, sie hätte nicht mehr gewusst, wo oben und unten war. Ein paarmal habe ich mir überlegt, mir an Natalie ein Beispiel zu nehmen, um mich selbst emotional künstlich zu verwirren. Der älteste Trick, um sich aus einer blöden Sache mit einem Mann rauszukatapultieren. Ich bin noch nicht so weit, aber der Kontakt mit Natalie färbt ab, ich werde es, sagen wir mal, bis zum nächsten Jahr bringen, einfach ohne

Ankündigung mit jemandem auf einer Toilette oder im Auto zu schlafen, und dann, als ob nichts gewesen wäre, ins »Borchardt« spazieren und über meinen geplanten Ausflug in den Wald labern oder sonst was Banales. Ich verehre Natalie dafür, für diese Unverschämtheit, für diese Freiheit, die sie mit Laberpsychologie und Schmerz verkleidet.

Da, wo Natalie ist, bin ich aber noch nicht. Sie muss mit jedem Typen labern, der ihr einen Drink hinstellt. In der Nacht funktioniert das, aber tagsüber will das doch niemand mehr sehen. Zur Begrüßung küsst Natalie Henry gerne auf den Mund. Muss das sein? Ich würde das bei Natalies Freund nie tun, aber den Superalki bekomme ich nie zu Gesicht. Er ist selten mit dabei, denn er pflegt seine Depression mehr als Henry. Das ist die eine Seite unserer viel zu engen Bekanntschaft, ich bin fast geneigt, Ehe zu sagen.

Wir machen uns keine Vorwürfe, warum? Wir mögen es nicht gern, ganz genau hinzuschauen, wir haben süchtige Freunde und sind obendrein selbst süchtig. In unserem Fall würde ich nicht von Substanzen sprechen. Wir können nicht ohne eine Anzahl von Dramen im Monat. Ohne Abstürze. Danach referieren wir über den Zeitraum, in dem wir relaxen und entgiften wollen, aber wir halten es nicht durch und labern bloß rum. Unsere Körper gehen auf eine Berg- und Talfahrt, regelmäßig. Und manchmal können wir nur kommunizieren, wenn wir beide auf der Talfahrt sind. Natalie kann besser fühlen als ich. Sie ist das Drama an sich, sie verfügt über ein ganzes Arsenal an Ausbrüchen. Ich würde ihr in jede Form der Zerstörung folgen, wie ein Hündchen. Natalie hat selbst zerstört noch etwas Attraktives. Natalie wäre eigentlich die ideale Frau für Henry. Darüber will ich nicht zu lange nachdenken, das bekommt mir nicht.

Natalie geht nie ans Telefon, nicht sofort. Ich hinterlasse drei Nachrichten. Ich muss sie jetzt treffen, sofort. Ich will nicht warten. Ich ersticke hier. Das leere Bett bringt mich um. Ich bin kurz davor, die Wohnung anzuzünden. Natalie textet zurück. In einer halben Stunde in der Ackerstraße beim Kaffeeitaliener?

Hände in den Taschen. Kalt ist es heute. In der Luft der Geruch von den Kohleöfen, der nach totem Atem riecht. Manchmal hab ich das Gefühl, Wasser in den Beinen zu haben, wenn ich durch Berlin gehe. So schwer fühlen sich die Schritte an. Schwarze Schneebrocken am Straßenrand, Drecksstadt. Schwarz gekleidete Männer am Eingang zum Sophienfriedhof, direkt an unserer Ecke. Jeden Tag stehen da welche, und seit kurzem ist hier jeden Tag eine Beerdigung. Wird hier seit neuestem mehr gestorben? Hab lange nicht mitbekommen, was draußen passiert. Ich biege rechts in die Ackerstraße ein und ziehe meinen Kragen nach oben. Was soll ich Natalie erzählen? Sie hat ja schon alles gehört. Sie kennt meine hundert besten Versionen vom Leben mit Henry. Doch das ist unsere geheime Verabredung. Wir sprechen über uns, über die Dinge, aber wir behalten die Wahrheit für uns. Frauenfreundschaften funktionieren besser, wenn man sich nicht sagt, dass die eine oder die andere mit einem depressiven Lügner oder einem kokainsüchtigen Playboy zusammen ist. Ich und Natalie schaffen es immer wieder, so zu tun und so zu reden, als ob wir über ganz übliche Alltagsprobleme bei einem Kaffee quatschen würden, und wir sprechen nicht aus, dass wir uns mit einem Bein im Grab befinden. Eines, das einfach nur noch nicht zugeschaufelt ist.

Natalie sieht Bombe aus, wie immer. Sie trägt einen weißen Rollkragenpullover und einen weißen Anorak. Ihre riesigen blauen Augen strahlen. Wie macht Natalie das? Sie war doch gestern aus, so wie ich. Ich trage Militärjacke, abgeschnittene Shorts, kein Make-up. Langsam geht das nicht mehr gut. Langsam nimmt mir die Fünfundzwanzigjährige niemand mehr ab.

Natalie umarmt mich.

»Na, Süße?« Ich sollte mehr so sein wie Natalie. Sie wirkt so aufgeräumt, fast erwachsen. Natalie ist jünger als ich. Ich lasse mich von Natalie oft täuschen. Sie hat dieses Klare, diese Aufgeräumt-Aura. In Wahrheit sind wir zwei gleich verwirrt und lügen uns tüchtig an.

»Wie war dein Wochenende?«

Ich winke ab.

»Du weißt schon.«

»Weißt du«, sagt Natalie und legt ihre warme Hand auf meine unterkühlte, »eines Tages wird er aufwachen und merken, wie viel du ihm bedeutest, und dann wird alles gut.«

»Meinst du?«

»Hör mal, du bist etwas Besonderes«, sagt Natalie sehr ernst. Und wenn Natalie es ernst meint, dann muss es doch stimmen.

»Meinst du nicht, ich sollte mit ihm reden?«

»Auf keinen Fall. Mach dich rar. Das wirkt, er wird ausflippen.« Natalie sagt das so verschwörerisch, und ich traue mich nicht richtig, ihr zu erzählen, dass Henry es wahrscheinlich begrüßt, wenn ich mich rarmache.

»Und bei dir?«

»Na ja. Er war am Wochenende bei seiner Freundin, er konnte nicht.«

»Und? Wie lange geht das noch?«

»Er hat gesagt, nicht mehr lang. Sie ist in einer schweren Phase und er ja auch, wenn man es genau nimmt. Er hat immer noch mit den Medikamenten zu tun, und dann raucht er nebenher noch Gras, das macht ihn ganz irre. Er hat gesagt, er wird sich bald entscheiden.«

»War er auf Medikamenten, als er das gesagt hat?«

»Ich weiß nicht. Ich weiß nie, wann er auf Medikamenten ist.«

Natalie sagt, sie hat sich anderweitig amüsiert. Sie war aus bis sechs Uhr morgens und hat nicht an ihn gedacht, bis ungefähr um sechs Uhr morgens, da stand sie dann vor seiner Tür und hat geheult.

Um sechs war ich im Pornokino in Neukölln, das war auch nicht lustiger, als vor einer Tür zu heulen.

»Weißt du, wenn bloß dieses Schwere nicht wäre. Dann ginge es doch«, sagt Natalie.

Ich nicke. Wir waren doch früher nicht so an Schwere interessiert. Was war mit uns passiert? Als ich Natalie kennenlernte, da funktionierten wir anders. Wir lagen auf dem Boden vor Lachen, und als wir die ersten Worte wechselten, hatte jede von uns zwei Pillen geschluckt. Deshalb wissen wir nicht mehr, wie die Worte lauteten, die wir wechselten. Aber zwischen uns war es warm, geradezu heiß. Wir standen auf einer Brüstung des E-Werks, damals in den späten 90er Jahren, und wollten uns runterstürzen. Wir wollten uns nicht töten, sondern langsam heruntersegeln. In Zeitlupe. Die eine würde der anderen Sicherheit geben, das wussten wir, das spürten wir. Wir sprangen nicht. Wir rannten Hand in Hand runter, raus in die warme Nacht, dehydriert, restlos glücklich auf der Suche nach einer Flüssigkeit, die wir trinken könnten. Unser

Haar war gefärbt, es hatte keine natürliche Farbe, unsere Haut war weiß, wir strahlten trotzdem. Natalie und ich tun immer noch so, als ob das gestern passiert wäre. Als hätte sich nichts getan. Wir sind nicht mehr im Kindergarten, aber das wird uns niemand hier sagen, weil ja niemand über die Zeit nach dem Kindergarten sprechen will.

Natalie und ich haben eine dieser chemischen Verbindungen. Die Kontaktaufnahme entstand unter Einfluss, wir hatten Glück und standen unter demselben Einfluss. Wir hatten uns auf Drogen verliebt. Das war kein Beinbruch. Neunzig Prozent unserer Freunde und Freundinnen war es so gegangen. Es war sogar unnatürlich, sich mit klarem Kopf und am Tag zu verlieben oder Freunde zu finden. Das machte doch kein Mensch. Natalie und ich hatten unsere Nummern nicht gelöscht. Wir hatten uns ernsthaft verliebt. Das kam selten vor.

Natalie trinkt ihren Kaffee aus und nimmt meine Hände.

»Weißt du, unsere beiden Typen werden bald einsehen, wie wichtig wir für sie sind. Und dann …«

»Was dann?«

»Dann wirst du noch Augen machen.« Natalie zwinkert mir zu. Ich möchte ein Stück von ihrem Optimismus haben, ich weiß nicht, woher sie den zaubert. Vielleicht hätte ich den auch, wenn ich ausgeschlafen wäre und eine weiße Pelzmütze mit Bommeln tragen würde.

»Komm«, sagt Natalie. »Wir gehen zu Catherines Babyparty. Das bringt dich auf andere Gedanken.«

Ich bin nicht angezogen für eine Babyparty. Meine Armeejacke stinkt nach Rauch von gestern Nacht. Meine Augenringe reichen bis zum Kinn, und geduscht und Finger gewaschen habe ich seit gestern auch nicht. Ich gehe zu einer Babyparty mit Porno-Schmand an den Händen. Darf ich ein Baby mit denselben Händen anfassen, die gestern noch Sexspielzeug hielten? Rein auratechnisch ist das verboten. Ich will mit. Nach Hause kann ich nicht. Kein Zeichen von Henry. Nach acht Stunden.

Natalie sagt, mein Aufzug ist egal.

»Wir sind in Berlin. Da ist das nicht nötig.«

Natalie hat gut reden. Mit ihrem Eisprinzessinnenlook werden sie die Kinder anlächeln und vor Freude auf ihren Schoß hüpfen. Ich habe nicht so ein Glück mit Kindern. Sie rennen an mir vorbei, in eine andere Richtung. Sie spüren, dass ich nicht mal weiß, wie ich sie auf den Arm nehmen soll, obwohl ich nichts dagegen hätte.

»Hab ich eine Koksfahne?«

»Nein.«

»Wodkafahne?«

»Nein.«

»Du lügst.«

Wir laufen die Ackerstraße hoch, Richtung Torstraße. Die neue Mutter lebt hier. Ich erwarte von ihrer Wohnung eine Schalldämpfung. Sonst ist es hier zu laut für ein Baby. Die neue Mutter hat eine schöne Wohnung gefunden. Natalie und ich können uns nur gerade nicht mehr erinnern, ob der Vater dort auch mitwohnt oder schon ausgezogen ist.

»Ich habe ihn neulich noch gesehen. Ich meine nachts, da sah er ganz happy aus«, sagt Natalie und zieht die Schultern nach oben. Natalie tut jetzt unschuldig. Sie hatte mal was mit dem Vater, aber das durfte niemand wissen. Also traf sich Natalie mit ihm in anderen Städten. In München. In Hamburg oder in Köln. Er war gut zu Natalie, er buchte anständige Hotels, nichts Billiges. Natalie rief mich oft an und heulte, als die Abstände größer wurden, in denen sie nach Hamburg, München oder Köln reiste. Ich sagte ihr, sie solle sich mal zurückhalten, der Mann wäre jetzt Vater und sicher auf dem Weg in die Klinik. Ich sagte Natalie, sie solle die Sache nicht zu ernst nehmen, und dann schrie Natalie mich am Telefon an, ich sei eine beschissene Freundin, eine dumme Kuh, eine harte Nuss, die niemand leiden könnte. Jetzt hat Natalie vergessen, dass sie geheult und mich am Telefon angeschrien hat. So ist Natalie. Sie sagt, wir konzentrieren uns jetzt auf das Baby. Natalies Amnesie ist beneidenswert.

Ich lasse Natalie den Vortritt und will mich gern verstecken. Nötig ist das nicht. Ich kenne die Gesichter, niemand ist mir fremd. Noch bis vor kurzem sah ich sie auf den Tanzflächen. Ich sah ihre vom Alkohol verdrehten Augen oder wie sie auf der Friedrichstraße kotzten oder alte Bratwurst aßen und dann kotzten. Ich sah sie in der »Panorama-Bar« am Tresen, während sie einem Unbekannten die Hand auf den Schwanz legten. Jetzt sitzen sie hier auf italienischen Küchenstühlen von Boffi und tragen flache Schuhe aus Frankreich. Ihre Gesichter tun so, als hätten sie nie die schlechte Haut nach den Wochen des Feierns gesehen. Ihre Nasen zeigen extrem hoch und tun so, als hätten sie nie Kokain vom Toilettendeckel im »Cookies« geschnupft oder von einem langen Nagel, den ihnen ein Unbekannter auf der Tanzfläche hinhielt.

Jetzt sind wir alle hier in diesem Raum, wir kennen uns und doch nicht. Wir hassen uns nicht, wir vertreten nur unterschiedliche Programme. Die neue Mutter hat eingeladen.

Wie sie strahlt. Ich sehe ein anderes Strahlen, eines, das mir bisher nicht bekannt ist. Sie schaut, als ob sie etwas geleistet hat, etwas geschafft hat, das nicht jede kann. Sicher, sie sieht müde aus. Sie sagt, sie ist müde, aber glücklich. Ihr Gesicht ist immer noch sehr schön, aber es ist ein wenig nach hinten gerutscht, ich kann sie nicht mehr richtig sehen. Ihre Arme sind dicker, ihr Kreuz ist breiter. Geht das wieder weg? Sie ist nicht mehr die Elfe von früher. Ich schätze, das wird einen großen Einfluss auf ihr Leben haben. Catherine war immer die Schönste von allen, die Verführerischste. Jetzt, so sagt Catherine, ist sie einen Schritt weiter. Sie macht nicht mehr mit bei diesen ganzen Nachtlebenaktionen. Sie hat ein paar andere Mütter eingeladen. Ich schaue sie an, sie haben alle nichts dagegen, als Mütter definiert zu werden. Sie betrachten es als Beruf, es ist ihre Überzeugung. Ich habe mir früher immer vorgestellt, dass man ein Kind hat und die Person bleibt, die man ist. Man hat eben nur ein Kind. Um mich herum wird das anders vorgeführt. Wenn ich ein Kind habe, bin ich ein besserer Mensch, sagen wir so, eine richtige, vollständige Frau. Eine, die all den schlimmen Dingen abgeschworen hat.

Ein paar von ihnen, das kann ich genau sehen, schauen mich von der Seite mitleidig an. Ich habe in meinem Alter noch kein Kind. Ich will keine Verantwortung übernehmen. Das denken sie. Und sie haben recht. Ich will Reißaus nehmen können. Zu jedem Zeitpunkt.

Die eine, hinten in der Ecke, die in einer blauen Wollweste, die mit ungemachten Haaren, die schaut mich jetzt schon seit Minuten an. Ihr Blick liegt auf mir wie Blei. Ich weiß, was sie mir sagen will. Mach es, tu es, du musst es tun, sonst wirst du niemand sein. Ich komme mit den Frauen, aus denen Mütter werden, nicht zurecht. Nicht mit denen in dieser Stadt.

Sie färben das Haar nicht mehr, die grauen Strähnen wuchern, weil das Kind nicht mit Haarfarbe getötet werden soll. Sie lassen sich gehen, sie waschen sich nur noch mit Rosenöl. Ich habe das Gefühl, einige von ihnen geben sich auf. In dem Punkt sind wir uns nahe.

Wir geben uns wegen einer Sache auf, die nicht dankt. Die einem nicht »Danke schön« hinterherbrüllt. Ich gebe mich auf wegen eines Typen, der mich nicht haben will, und eines Bergs Kokain, den ich nicht bezwingen kann. Sie geben sich auf für ein Kind, das später wegen seiner koabhängigen Mutter in Therapie muss und sehr wütend auf sie sein wird, weil es einen Vater vorenthalten bekommt. Die Mutter und ich zahlen also beide für unser Leben.

Die Mütter hier wollen nicht mit mir sprechen. Sie ignorieren mich. Sie kennen meinen Alkoholikerfreund und halten Abstand. Einige denken, er schlägt mich. Neulich hat mich eine auf einen blauen Fleck an meinem Arm angesprochen. Ich weiß selbst nicht, woher der kommt. Ich log natürlich und erzählte, ich wäre mit dem Fahrrad hingeflogen. Was macht die Mütter eigentlich so selbstbewusst? So heilig? Viele haben keinen Freund mehr oder keinen Mann. Der ist abgehauen, hat kein Bock mehr auf die Heiligkeit seiner Frau. Und wenn er noch da ist, dann hat er trotzdem ausgecheckt. Das merke ich. Es ist genau der Typ Mann, der mich nachts in Clubs anspricht und fragt, ob was geht. Der Typ Mann, der sich weggeschossen hat in dieser Nacht und schwört, alles anders zu machen. Der Typ Mann, den ich am anderen Tag mit einer Fresse hinter einem Kinderwagen sehe.

Mir hat immer noch niemand einen Kaffee oder so angeboten. Ich stehe jetzt seit einer halben Stunde am Rand der Küche und beobachte, wie Plätzchen in Krümel zermahlen werden, wie sich die Frauen mit den praktischen Pferdeschwänzen und beiden Händen an der Kaffeetasse zunicken. Alle paar Minuten streicheln sie einen Kinderkopf, egal welcher vorbeikommt. Kinder können ja nicht genug Aufmerksamkeit bekommen. Das höre ich die Frauen sagen.

Das kleine Mädchen sieht aus, als ob es mal eine Streichelpause nötig hat. Es macht sich von seiner Mutter los, ich kann sehen, sie findet das nicht gut, dass es in meine Richtung läuft, aber sie lässt es gehen. Das Mädchen ist entzückend. Es hat blonde Härchen, glatt gebügelt, eines Tages wird es alle verrückt machen. Sein kleines Näschen zeigt nach oben, eines Tages wird es alle damit verführen. Auch seine Beinchen können sich schon sehen lassen, es tappt geschickt und weiß, wie es die Knie zeigt. Das Mädchen steht jetzt vor mir. Seine grünen Augen hauen mich um. Sie schimmern wie Smaragde aus einer Welt, die ich nie gesehen habe. Das Mädchen reckt jetzt seine Arme. Es erwartet, dass ich es nach oben hebe. Es ist entschlossen, und es meint mich. Die Frage ist, wo ich das Mädchen packen soll. An den Hüften, oder? Fällt es dann vornüber? An den Armen?

Ich kann dem Mädchen nichts bieten. Ich traue mich nicht, es mit meinen Pornohänden anzufassen. Ich kann doch sein kleines Näschen nicht mit einem Finger berühren, der gestern Sperma von einer Hose gekratzt hat. Mit einem Finger, der gestern über alte Dildos geglitten ist. Ich wollte diese Dinger nicht anfassen, ich fand sie eklig. Das fällt mir jetzt ein.

Mädchen, was ist? Warum weinst du? Ich weiß nicht, wie ich dich anfassen soll. Ich will nicht, dass dir was wehtut. Die Wahnsinnsaugen des Mädchens füllen sich mit Tränen. Es denkt, ich will es nicht. Es denkt, ich lehne es ab. Seine Ärmchen hängen herunter, das Weinen wird schlimmer, ich will mich hinknien und dem Mädchen sagen, dass es mir leidtut, dass ich nichts über kleine Arme und Beine weiß.

Die Mutter ist in zwei Sekunden da. Sie schaut mich nicht so nett an, sie muss eine Art Vergewaltigerin in mir sehen.

»Was ist denn passiert?« Die Mutter runzelt alle Falten, die sie auf der Stirn zur Verfügung hat, und es sind nicht wenige. Ich bin kurz davor, ihr zu sagen, sie soll was dagegen tun. Aber in Mütterkreisen werden Falten anders gewertet.

»Nichts ist passiert, sie fing plötzlich an zu weinen.«

»Kein Kind fängt plötzlich an zu weinen«, sagt die Mutter, und selbst ich weiß, dass es Unsinn ist.

Die Mutter drückt den Kopf des Mädchens jetzt gegen ihre Brust, und das Mädchen wehrt sich. Es dreht sein Gesicht zu mir, es wollte was von mir, ich glaube, es wollte mich verführen. Es suchte nach einer Botschaft, die nur ich ihm geben konnte. Ich konnte das spüren, es wollte weg von all der Liebe, die es erdrückt, und von all dem Besitzanspruch. Das ist meine Interpretation, mit der ich in Mütterkreisen nicht weit komme. Der Mutter gefällt das alles nicht. Sie sieht gar nicht, wie sie ihre Nase rümpft, als sie meine Armeejacke genau inspiziert. Ich bin kurz davor, ihr zu sagen, der Spermafleck rechts unten stammt von ihrem Mann. Die Gemeinheiten sprühen nur so aus mir, wenn mich jemand nicht anerkennt. Da bin ich machtlos. Ich werde dieser Mutter jetzt nicht erklären oder mich rechtfertigen, warum ich kein Kind habe. Das geht sie einen Scheiß an.

Ich schaue mal, wo Natalie ist. Sie sollte doch an meiner Seite sein. Wir sind doch hergekommen als Paar, zumindest als ideologisches Paar. Als die beiden ohne Kinder. Als die beiden, die noch nicht so weit sind. Ich sehe Natalie, sie steht am anderen Ende der Küche, vertieft in ein Gespräch mit einer der Mütter. Ich erkenne sie jetzt. Natalie ist wandelbar, so wandelbar, dass mir fast schlecht wird. So wandelbar, dass ich Angst vor Natalie habe. In ihrem weißen Wollkleid spielt Natalie die Anwärterin auf die nächste Mutter, ich kann an ihrem Mund ablesen, wie sie Fachausdrücke raushaut. Natalie sagt »Stillen« und »fünfter Monat«. Was bildet sie sich ein? Natalie lässt mich jetzt hier stehen. In meinen alten Ausgehklamotten von letzter Nacht. Sie hat mich überredet mitzukommen. Sie hat gesagt, sie ist an meiner Seite. Sie hat mir versprochen, wir lästern über die anderen, wenn es sein muss. Jetzt ist Natalie verschwunden, sie ist zur anderen Partei gewechselt. Das ist Natalies Stil. Sie passt sich an, sie geht dahin, wo es besser für sie ist. Ohne Umschweife. Ich sollte mir das von Natalie abschauen, statt bloß ins Leere zu rebellieren.

Ich laufe Richtung Badezimmer. Ich setze mich einfach aufs Klo für eine halbe Stunde und sehe, was passiert. Ich kann noch nicht gehen, ich bin erst zwanzig Minuten hier. Das ist also ein Mütterbadezimmer. Da steht der Wickeltisch mit allen möglichen Ökoprodukten, nur noch eine Parfümflasche, ob die Mutter nicht mehr braucht? Kaum Kosmetik, kaum Lippenstifte. Die Frauen da draußen in der Küche schminken sich nicht mehr. Warum ist das so? Weil ihnen das Baby im Gesicht rumwischt oder weil die anderen sich auch nicht mehr schminken? Die Mutter ist dieses Mysterium für mich. Warum kann ich sie nicht verstehen, und warum habe ich dermaßen garstige Fantasien über sie? Es wäre schön, in dieser Küche mit den Müttern wirklich zu sprechen. Sie sagen zu hören, was sie fertigmacht, wie ihre Angst geht, was sie tun, wenn sie nicht mehr können.

Ich nehme das Parfüm vom Schrank. Es ist alt. Halb leere Chanelflasche. Sie wird nicht mehr benutzt. Muss ich so sein, wenn ich das mache?

Ich kann mit Henry kein Kind bekommen. Es wäre eine Katastrophe. Ich würde mit hochschwangerem Bauch morgens um sechs meinen Freund in den Clubs suchen. Entschuldigung, habt ihr einen Typen mit Marlon-Brando-Mantel gesehen? Ganz gut aussehend, nur schwitzt er im Gesicht. Dann, nach ein paar Tagen, würde Henry zurückkehren und mich anschreien, warum ich so fett und schwanger bin und warum ich so viel fresse. Das Schlimme ist, ich könnte Henry verstehen. Ich würde mich selbst so anschreien, ich würde mich wegen der Dinge hassen, für die mich Henry hasst.

So gesehen könnte ich ruhig schwanger werden. Wir würden mich einfach beide hassen.

Vom Klo aus rufe ich jetzt Henry an. Eben hat es noch geklingelt. Jetzt nur noch Mailbox. Sein Telefon ist ausgestellt. So wie damals, als wir im »Vier Jahreszeiten« abstürzten. Da musste seine Freundin angerufen haben, über Stunden. Vielleicht war sie nicht so. Vielleicht hatte sie Geduld, vielleicht hatten sie einen Pakt. Einen anderen als wir. Ich bin nicht so, ich verliere nach fünfmaligem Anrufen den Verstand, wenn jemand nicht rangeht. Ich möchte mir und der anderen Person, die nicht rangeht, die Fingernägel ausreißen. Das ist keine gute Entwicklung.

Vom Klofenster aus sehe ich diesen Schleier über Berlin. Rauchschwaden aus den Öfen, die noch in Betrieb sind. Der Rauch berührt die Wolken, das sieht schön aus. Dieser Film über den Dächern hat etwas Zauberhaftes, nur ist mir der Himmel über Berlin zu dunkel. Berlin ist mir zu dunkel. Ich finde kein Licht mehr in der Stadt, das ist sicher mein Problem als Bastard aus einer Grenzgegend. Nicht aus Berlin. Ich habe den Umgang mit Dunkelheit nicht gelernt. Ich komme aus einer Christenfamilie, da brannten immer irgendwo Kerzen.

Ich klebe hier auf dem Klo fest und kann nicht raus, um mit den Frauen im Wohnzimmer zu sprechen, Unterhaltungen zu führen, normale Dinge zu sagen. Meine Fähigkeit dazu verschwindet. Bin ich krank? Wenn es nach meinem Oberarm geht, dann ja. Schon wieder ein neuer blauer Fleck. Ich schwöre, er war gestern nicht da. Zumindest vorgestern hatte ich geduscht und nichts gesehen. Wenn ich draufdrücke, tut der Fleck weh, und schön sieht er auch nicht aus.

Ich habe Angst, ich würde gern in die Küche rennen und von Natalie den blauen Fleck untersuchen lassen, und Natalie würde mir zuzwinkern und mit einem Wimpernaufschlag sagen, es wäre alles okay. So ein Fleck hätte noch keinen umgebracht, auch drei oder vier Flecken nicht. Es müsste alles okay sein, es gäbe keine andere Möglichkeit. Ich würde Natalie das glauben.

Es ist noch Zeit. Ich könnte zu Dr. Fit, der könnte sich die Flecken ansehen. Ich war neulich erst wieder da. Wenn mein Körper mit irgendwas nicht einverstanden ist, gehe ich zu Fit. Ein paarmal hat er mir Vitaminspritzen gegeben, ich hatte sie wirklich nötig. Das Zeug in der Spritze ist dunkelorange und macht von innen schön warm. Wenn mir Dr. Fit das Zeug spritzt, muss ich eine Minute danach aufs Klo, und danach könnte ich Sex haben. Freunde haben denselben Effekt erlebt. Also gehen wir alle häufiger zu Dr. Fit, auch wenn es gar nicht nötig ist. Ich brauche heute keine Vitaminspritze, aber ich brauche Dr. Fit und sein Wartezimmer. Wenn ich nicht mehr kann, wenn es schlimm läuft, gehe ich zu ihm. Er hilft mir auszuhalten. Er hält mich. Mit Spritzen und Vitaminen.

Raus aus der Tür. In einer Stunde öffnet seine Praxis. Ich nehme die U8 bis Hermannplatz. Schon der Weg zu Dr. Fit verschafft mir Erleichterung, und spätestens wenn ich in Richtung Sonnenallee gehe, fühle ich mich bereits gesund, obwohl mich die Hand von Dr. Fit noch nicht einmal berührt hat. Hermannplatz. Kalt, Kachelausgang. Berliner Künstlerwelt, weit weg. Nicht attraktiv. Für mich der Weg zum Paradies. Gleich bin ich da. Neukölln. Niemand schert sich um meine dreckige Armeejacke. Hier kann ich zu Schlecker gehen und mir fünf Snickers kaufen. Hier kann ich zum Zeitschriftentürken gehen und mir eine Miniflasche Wodka kaufen. Hier kann ich in der Türkenapotheke um die Ecke Schlafpillen kaufen. Das kratzt das junge Mädchen mit dem Schleier nicht. Es wird nicht nachts herumrennen und erzählen, was ich hier tue.

Die schwere Holztür geht nach innen auf. Eine der Sprechstundenhilfen kocht Tee, und daher riecht es gesund. Hier bin ich gesund. Ich fühle mich weitaus kränker, wenn ich mit Henry im Bett liege.

»Ich komme zu Florian, für die Spritze.« Mehr muss ich nicht sagen. Die Schwester mit den roten Haaren zwinkert. Ich bin hier Stammgast, und weil sie mich gut kennt, muss ich nicht zwei Stunden warten. Wartezimmer, runterkommen, Ängste verfliegen. Gegenüber sitzen die türkischen Familien, die Florian behandelt. Neben mir ein paar Mädchen oder Frauen wie ich.

Sie sind an diesem Punkt, an dem ihnen der Körper Bescheid sagt. Ich kenne ihre blasse Haut, ihren nervösen Blick, abgeblätterter Nagellack, maniküreb edürftige Finger, ihre Wangen, die eingefallener wirken als die von Magersüchtigen. Ich weiß, warum sie hier sind. Sie und ich, also wir, wir mögen Dr. Fit, ja wir lieben ihn. Er gibt uns Zuversicht, mehr Selbstliebe zu finden. Doch Dr. Fit sagt das nicht einfach so. Er nimmt mein Gesicht in seine Hände und küsst die linke Wange. Knapp am Mund vorbei. Das hat mit Sex nichts zu tun.

»Kommst du?«

Da ist er, Fit, Dr. Fit. Hochgewachsen, schlaksig, Seitenscheitel, nervöse Bewegungen: Unterschrift gebend rechts, Laborwerte raussuchend links. Ich will mir das nicht eingestehen, aber ohne Florian würde ich Berlin nicht überleben. Florian ist ein Genie, er ist der beste Notfallarzt, den ich je kannte. Ich bin in guten Händen, ich könnte die Praxistür aufreißen und vor Florian vor Erschöpfung auf die Fresse fallen. Ich könnte sicher sein, in drei Sekunden Akupunkturnadeln an den richtigen Stellen sitzen zu haben. Florian hält mich am Leben. Für Florian existiert Erschöpfung einfach nicht. Deshalb verehre ich ihn. Ich sollte ihn heiraten. Ich kenne kein besseres Gefühl, als von Florian die Nadel in die Vene gesteckt zu bekommen. Florian führt mich in sein großes Zimmer mit den alten Drucken aus den 20er Jahren. Er liebt das Design der 20er Jahre aus der Blütezeit unserer Stadt. Nachtlebenmäßig.

Hat Florian die Plakate deshalb aufgehängt? Zu ihm kommen die Fälle aus dem Nachtleben.

Mein Arm ist schon abgebunden, und vorher hat Florian mir zur Begrüßung nur ein Küsschen auf die Wange gegeben, weil die anderen Patienten zusahen. Normalerweise ist seine Umarmung fester, aber Florian will sicher keine Missverständnisse. Das kann ich verstehen. Ich muss gar nichts sagen, die Nadel rutscht gleich in die Vene. Florian spritzt das rote Zeug. Er sagt, meine unteren Augenlider sind zu blass. Ich brauche Eisen und zwar sofort. Florian fragt, wie es geht. Ob alles okay ist.

Ich kann noch nicht antworten, denn meine Zunge ist schwer, und wenn es geht, würde ich gern pinkeln, aber es wird nichts kommen. Florian sagt, das ist normal, denn die Blase wird angeregt. Nach dem Pinkelreflex habe ich Lust auf Sex, aber auch das, sagt Florian, ist eine Illusion, ähnlich wie die Blasenregung. Die Vitamine rauschen durch wie ein D-Zug oder wie ein TGV aus heutiger Geschwindigkeitssicht. Der Organismus freut sich über die Durchblutung. Nächste Station ist Gehirn. Es hebt sich, es freut sich und hat keine Angst mehr. Es steht nicht mehr in Verbindung zum Rest, ich könnte alles tun mit diesem Gehirn.

»Gut, gut«, sage ich Florian, und über unserem Schwätzchen habe ich die blauen Flecken beinahe vergessen. Ich ziehe meine Shorts aus und lasse Florian einen Blick drauf werfen. Ich zeige den am Oberarm und den am Oberschenkel, ich finde, sie sehen nicht so schlimm aus. Das wäre kein Grund zur Sorge, diese fetten Dinger. Er will einen Test machen, und dann habe ich schon die zweite Nadel im Arm, die jetzt höllisch wehtut. Florian sagt, das liegt an meinen kleinen Venen, da kann er nichts machen, denn ich wäre nun mal so veranlagt. In diese Venen ging alles schlecht hinein und wieder raus, aber das wäre ein anderes Thema. Ich will lieber etwas über meine Flecken wissen.

»Woher kommen die? Was meinst du?«

»Das kann eine Reaktion sein auf Dinge in deinem Körper«, sagt Florian und ordert mich in den nächsten Tagen zurück. Und Ruhe wäre nicht schlecht. Was für Dinge? Mir ist nicht nach Ruhe. Mein Kopf sendet nach der Spritze alle paar Minuten Energieimpulse. Gepaart mit dem Zucker von Mandelhorn im Mund fühle ich mich extrem gut drauf. Ich mache große Schritte. Ich schaue nicht aufs Telefon. Wie lange wird das gehen? Was mache ich? Taxi ranwinken. Ich lasse mich einfach in der Nähe von Henrys Wohnung absetzen und schau mal, ob die Vitaminspritze reicht, um den Schlüssel umzudrehen.

Ich steige vor der Ackerhalle aus. 13,50 Euro. »Bitte fünfzehn und eine Quittung.« Soll ich den Taxifahrer fragen, was er noch vorhat? Ich bin noch nicht so weit, ich kann nicht nach Haus. Natalie rufe ich nicht an. Sie ist auf der Babyparty geblieben und hat mich für die Dauer des Aufenthalts dort aufgegeben. Ich könnte mit den Pennern vor der Ackerhalle reden. Vielleicht haben die Zeit. Es wird gleich dunkel, und die werden sicher nichts vorhaben. Ich kenne die beiden Typen am Eingang Ackerstraße. Sie sprechen mit britischem Akzent, da klingt das Besoffensein gleich besser. Sie teilen sich ein Fahrrad, wegen dem sie sich streiten. Sie sind versoffen, aber nicht allein. Ich bin jetzt neidisch auf zwei besoffene Penner. So weit ist es.

Ich weiß nicht, wie ich sie ansprechen soll. Vielleicht doch zu ambitioniert. Ich würde sie nicht mehr losbekommen. Viertel nach sechs. Soll ich was trinken? Würde das noch helfen? Ich kann nicht um sechs in eine unserer Bars gehen. Das geht gar nicht. Ich könnte in Freunde hineinrennen, ich könnte dem Barkeeper nicht in die Augen gucken um Viertel nach sechs.

Was ist mit »Doris' Trinkstube«? Direkt neben der Ackerhalle, ich hab es nicht weit. Ich gehe jeden Tag an »Doris' Trinkstube« vorbei und schaue aus den Augenwinkeln rein, um mir zu sagen: Hier wirst du nicht sein. Hier passt du nicht hin. Hier wird es nicht enden. »Doris' Trinkstube« ist mein Angstort. Wie wäre es, wenn ich jeden Tag zum Trinken käme? Ich habe mich immer gefragt, wer Doris eigentlich ist. Vielleicht war sie jemand wie ich? Vielleicht hat ein Kerl die Bar nach Doris benannt, damit ich reingehe. Meine Angst vor Henrys ausgestelltem Telefon oder seinem toten Körper ist stärker als die vor »Doris' Trinkstube«.

Was soll das Theater? Ich werde an der Bar einen Wodka bestellen, das geht doch ganz elegant. Ich werde die Beine übereinanderlegen und den »Ich bin nicht von hier«-Blick aufsetzen. Ich lege den Rückwärtsgang ein. Zurück zum Alkohol im Blut. Das Gefühl von letzter Nacht, vom letzten Morgen, vom letzten Nachmittag, ich bringe das langsam alles durcheinander. Ich geh da jetzt rein. Was soll denn passieren? Außer dass es mir gefällt und ich zu lange bleibe.

Drei Männer am Tresen. Sie schauen nicht nach oben. Das ist ja das Gute, sie schauen ins Bierglas. Der Schuppen ist wirklich ekelhaft. Verwitterte Sportwimpel hängen vom Tresen.

Niemand kann damit mehr angeben, denn sie stammen aus der DDR. Hier kommen die her, die nicht mehr können. Es stinkt nach Ata, dem Putzmittel, das in der Nase sticht, und von der Decke winkt Goethe für die Köstritzer Bierwerbung. Das ist hart, aber es gefällt mir, als Abwechslung zur schicken Nike-Werbung in Mitte. Der Mann hinter dem Tresen sollte das Hemd wechseln. Es steht vor Schweiß oder vor Staub, ich kann es nicht sagen, und ihn anzustarren bringt nichts.

»Na wat denn?«, sagt der Mann hinter dem Tresen.

Ich zeige auf die Wodkaflasche. Mehr Infos braucht er nicht.

Er nimmt ein trübes Glas vom Regal und schüttet eine ordentliche Portion ein. Moskowskaja ist seine teuerste Sorte, und die kostet 7,55 Euro in der Ackerhalle. Das Label ist den Leuten in der Bar scheißegal. Die Leute kommen wegen des Tresenchefs. Er weiß, wie man mit Trinkern umgeht. Weder den Männern neben mir an der Bar noch mir wird er in die Augen schauen. Wir brauchen unsere Energie fürs Trinken, nicht fürs Schämen.

Jetzt fällt es mir ein. Vor einem Jahr war ich mal hier. Mit Henry und einem Haufen anderer Typen. Es war ein Ironiebesuch. »Lasst uns eine Assi-Absteige suchen«, schlug jemand vor. Die Sache war als Spaßtrip gedacht, alles in der Annahme, unsere Leber wäre eine edlere, eine bessere. Wir freuten uns auf absurde Gespräche mit den Vollalkoholikern am Tresen. Wir suchten echte Asoziale. Als Sport. Als Riesenvergnügen. Solche, die einem Nightlife-Müll erzählen würden. Und über all den Scheiß reden, den wir selber nicht mehr ertragen konnten. Wir suchten immer wieder nach echten Dingen, nach Dingen, die wir irgendwie nicht kannten, nach Menschen mit sogenannten echten Problemen, damit wir uns am Morgen danach selbst mit einem lächerlichen »Helm auf«, wie Henry den Kater immer nannte, zumindest glamourös und besonders finden konnten. Wir dachten ernsthaft, wir wären eine Art Crème de la Crème. Von was aber genau? Von welcher Crème?

Ich bin kurz davor, dem Penner neben mir zu erklären, wie ausgefallen es ist, in einer kaputten Toilette in einem Abbruchhaus in Mitte zu stehen und sich über einen noch kaputteren Toilettendeckel zu beugen. Bei minus vier Grad, auch kein Problem. Und wie es ist, wenn man mit zwei Fremden weiße Linien aufsaugt, weil in dieser Nacht einfach sonst nichts zu tun ist. Danach lege ich die Arme um den Hals des einen Fremden und drücke ihm das Restkokain in meinem Mund auf seine Zunge. Er findet das nicht schlecht und öffnet seinen Mund weiter. Bald tauschen unsere Zungen die Kristalle aus, die wir uns vorher auf die Zähne geschmiert haben. Wir schicken den Dritten, den ich auch nicht kenne, nicht direkt weg, aber er verschwindet von selbst, weil er uns rummachen sieht. Er bleibt nicht stehen und glotzt. Versteht sich von selbst, internationales Gesetz auf den Toiletten der Welt: Wenn zwei anfangen rumzumachen, geht der Dritte. Das habe ich zumindest auf meinen Toilettenstreifzügen der letzten Jahre gelernt. Der Austausch von ein paar Kristallen führt nicht gleich zum Ficken, das dauert dann noch ein wenig. Deshalb bin ich am Anfang mit Henry oft auf die nächstbeste Toilette verschwunden. Wir wussten, wir mussten diese Fremdheitsphase ausnutzen, in der man sich vorspielt, sich gegenseitig nicht zu kennen. Würde das den Penner neben mir interessieren?

Seit zehn Minuten starrt jetzt dieser Typ vom anderen Tresenende rüber. Er schaut genau hin, spürt er die Gedanken zum Kokainsex? Könnte sein. Ich habe das Gefühl dafür verloren, ob mich jemand anstarrt, weil er mich ficken will oder weil er sich für mich interessiert. Angeblich ist es dasselbe, sagen mir Männer in meiner Umgebung. Ich finde den Typen nicht schlecht. Ich kann mir vorstellen, mit ihm nach zwanzig Minuten schlimm zu knutschen. Für mich das beste Zeichen großer Sympathie, meinerseits.

Der Typ hat einen super Mund, er ist riesengroß. Ich schätze, er ist in seinen Sechzigern, vielleicht älter. Ich schaue mir die Männer in dem Alter immer genau an. Mit den alten Knackern komme ich gut zurecht. Wir sprechen dieselbe Sprache. Vielleicht war ich in meinem früheren Leben auch ein alter Knacker.

Der Alte steht jetzt auf. Ich bin angetan. Seine Jeans sitzt noch verhältnismäßig gut, er hat keinen Hintern mehr, wie alle Männer in seinem Alter, aber wen stört das schon. Der Hintern wird überschätzt. Ein paar Brustmuskeln sind zu erkennen, gut sichtbar durch das weiße T-Shirt. Sonst besteht er aus Zähnen, Jacketkronen und einer Mütze, die seine halb offenen Augen zudeckt.

»Hallo, der Name ist Klaus.« Ich nehme die Hand vom Alten. Schöne, ledrige Hand, kein übertrieben harter Griff. Die braune Hand von Klaus liegt gut in meiner blassen, undurchbluteten. Mir gefällt der Kontrast. »Was macht denn ein Mädchen wie du hier?«

»Was macht denn ein Typ wie du hier? Du siehst nicht so asozial aus wie alle anderen.«

Klaus lacht mir direkt ins Gesicht. Das hatte ich lange nicht. Jemand, der ein volles, fettes Lachen zu mir schickt. Ein ernst gemeintes, ein schönes. Klaus zeigt mir die volle Breite seiner Jacketkronen. Ich nehme an, er hat sich seine echten Zähne rausgesoffen, rausgekokst oder jemand hat ihm ein paar Zähne rausgeschlagen. Solche Fantasien löst der Alte in mir aus.

»Bist du Berlinerin?«

»Ich lebe hier.«

»Du tust mir leid.«

Haha. Was kommt denn jetzt für eine Leier?

Klaus ist nicht aus Berlin. Das habe ich gleich gesehen. Er hasst Berlin. Er kann Hässlichkeit nicht ertragen, wer sollte ihm das übelnehmen. Ich kann seinen Hass sehen und gleich spüren. Er ist aus dem Süden. Wie er riecht, wie er sich bewegt, all das zeigt, Klaus würde niemals ein guter Preuße werden. So als habe die Sonne die meiste Zeit auf ihn geschienen, von wo auch immer. Ich tippe, Klaus ist aus München. Da wissen immer alle gleich Bescheid und labern davon, die Größten zu sein. So wie Klaus.

Klaus bestellt einen Wodka für uns beide. Den mit Büffelgras.

»Die haben den hier?«

»Baby, den gibt es überall«, sagt Klaus. Als Bestätigung legt er seine Hand auf mein Knie.

»Ich habe einen Freund.«

»Ach, einen Freund ...« Klaus zieht das Wort Freund ganz lang. »Mädchen sind hässlicher, wenn sie in Beziehungen sind. Sie sehen fertig aus. Fett und unsicher.«

Was ist denn das für eine Scheiße? Der Alte soll sich mal beherrschen.

»Ich bin übrigens in gar keiner richtigen Beziehung.«

»Ist dein BH von La Perla? Ich kenne das Modell.«

Klaus fingert an meinem linken Träger herum, der jetzt rausguckt, und ich muss lachen. Ich bin, wie man sagt, angeschickert. Beschwipst. Vom Büffelgras, von der Vitaminspritze im Blut, vom Restkoks der letzten Nacht. Die Substanzen tanzen zusammen. Ich müsste mir genau merken, was jetzt in mir steckt. Eine gute Mixtur. Ich habe Spaß mit Klaus. Ich denke seit zehn Minuten nicht daran, Henry anzurufen. Ich denke seit fünfzehn Minuten nicht daran, ihm einen schweren Gegenstand über den Kopf zu ziehen. Ich mache Fortschritte.

Ich möchte Klaus jetzt alles beichten. Toilettengeschichten erzählen und seine Meinung hören. Klaus wird mir Antworten geben. Er ist alt genug, doppelt so alt wie ich. Er sucht nach extrem unvernünftigen Situationen, genau wie ich. Er ist nicht weise, genau wie ich. Ich glaube, Klaus will vor seinem Tod so viel Sex wie möglich. Genau wie ich.

»Kann ich dich was fragen?«

Klaus' Lederhand liegt auf meinem Knie.

»Jederzeit.«

»Warum fühle ich mich manchmal wie eine Nutte? Das Gefühl überfällt mich ab und zu. Sogar im Supermarkt.«

»Mädchen wie du, die sind so. Das ist nichts Schlechtes. Bist du katholisch?«

»Bin ich.«

»Du hast Glück. Katholische Mädchen sind eben freier.«

Will Klaus mir sagen, dass meine Religion mich zur Nutte gemacht hat? Ich bin gar nicht so religiös. Sonntagmorgens gehe ich nicht in die Kirche. Ich hätte keine Zeit, denn während andere am Sonntagmorgen auf der Bank knien, komme ich erst aus der »Panorama-Bar«. Vielleicht hat Klaus recht.

Der Katholizismus schlug mir als Kind zwei Rollen vor, die ich im Laufe meines Leben einnehmen könnte. Die der unbefleckten, stillen Frau, die alles mitmacht. Oder die der harten Prostituierten. Früher im Religionsunterricht wollte ich mehr über die Prostituierte wissen und versuchte, so viel wie möglich über Maria Magdalena zu erfahren, die Jesus einmal vorm Steineschmeißen bewahrt hatte. Böse Zungen hatten übrigens behauptet, Magdalena hätte mit Jesus eine Affäre gehabt. Mein alter Nazi-Pfarrer vom Dorf hatte uns das jedoch heftig ausgeredet. Jesus habe keinen Sex gehabt, und Maria Magdalena wäre eine Schlampe gewesen, das wäre nun mal so. Danach war ich besessen von der Nutte Maria. Ich traute mich aber nicht nachzufragen, denn ich hatte keinen guten Stand im Religionsunterricht. Meine Mutter war geschieden und ich dem Pfarrer ein Dorn im Auge. Der Pfarrer sah in mir einen Bastard, den er wohl oder übel mit unterrichten musste. Ich konnte mich dem Pfarrer nicht unterordnen. Er verlangte, dass wir uns für die Jungfrau Maria, die Mutter Gottes interessierten, ja sie sogar anbeten sollten.

Maria, die Mutter Gottes, machte mich extrem aggressiv. Sie schaute mir nicht ins Gesicht. Sie hatte einen weggetretenen, abgemeldeten Gesichtsausdruck und schaute nicht mal ihr Kind auf dem Arm an. Alle meine Versuche, Maria ins Gesicht zu schauen, missglückten. Sie weigerte sich, mit mir zu sprechen, sie weigerte sich, Auskunft darüber zu geben, wie man ein Kind ohne Sex mit einem Mann bekommt. Das fand ich unverschämt. Ich und meine Freunde, wir wussten doch mit neun, was Sex ist und wohin er unter Katholiken führen sollte. Was sollte das also? Warum sprach Maria nicht? Ich wollte die Statue anzünden, kaputt schlagen. Im Beichtstuhl weigerte ich mich, der Jungfrau Maria zu danken, den alten Nazi-Pfarrer wunderte das nicht, ich war ohnehin der Bastard aus einer kaputten Ehe. Ich war theoretisch zu unrein für die Jungfrau Maria.

Letztendlich wurde ich zu einem Produkt von Maria, der Jungfrau und der Prostituierten zu gleichen Teilen: eine stille Frau, die alles mitmacht, und eine Prostituierte, die auch alles mitmacht. Mit neun sollte ich auch noch Jesus heiraten. Ob ich wollte oder nicht. Ich fand den Tag der Kommunion höchst merkwürdig, und wenn ich mich richtig erinnere, hatte ich die Nacht davor so viel Kuchen gefressen, dass ich davon kotzen musste. Ich wollte nicht, dass Jesus eine hübsche Braut bekommt. Einiges wurde verlangt. Gelöbnisse, Bekenntnisse im Beichtstuhl, Lieder singen, die aus dem Mittelalter. Der Pfarrer forderte immer mehr Eingeständnisse von schlechtem Benehmen, die gar nicht stattgefunden hatten. Also log ich ihn an. »Ich habe die Tafel Schokolade von meinem Bruder aufgegessen.« Etwa auf diesem Level. Ich verschwieg ihm, dass ich in der Unterwäsche meiner Mutter gewühlt und die schwarzen Teile vor dem Spiegel anprobiert hatte. Als Brüste hatte ich mir ordentlich Klopapier hineingesteckt. Der Pfarrer hätte mich nach dieser Auskunft Jesus nicht heiraten lassen, und irgendwann war ich von der Idee dann einfach doch angefixt. Wie würde ich mich am Tag der Hochzeit fühlen? Wie wäre die Ehe mit jemandem, der ohne vorherigen Sex auf die Welt gekommen war?

Am Tag der Kommunion trug ich als Einzige ein Minikleid. Es endete in der Mitte der Oberschenkel, und ich war froh über so viel Beinfreiheit. Meine Eltern hatten nicht eingesehen, für einen Tag ein Kleid zu kaufen, und so lieh ich mir das Kleid meiner Cousine. Alle anderen Mädchen trugen echte Brautkleider. Lange, weiße Gewänder mit viel Spitze, Schleier, ein paar sogar Schuhe mit kleinen Absätzen. Ich fragte mich, ob Jesus mich an diesem Tag überhaupt so heiraten wollte oder ob er sich dachte, die Kleine da unten mit dem Minikleid, die ist doch keine Braut. Die ist eine Prostituierte. Von der lasse ich die Finger. Ich glaub, das ist es, was an diesem Tag passiert ist. Ich habe nie geheiratet. Ich schluckte die Hostie nicht herunter. Ich spuckte den Brei in meinen linken Handschuh. In mir wollte kein Brautgefühl aufkommen. Es waren die Nonnen im Kindergarten, die mir die Sache frühzeitig ausgetrieben hatten, so viel war klar. Ständig mussten wir im Namen von Jesus, unserem Zukünftigen, irgendwelche Tests bestehen. Einmal befahl uns die Obernonne in eine kleine Kapelle, ich hatte die Kapelle bis dahin nicht bemerkt, sie musste in einem Seitenteil des Kindergartens gelegen haben. Sie befahl vier von uns zu sich, ich konnte die Auswahl nicht durchblicken, aber wir waren vier Mädchen. Die Nonne drückte uns eine Kerze in die Hand, wir sollten sie halten, circa fünf Minuten, die Nonne segnete uns, ich konnte nicht erkennen, worum der Segen genau ging, aber die Segnung kam mir überdurchschnittlich lange vor, es gab keinen Anlass für die Segnung. Ostern, Weihnachten waren weit entfernt. Nach drei Minuten tropfte heißes Wachs auf unsere Finger, es brannte, ich hielt aus, meine Nachbarin zeigte ein paar Tränchen, aber ich wollte hart bleiben und hielt aus. Die Segnung wollte nicht aufhören, irgendwann hatte ich einen Wachsbolzen um meinen Daumen. Die Obernonne sah nicht hin, sie segnete, was das Zeug hielt. Sie wollte uns beibringen, wie man leidet, am besten still. Das war die große katholische Lektion, die ich an diesem Morgen gelernt hatte. Sie würde uns als Frauen auf unser zukünftiges Leben vorbereiten. Die Dinge lautlos in klaustrophobischen Räumen ertragen. In dieser Situation würden doch wirklich nur noch Drogen helfen. Mit Weihrauch hätten wir uns nicht wegschießen können. Der blieb uns in seiner ganzen Heftigkeit versagt, denn wir waren Mädchen. Das Schnüffelhigh per Rauch war den Jungen vorbehalten. Die kleinen Nutten in den schwarzen Kleidchen sollten sich lieber heißes Wachs ganz ohne Betäubung über ihre Fingerchen gießen lassen. Das war nun mal so für sie vorgesehen.

Es wäre jetzt nicht schwer. Wir sind angetrunken, und zwar richtig. Ich bestelle einen Kaffee, ich muss hier raus. Klaus hat längst meine Nummer notiert und ich seine. Das hatten wir schon nach dem ersten Büffelgraswodka erledigt. Ich ging schnell darauf ein. Klaus hat mir gesagt, meine Titten würden in einem Tanktop wunderbar aussehen, und ich habe mich für das Kompliment ehrlich bedankt. Es wäre jetzt so einfach. Ich müsste nur langsam Richtung Toilette gehen und Klaus ein kleines »Bis gleich« ins Ohr flüstern. In »Doris' Trinkstube« gibt es aber nur ein Klo, und es würde auffallen, wenn wir das blockieren. Wir bräuchten eine Weile, wir wären nicht zu schnell. Wir würden mit Küssen beginnen, denn wir mögen uns. Wir würden uns näherkommen wollen, wir würden die Sache nicht so schnell erledigen. Ich würde von Klaus anschließend verlangen, mich zu retten. Mich mit nach Hause zu nehmen, wie ein Tier von der Straße. Dabei habe ich doch zu Hause ein Leben. Ein recht glamouröses Leben mit einer teuren Badewanne und Töpfen für Gourmetessen. Ich muss dieses Leben einfach mehr schätzen. Ich tue nichts für das Leben und wundere mich, wenn es sich nicht vor mir eröffnet.

Ich gebe Henry nichts zurück. Nicht richtig. Ich sollte damit anfangen. Jetzt.

Klaus schaut verwundert.

»Was ist? Sind wir schon fertig mit dem Trinken?«

»Ich muss los.«

»Aha.«

»Sehen wir uns?«

»Ich denke schon.« Klaus' fette Lippen drücken mir einen Kuss auf den Mund. Was soll das?

»Goodbye. Ruf mich an.«

Ruf mich an. Was soll denn der Scheiß? Klaus läuft betont langsam aus der Bar hinaus. Er ist doch kein Mädchen, dem ich auf den Hintern schauen soll. Klaus' Hintern existiert nicht mehr, so wie die Hintern von allen alten Männern verschwinden. Kurze Überlegung: An was sollte man sich beim Sex dann festhalten?

Ich brauche keine neue Aufregung und keinen Klaus. Mir wird schummerig, wenn ich an mehr Risiko denke. Mir wird schummerig, weil mein Kreislauf auf Talfahrt geht. Ich frage mich, ob das erste Entzugserscheinungen sind. Irgendwas flüstert der Körper, ich kann nichts verstehen, ich spüre nur Kälte. Ich will wärmende Dinge kaufen. Essen, Kohlehydrate. Für mich und Henry. Für unsere kleine Welt. Wir brauchen sie doch beide zum Überleben.

Wie ist es mit Kochen? Das liebt Henry. In der Ackerhalle ist noch Licht. Na bitte, auf die ist doch Verlass. Ich werfe zwei Päckchen Arobioreis in den Korb, die Hühnerbrühe steht gleich nebenan. Ich nehme die teure. Die von Lacroix, die mag Henry am liebsten. Parmesan, Petersilie, ein paar Pilze. Ich pfeife ein Liedchen, das mit dem Haushalt im Titel. Gleich werde ich Risotto für Henry kochen. Risotto bedeutet Wärme. Es bedeutet, sich zu kümmern.

Ist doch alles ganz einfach. Falls Henry noch nicht zurück ist, werde ich das Risotto warm stellen oder einen Zettel schreiben. »Weck mich, wenn du da bist, ich koch Risotto.« Ich weiß, es ist ein wenig bescheuert. Eine Kochüberraschung für jemanden zu planen, der zu diesem Zeitpunkt der geplanten Überraschung gar nicht da ist, unter Umständen mit dem Rücken auf dem Boden eines Clubs liegt und nicht mehr seinen Namen kennt. Das erzählten die Leute damals über Henry. Ich hörte diese Geschichten über ihn regelmäßig. Er würde mit Obdachlosen feiern, sich über Tage nicht blicken lassen. Seine Hosen, sein Mantel hätten in die Reinigung gemusst, weil alles nach Straße stank. Die Leute liebten es, diese Geschichten über Henry auszubreiten. Oder über seinen Abstieg und seine Todesnähe zu lästern. Ich hatte da nie zugehört. Ich wusste nicht, was damit gemeint war, mit der Todesnähe.

Ich riskiere das jetzt. Ich koche. Initiative ergreifen. Vielleicht wirkt das auf Henry. Vielleicht bekennt er sich, vielleicht machen wir beide den Schritt zu einer neuen Häuslichkeit. Vielleicht wird ein Risottogericht die ganze Richtung ändern. Risotto als Initialzündung.

Lächeln an der Ackerhallenkasse. Die Kassiererin mit der Föhnfrisur lacht nicht zurück. Es ist gleich acht Uhr, sie will nach Haus. Wen will ich denn überzeugen? Soll ich noch ein paar Rundrufe starten, ob Kochen eine gute Idee ist? Warten wir es ab. Eben, als ich über den Champignonpaketen stand, habe ich noch mal an Klaus gedacht. Es ist gut, dass Klaus mich jetzt nicht mit den Einkaufstüten sieht. Blass. Verschwitzt, ungeduscht zerre ich das Zeug nach Hause. Für Klaus würde ich wie eine schlimme Hausfrau aussehen. Er würde mir sagen, das ist nicht der richtige Weg. Er würde mir sagen, wenn man zu zweit beim Italiener sitzt, dann ist die Sache schon vorbei. Wieso glaube ich das einem alten Knacker, einem Mann mit falschen Zähnen und Totenkopfschädel, den ich seit einer halben Stunde kenne? Ich hätte einfach auf der Toilette mit ihm schlafen sollen. Dann wäre die Sache erledigt, und ich müsste nicht mehr nachhaken.

2

Die Tür steht offen. Drinnen ist es still. Meine Gruppe ist nicht gut besucht, aber es ist ja erst acht. Da stehen die Koabhängigen normalerweise noch nicht auf. Der Abhängige im Haushalt schläft seinen Kater aus, und die Koabhängigen wagen sich nicht aus dem Haus. Sie sind verängstigt, erwarten imaginäre Prügel, Alte, bleib zu Hause, bis ich aufstehe und dir die Hölle heißmachen kann. In der Hinsicht lässt mir Henry freie Fahrt. Ich kann abhauen, wann ich will. Selbst die Rückkehr steht mir offen.

Berlin muss sparen. Trostloses KIS, ich dachte, wegen Trost komme ich her. Kein Empfang. Hinten in der Ecke sitzt ein Mann mit dem fahlsten Gesicht der Welt. Er hat sich den Korbsessel geschnappt. Erinnert an einen alten Sessel aus den *Emanuelle*-Filmen, ich schätze aber, die Sperrmüllausstattung hier stammt vom Arkonaplatz-Flohmarkt. Stühle mit kaputten Beinen, die Farbe nötig hätten.

»Hallo?«

»Hallo!«

Der Mann schaut genau links an mir vorbei.

»Wir sprechen hier nicht miteinander.«

»Ist das die Koabhängigkeitsgruppe?«

»Wir sprechen hier nicht miteinander.«

Was machen wir dann?

»Wir reden in den Raum. Wir erzählen unsere Probleme niemandem. Wir lassen sie raus, ins Nichts.«

Das ist ein krankes Konzept. Ich setze mich für drei Minuten auf den Stuhl, der am stabilsten aussieht, und höre zu.

Der Mann ist sauer, er geht richtig ab.

»Du hast mir immer versprochen …«

»Das macht mich aggressiv …«

»Wie kannst du mir das antun …«

Ich soll mit der Wand sprechen, das gibt es gar nicht. Da kommt nichts zurück, keine Problemlösung. Ich bin doch nicht wegen so was morgens um sieben durch den Schnee gelaufen und habe mich wie immer an der Kreuzung Brunnenstraße mit Schneematsch von Lehrern auf dem Weg zur Arbeit vollspritzen lassen.

Der Mann ist fertig. Er zieht seine Jacke an und würdigt mich keines Blickes. Er ist für heute durch und auf dem Weg nach Hause zu seiner Koabhängigkeitsbaustelle. Wir sind doch zwei arme Kreaturen, der Mann und ich. Keine Sau hört uns zu, wir verdienen einfach nicht die Aufmerksamkeit, die den hemmungslos Süchtigen, den Hauptsüchtigen, den Starsüchtigen zukommt. Über sie sprechen die Leute in den Nächten, jeder kennt sie in der Stadt, jeder kennt ihre Gesichter. Vom Ausgehen, von Plakaten, aus Klatschgeschichten, es waren immer die asozialsten Süchtigen, die gut ankamen. Jeder Süchtige konnte in Berlin eine Karriere starten. Der schlimm Süchtige, der uncool Süchtige, der gutaussehende Süchtige. Die Menschen hier lieben die Süchtigen. Wegen ihrer Risikobereitschaft, wegen ihres Wahnsinns, ihrer Egomanie, ihrem Entertainment. Als Süchtiger ließen sie dir alles durchgehen. Kein

Problem, du urinierst auf den Tisch, superlustig! Du liegst mit Spritzen im Arm unter der U-Bahn-Haltestelle? Ab in die *Tagesschau*!

Die Süchtigen machten Werbung für die Stadt Berlin. Hier, in dieser Ausflippungsmetropole, da könne man die schlimmsten Gestalten sehen, jede Nacht. Solch harte Jungs und Mädchen gäbe es im ganzen Land nicht, und die Fähigkeit, über fünf Tage und Nächte auszugehen, war in Berlin Grund genug für eine Olympiamedaille. Und die Idioten, die ihnen zur Seite standen, die Kotzeimer brachten und grüne Galle entsorgten, die Krankenwagennummern wählten und deren Essen an die Wand geworfen wurde, wenn sie es vorbeibrachten, die waren den Leuten scheißegal. Niemand kannte ihre Namen. Auf einen Süchtigen kamen im Schnitt zehn Koabhängige. Sie trugen das Schicksal von unbekannten Soldaten, die sich für falsche Ausgehideale geopfert hatten. Sie waren es, denen niemand Respekt zollte, und dafür waren sie natürlich selbst verantwortlich. Sie legten sich einfach selbst hin, als Fußmatte, auf die andere draufsteigen konnten. Das mochten sie irgendwie. Ich habe die Schnauze voll von dieser Existenz als Helfer. Ich will die ganze Aufmerksamkeit, die ganze Ladung an Verehrung. Ich will süchtiger sein. Nach Alkohol, Kokain, richtig süchtig. Theoretisch müsste sich doch sofort jemand finden, der sich wirklich um mich kümmert. Dem ich am Herzen liege. Der sich Sorgen macht, der mich liebt, weil ich ihm morgens um vier »Fotzenlogik« vorhalten kann, jemand, dem ich ein paar Teller und Tassen über den Schädel ziehen könnte, jemand, der sich am anderen Morgen dafür entschuldigen würde, dass er mich gestern Nacht auf die Palme gebracht hat.

Im Stockwerk unter den Koabhängigen war eben schon der Teufel los, hier müssen sich die Süchtigen treffen. Ich höre von hier oben die Partygeräusche, Lachen, Gackern, beste Laune.

»Komm runter, sei nicht schüchtern!«

Eine Riesenblondine schaut zu mir nach oben, sie winkt mich ganz hysterisch runter, ich folge dem Ruf der Riesenblondine. Ihr Gesicht ist zerstört. Krater, Pickel, grobe Falten, Gebirgsblick. Ich vermute Schnäpse, ein Leben lang.

»Willkommen bei uns, willkommen bei den AAs.«

Wir schauen uns in die Augen. Für einen kurzen Moment tut das weh, ich will nicht so weit einsteigen, ich will nicht sehen, was mit ihr ist, ich will nicht ihre ganze Last neben mir spüren, schaffe ich nicht. Wie nahe bin ich an ihr dran? Wie weit soll ich von ihr weg? Ich spreche lieber mit dem pummeligen Mädchen. Seine Hand ruht auf meiner Schulter, ich schätze, es ist nicht älter als dreiundzwanzig. Das Mädchen hat noch Hoffnung, das Leben beginnt doch erst mit dreiundzwanzig, und in dem Alter ist es erlaubt, T-Shirts mit Aufschrift zu tragen.

Auf den Brüsten des Mädchens steht »Muff Diver«, und falls jemand nicht verstanden hat, was das bedeutet, der kann auf dem Arm des Mädchens das Wort »Lesbe« lesen.

Ich verliere mich in den roten Pusteln auf den Mädchenwangen. Das spricht meiner Ansicht nach nicht nur für Alkohol, sondern für Synthetisches, für Ecstasy. Ich habe diese Art der Haut an den jungen Dingern in Berlin beobachtet. Auf Tanzflächen war sie mir nahe gekommen, in den Straßenbahnen, den U-Bahnen.

»Ein guter Platz, da siehst du alles«, sagt die Lesbe.

»Warum bist du hier?«

»Ich war heute Morgen gegen sechs sehr verzweifelt, ich wollte niemanden anrufen. Um sechs.«

Die Lesbe nickt. Ihr Leben ist ein hartes Programm. Montag bis Mittwoch verbringe sie auf MDMA-Pulver, »weil das während der Woche softer ist«, doch ab Donnerstag würde auf Koks und Wodka umgestiegen. »Bis Montag.« Das kommt mir bekannt vor, bis auf den MDMA-Teil. Wer hätte gedacht, dass die Ostlesbe aus Leipzig einen gar nicht unähnlichen Fahrplan wie wir aus der schicken Bergstraße vorzuweisen hat.

»Leipziger«, sage ich, »sind gute Typen, zuverlässig.«

»Ich bin nicht zuverlässig, ich bin Alkoholikerin. Schau nach vorne …« Ich soll an die Tafel gucken, gleich ginge es los. Die zwölf Schritte, davon habe ich gehört. Was soll ich machen?

»Anerkennen, dass ich meinem eigenen Problem gegenüber machtlos bin und mein tägliches Leben nicht mehr bewältigen kann.« Ich kann mein Leben bewältigen, absolut. Einfach. Es steht auf festen Pfeilern, die niemand so leicht umstoßen kann.

Kokain, Henry, Wodka, Berlin, die Nacht, Dr. Fit und seine Spritzen, Natalie und ihre Dramaanfälle, ausreichend für uns beide. Sicherheit. Das ist meine Struktur, die kann ich nicht umwerfen wie ein Dreijähriger einen Spielzeugturm.

Was noch? »Ich soll zum Glauben kommen, dass nur eine Macht, die größer als man selbst ist, das eigene Leben wiederherstellen kann.« Gott. Ich hatte ihn weggestoßen, weil mir die katholische Welt nicht mehr gefiel, aber vielleicht war dieser Gott gar nicht gemeint, den ich damals traf. Der Mann mit Bart, der strafte, wo es nur ging, praktisch immer. Ob Gott mich betrachtet, wenn ich mir Kokain in die Nase stopfe? Schämt sich Gott dann für mich und schaut einfach weg?

Es geht jetzt gut los bei den Anonymen. Ich hätte gleich herkommen sollen. Gejohle, Geklatsche, der Leiter wird angefeuert. Er ist noch jung, nicht mal vierzig, schätze ich. Sein Gesicht leuchtet nicht, es trägt die Spuren der letzten Jahre. Er legt sich ins Zeug zu strahlen, er muss doch überzeugen. Der Leiter ist kein Asozialer, kein wütender Irrer im Unterhemd mit einer billigen Bierflasche in der Hand, so wie ich den Alkoholiker in den 70er Jahren kannte. Er trägt ein extrem sauberes Hemd, ich vermute, Hugo Boss, gestärkter Kragen, gebügelte Jeans, gepflegte Hände, richtige Gesichtscreme, offenbar über Jahre benutzt. Alles ist eine Rüstung. Der Leiter könnte im Vorstand der Deutschen Bank sitzen. Jungmanager, Aufsteiger, wer würde ihn mit einem Vollalki verwechseln?

Im Publikum: junge Kerle, ein Junge ist besonders schön. Balletttänzeraura, haselnussbraune Augen, Helmut-Berger-Schönheit. Nur leider Alkoholiker.

Ich stehe auf. Was soll ich sagen? Soll ich lügen? Ich wollte einfach mal vorbeischauen. Ich wollte mal was Neues sehen. Ich wusste heute Morgen nicht mehr, wo oben und unten ist. Ich sage das, was die hier hören wollen.

»Hallo, ich bin Eva, und ich bin Alkoholikerin.« Ist nicht schwer. Der Applaus gehört mir. Ich hole richtig aus, ich erzähle drauflos, was das Zeug hält. Es ist schön, wenn mir dreißig Augenpaare folgen, nur weil ich vom Saufen am letzten Wochenende erzähle. Ich gebe Gas, ich mach weiter, ich erfinde noch ein paar Koksmärchen, krasse Abstürze, Überdosen, die ich nie genommen habe, Bilder, Szenen aus der Badewanne, in der ich angeblich mit Wodka und Koks lag und aufs Mittelmeer schaute. Das kommt besonders gut an, ich sehe in einigen Augen Neid. Und Appetit auf Abstürze. »Natürlich war das Horror«, füge ich hinzu. Nicken, der Neid verschwindet. Ich sehe mein Problem. Der Moment, ganz genau der Moment in der Badewanne, ist nicht Horror. Ich saß in einigen Badewannen, von denen aus ich ins Blaue schaute, morgens um sechs, verzaubert von der Einnahme, wirr im Kopf, schön wirr, die Zeit war nicht mehr da, sie war verschwunden. Wir hatten sie gehen lassen. Eine halbe Stunde absolut Wundervolles. Viscontiszenenartig. Schöne Nackte in einer weißen Wanne. Abgehoben, fertig, glücklich für kurze Zeit. Besser als nie. Dann wieder Horror. Aber erst dann.

Der Deutsche-Bank-Leiter holt mich zurück.

»Eva, schön, dass du auch über die Substanzen sprechen kannst. Sei stolz, die meisten geben das nicht zu.«

Gern. Logo. Donnernder Applaus, wie nach *Schwanensee*, aber nur für mich. Ich gebe alles zu. Null Problem.

Ich komme wieder. So viel ist sicher, dieses Mal als Vollsüchtige, als Süchtige aller Süchtigen, als SüchtigChristSuperstar.

Ich hatte keinen Hang zur Sucht. Nur eine Schwäche für Pillen. Ich mochte das Gefühl einer Pille, eines Medikaments im Mund. Dieses harte Teil, die Erwartungsspanne, wann die Pille einsetzen würde. Würde mein Blut rauschen? Schneller, langsamer? Würde mir schwindelig werden? Oder, noch besser, würde ich umfallen? Ganz oben auf meiner Liste standen Antibiotika. Ich hatte eine Schwäche für die Körperzerstörer. Vor allem für besonders alte Pillen aus der sogenannten Dritten

Welt. Mein Körper suchte danach, wenn wir auf Reisen waren, er aktivierte alte Entzündungen, Viren, Krankheiten, um mir einen Besuch in den schäbigsten Krankenhäusern zu verschaffen. Mein Körper half mir, selbst in fremden Gegenden an Stoff zu kommen, der mich rauf- oder runterkommen ließ. Fakt war, ich konnte unsere Streits auf Medikamenten besser aushalten. In einer Bergsteigerklinik am Kilimandscharo schluckte ich fünf blaue Bomber, die mir die Ärztin mit Milch zu trinken gab. Ich konnte drei Nächte nicht die Hände von meiner Magengegend nehmen. Ich spürte, welcher Giftmüll in mir lagerte, es war die Art von Tabletten, die es bei uns nicht mehr gab. Egal, ich war nicht ganz anwesend, über Tage. Das tat unserer Beziehung gut. In Peru hingegen schluckte ich gelbe Pillen in der Form von Killerwespen, weil ich mir angeblich eine Magenentzündung zugezogen hatte. Ich fand es recht abenteuerlich, aber ich konnte über Tage nichts sehen. Ich war blind, und das passte mir gut in den Kram, Henrys Abstürze schienen für ein paar Tage unsichtbar. In Indien ließ ich mich sogar von so vielen Moskitos stechen, dass ich im Armeehospital an Kortisoninfusionen hängen musste. Für ein paar Stunden. Es traf sich gut. Es war Silvester. Ich hatte Angst vor dem neuen Jahr und Angst vor einem Saufsilvester. Das Kortison half mir. Es machte mich entspannt und gefühllos. Nicht kalt, nur abgebrühter. Ich konnte den Silvesterabend gut überstehen, und Kortison und Alkohol vertrugen sich weniger schlecht, als ich erwartet hatte. Pillen, Infusionen, Säfte, Medikamente waren immer meine Welt. Meine Mutter hatte einen honiggelben Koffer mit Medikamenten. Ich war fasziniert davon, über Jahre. Ich studierte die Namen von Beruhigungsmitteln und Schmerzpillen. Es schien mir schöner, als Puppenhaare zu kämmen.

Die alten Leute in meinem Dorf trafen sich beim Arzt,

jeden Tag. Der Arzt war Alkoholiker, und ihm war alles egal, also verschrieb er jedem, was er wollte. Es war ein schönes Bild, wenn die Omas und Opas im Wartezimmer saßen und sich die Zeit mit Gesprächen über Pillen vertrieben. Der Zweite Weltkrieg war vorbei, als Thema durch. Krankheiten, Zipperlein, Pillen, Operationen, das war ihre Welt, da fühlten sie sich wohl, da konnten sie aufleben. Ich saß lange in den Wartezimmern, um die Pillengespräche zu belauschen, ich wurde ganz ruhig, ab und zu schlief ich ein. Die Sucht, das war nicht die Tablette. Die Pille, die Tinktur, die Verzauberung durch Valium, als ich mir den Arm brach, das Erlebnis einer psychedelischen Erweckung, als ich Tetrazykline schluckte. Die Sucht, das war Christiane F., ihre schlampigen Haare, ihr hartes Berlin, das ich niemals hätte ertragen können. Die berühmte Rotwein-Kotz-Szene, als Christiane sich mit ihrem Freund Detlef zum Entzug zurückgezogen und mehrere Flaschen Rotwein an die Wand gereihert hatte. Das Bild der Sucht, als ich groß wurde. Damit wollte ich nichts zu tun haben. Das war lange her.

Die Sonne hat es geschafft. Nach Wochen ist sie heute Morgen über Mitte aufgegangen, sie verzaubert den Rauch über den Dächern, ich sehe kleine Figuren aufsteigen. Berlin kann friedlich sein, und der Frieden ist an mir hochgeklettert. Warum kommt er plötzlich aus heiterem Himmel? Ich war losgegangen, ich bewegte mich Richtung Hilfe. Das war neu. Die Hilfe hatte ich mir bisher verwehrt, weil ich gar nicht wusste, woraus sie denn bestehen sollte. Weil ich gar nicht wusste, wie ich nach ihr gesucht hatte. Es war ein peinlicher Moment, als mir das Wort durch den Kopf schoss. HILFE. Ich schätze mich falsch ein, ich bin nicht unterkühlt genug, ich bringe die Aktionen und Absurditäten nicht mehr wie noch vor ein paar Monaten. Ich verliere mich, ich spaziere nur noch zwischen Orten der Sympathiebekundung, des Trostes und des Wiederfitmachens hin und her. Als Leben würde ich das nicht bezeichnen.

Ackerstraße. Nächster Ort des Trostes. Der Kaffeeitaliener hat auf. Hier arbeitet Ali. Er reicht mir nur bis zur Schulter, und sein Haar ist viel zu kräuselig für meinen Geschmack. Ali freut sich, wenn ich komme, sein kleiner Mund wandert nach oben. Ali kennt uns Mädchen aus Mitte. Solche wie ich, die scharenweise herumlaufen und mit ihrer ungepflegten, trockenen Partyhaut und ihrer Katerfresse jeden Morgen in seinen schönen Laden hineinfallen. Sein Jackett ist unmöglich, keine Coolness vorhanden. Er gehört nicht zu uns. So wenig wie die Besucher von »Doris' Trinkstube«. So wenig wie die Frau mit der Glasbausteinbrille in der Reinigung, die meine Pullover voller Kotzflecken behandeln muss.

Wir haben hier in unserem Viertel ein paar Dienstboten, die für uns die Spuren der ganzen Feierei wegwischen. Wir behandeln die Dienstboten nicht gut dafür. Wir schauen auf ihre DDR-Vergangenheit herab, auf ihre Polyesterhosen, auf ihre schlechten Frisuren. Wir imitieren ihren Dialekt, wir berlinern den ganzen Tag vor uns hin, weil wir nichts zu tun haben. Ich bin besonders gut im Neubrandenburgischen. Ich versuche, es zu perfektionieren, denn Henry lacht sich schlapp, wenn ich so mit ihm spreche. In vielen Nächten basiert unser Vergnügungssystem auf dem Lächerlich- und Schlechtfinden der anderen. Ich frage mich manchmal, wie lange das System noch tragbar ist. Oder ob es sich irgendwann gegen uns wendet. Wie bei einem Kampfstern, der sich selbst tötet, weil er aus der Umlaufbahn gerät.

Ali hat das süßeste Lächeln. Selbst seine Augen lachen, er ignoriert meinen Aufzug und meine Augenringe komplett.

»Na, was machen die Luder von Berlin?«

Ali hat seine Hand schon an der Kaffeemaschine, als ich reinlaufe. Wenn das keine Fürsorge ist. Die Luder, das ist unser Codewort. Die Luder, das bin ich. Ali fragt nicht direkt, wie es mir geht. Das ist uns zu privat.

»Die Luder, die machen gerade nicht so viel.«

Ali wackelt mit seinem kleinen Kopf, er würde mich nicht ausfragen.

»Sandwich?«

»Bitte!«

»Wie immer?«

»Wie immer!«

»Halbes Brötchen oder ganzes?«

»Halbes.«

»Getoastet?«

»Getoastet.«

Diese Unterhaltung führe ich mit Ali seit Jahren. Neben den Mitarbeitern der Ackerhalle, dem Anblick der Gemüseabteilung, dem Gerolsteiner-Flaschenregal und der Delacroix-Hühnerbrühe im Regal nebenan gibt es kaum etwas Beruhigenderes als ein Kaffeegespräch mit Ali. Es geht um nichts. Wir labern über das Internet, Vorteile von Blackberrys, so was. Ali stellt dieselben Fragen, jedes Mal. Wir suchen zusammen eine Antwort. Einmal, an einem frühen Samstagvormittag, nach einer Stunde Schlaf, da war ich kurz davor auszupacken. Da wollte ich Ali erzählen, was bei mir zu Hause so los ist. Da wollte ich ihm mal kurz nahelegen, wie unser Küchenboden aussieht. Vollgesaut mit Bier. Die Kotze einer fremden Blondine war daruntergemischt. Ich selbst hatte mir in dieser Nacht eine absurde Mischung aus Vogelbeerschnaps und Kokain erlaubt. Mein Magen wollte zerspringen.

»Getoastet.« Ali stellt ein schönes Sandwich neben den Kaffee. Mir kommen die Tränen. Er hat eine Art Urvertrauen in mich, das halte ich nicht aus. Wie oft bin ich hier aufgekreuzt, mit versauter Wimperntusche, Fahne und fettigen Haaren. Ali hat mich nie schräg angesehen, beschuldigt. Das ist nicht sein Stil. Auf dem Nachhauseweg fällt mir auf, dass mir in den letzten Monaten außer Ali niemand ein Sandwich hingestellt hat. Nicht mal ich mir selber. Henry und ich machen das schon länger nicht mehr, uns gegenseitig Sandwiches hinstellen. Risotto war das einzige Essen, was mir in den letzten Monaten an den Fingern klebte. Ansonsten stammte unser Essen nicht von zu Hause. Wir schworen auf Chicken McNuggets am Morgen danach. Um drei Uhr mittags am Sonntag saßen wir stumm in der Filiale an der Friedrichstraße, zusammen mit stummen Pennern von der S-Bahn um die Ecke, mit stummen Müttern und Vätern, die mit ihren Kindern bei McDonald's Geburtstag feierten. Bei McDonald's hat sich niemand etwas zu sagen. Henry und ich glichen unser Essen immer mehr unserer Trink-Asozialität an. Die Schuld schob ich auf den Kater. Der Kater verlangte schlechtes Essen von mir, er bringt mich dazu, Müll zu fressen. Das versoffene Gehirn hat alle Möglichkeiten parat, den Müll, den du frisst, zu rechtfertigen. Du hast dein Gehirn darauf trainiert. Was das anging, funktionierten Henrys und mein Gehirn seit einiger Zeit sehr synchron. Über den Verzehr von Cheeseburgern, Fritten oder frittierten Zwiebelringen von Burger King mussten wir nicht diskutieren, da waren wir ein Herz und eine Seele.

Ich will mit Natalie sprechen. Ich will ihr von heute Morgen erzählen. Von dieser Gruppe, von meinem Gefühl in der Gruppe voller Alkoholiker. Ich will mit Natalie besprechen, ob ich oder sogar wir Alkoholiker sind. Natalie wird mich fragen, ob ich noch alle Tassen im Schrank habe, da hinzugehen. Ich wünschte, Natalie würde mir den Arsch versohlen. Mich anbrüllen, ich soll sie erst wieder anrufen, wenn ich bei Trost bin. Ausgenüchtert, über Tage, Wochen. Doch Natalie und ich wissen, dass dies ein Freundschaftsdienst wäre. Es wäre ein Job, den sich Natalie von mir bezahlen lassen müsste. In was? In Drogen? In Drinks? Da würde sich die Katze in den Schwanz beißen. Ich texte Natalie.

»Ruf dich an, muss sprechen.«

»Hast du fünf Minuten?«

»Ja, jetzt.«

Natalie klingt ganz soft am Telefon, das macht mich immer nervös. So klingt sie immer, wenn jemand sie zu Dingen überredet, die ich komisch finde, die ich nicht nachvollziehen kann. Räuspern am anderen Ende. Kein gutes Zeichen.

»Ich hatte gerade ein sehr langes Gespräch mit Gregor.«

»Und?«

»Bist du bereit?«

»Bin ich.«

»Pass auf, er wird sich von seiner Freundin trennen. Ich weiß, das hat er schon hundertmal gesagt. Er wird morgen auf Entzug gehen. Was sagst du jetzt?«

»Auf Entzug gehen. Aber ich dachte, er nimmt Psychopharmaka?«

Natalie klingt genervt.

»Das ist doch egal. Er will aufhören. Mit allem.«

»Das ist ja toll.«

»Toll? Das wird unser Leben verändern.«

(In Natalies Stimme schwingt schon der Entschluss zur Doppelhaushälfte am Nikolassee mit.)

»Was meinst du denn damit?«

»Was weiß ich? Wir ziehen vielleicht weg. Aufs Land oder so. Mal sehen.«

»Aufs Land …«

»Hör mal, ich weiß, du glaubst es nicht, aber Gregor hat es mir versprochen. Quasi geschworen. Er hat keinen Bock mehr auf sein altes Leben. Er sagt, es bringt ihn runter. Er sagt, ich hab ihm das erst klargemacht. Gestern Abend hat er einen Freund getroffen, der hat ihm eine Nummer gegeben. Von einem Arzt. Der hat schon ganz andere Fälle kuriert.«

(Natalie klingt wie ein Chefarzt. Woher will die das wissen?)

»Wäre ja toll, wenn das klappt.«

»Du darfst dich ruhig für mich freuen.«

»Mach ich.«

(Wir schweigen eine Minute. Natalie hüstelt, so wie sie das immer macht, wenn sie nicht weiterweiß. Das Hüsteln macht mich irre.)

»Ich muss los. Wir müssen heute Abend zur Vorbesprechung.«

Natalie legt auf. Was glaubt die, wer sie ist? Jemand kommt vorbei und macht ihr ein Angebot für ein neues Leben. Natalie springt auf den Zug auf. Die macht sich was vor. Das wird nie was. Das wird schiefgehen. Natalie wird so ein Leben gar nicht führen können. Sie muss ausgehen, sie braucht Berlin, sie braucht die schlimmen Geschichten, das Drama, in dem sie regelmäßig badet. Sie braucht keine Lösung, das interessiert sie doch gar nicht. Das hat sie im Blut. An mich hat Natalie nicht gedacht. Die Alte lässt mich sitzen. Hier in meinem Dreck. Mit wem soll ich denn heulen? Wen soll ich volllabern, wem soll ich den ganzen Scheiß erzählen, circa eine Stunde, so lange, bis Natalie dann dran ist, ihren Scheiß zu erzählen. Sie zerstört unser Leben. Sie ist schuld.

Henry liegt leicht gekrümmt auf dem Bett. Sein Gesicht ist kalkweiß. Ich habe keinen Bock auf den Anblick. Ich will kein Wrack mehr sehen. Wem soll ich von dem Wrack erzählen, wenn ich die Einzige bin, die eines zu Hause hat? Ich selbst bin noch kein Wrack, ich lebe nur in der Wrackaura. Ich bin noch nicht so weit, selbst als Wrack zu reüssieren.

Henry und ich hatten über verschiedene Entzugsszenarien gesprochen. Regelmäßig. Wir kamen zu unterschiedlichen Ergebnissen, nie zu einer Lösung. Wenn Henry vor Verzweiflung heulte, wurde es kalt in mir, richtig duster. Ich wollte mich nicht berühren lassen, ich begann, ihn zu verachten für diese Schwäche, die er zeigte. Er war doch ein Mann, wie konnte er sich so gehenlassen. Wenn ich heulte, machte das Henry fuchsteufelswild. Er hatte mich doch damals wegen meiner Angstlosigkeit ausgewählt. Er fühlte sich von mir verarscht. Ich hatte ihn getäuscht. Wir sprachen nicht mehr über Entzüge, das führte zu schlimmeren Streits als fünf Flaschen Wein am Tag.

Hier stinkt es. Nach Zigaretten, schlechte Luft, ich hole mir bald Lungenkrebs, wenn ich weiter so mitrauche. In meiner Abwesenheit ist Henry in die »Hohe Empfindlichkeitsphase« eingetreten und liegt in einem blauen Pyjama auf dem Bett.

Es tut weh, Henry so zu sehen. Mit seiner Arschlochpower kann ich besser umgehen. Ich finde keinen Respekt vor der Vogelscheuche. Seine Augen triefen, sie hängen tiefer. Komischer Anblick. Woher kommt meine Gemeinheit?

»Was ist mit dir? Du siehst wütend aus.« Henry schmollt.

Ich setze mich auf den Bettrand. Nicht näher.

»Du musst aufhören. Lass uns einen Therapeuten finden.«

Henry legt den Kopf zur Seite, wie ein Hund, dem man einen Stein an den Kopf geknallt hat.

Jetzt komm ich mir groß vor. Ich verschränke die Arme, das fühlt sich in meiner Mitte-Militärjacke gleich noch mal besser an. Ich mache mir die Sache einfach. Er soll die Drecksarbeit machen, er soll den Entzug durchstehen, und zwar gleich für mich mit. Wenn er aufhört, bin ich befreit. Davon gehe ich aus.

Henry stellt den Fernseher aus. Ungemütliche Stille im Schlafzimmer. Die Heizung könnte höher gedreht sein, doch vielleicht tut uns die Kälte gut. Henry zieht sich die Bettdecke über die Schultern, er zittert tatsächlich. Mir ist das scheißegal. Ich habe genug Turkeyanfälle gesehen.

»Wenn ich damit aufhöre, dann muss ich aufs Land ziehen, aufs Dorf.«

»Wir verlieren all unsere Freunde.«

»Mir ist das egal.«

»Mir aber nicht.«

Ich hatte diese Nummer auf ein gelbes Post-it geschrieben.

Ich hatte sie auf den Küchentisch geklebt, ich hatte Hoffnungen in die Nummer gesetzt. Es war die Nummer von diesem Arzt, der alle entzugsbereit spritzen konnte, selbst Stars, die nicht mehr konnten. Man erzählte sich von gelben Flüssigkeiten, von Einsätzen in Toiletten an S-Bahnhöfen in Hamburg, zu denen sich dieser Arzt bereit erklärte. Ich hatte ihn einmal gesehen. Er war ein älterer Herr in den Sechzigern, kaum Haare, er trug eine runde, verdunkelte Sonnenbrille. Man hätte ihn für einen Alien halten können, an einen Menschen erinnerte er mich nicht. Vielleicht hatte ihn eine fremde Macht nach Berlin geschickt, um dort gelbe Flüssigkeiten in die Adern der Feiernden zu pumpen, wenn diese nicht mehr konnten. Die Frage war, ob solche Ärzte von Gott oder vom Teufel persönlich vorbeigeschickt wurden. Die Nummer auf dem Post-it würde niemals gewählt werden. Ich war mir selbst nicht sicher, ob ich jemals wirklich wollte, dass Henry diese Nummer wählt. Wenn ich rauswollte, hätte ich nur die Türklinke runterdrücken müssen. Henrys schwere Tür wäre hinter mir zugefallen.

»Lass es uns versuchen, ich will nicht mehr.«

Henry setzt sich an den Küchentisch und spielt mit dem Post-it.

»Ich werde anrufen.«

»Gut, das ist gut.«

Ich entwickle ein Szenario. Ich sehe mich in einer Küche, ich koche, ich spüle, ich halte ein Baby im Arm, ich spreche mit einem kleinen Hund in einer Fantasiesprache. Bin ich das? Abzüglich von Wodka und Koks? Ist es das, was dann von mir übrigbleibt? Ich sehe keine Ambitionen in mir, ich sehe keinen Beruf in meinem Szenario, das sollte mich erschrecken. Ich will das Szenario sehen, ich will es versuchen, wie es wäre, wenn wir nicht die sind, die sich hier in dieser Wohnung in Berlin-Mitte Pulver in die Nasen fahren.

»Morgen, ich rufe morgen an.«

Henry nimmt mein Gesicht in seine Hände.

»Es wird schön werden. Heute gehen wir noch mal aus, ja?«

Ich habe mir gestern helles Make-up gekauft. Die Verkäuferin sagte, es würde nicht passen. Meine Gesichtshaut wäre zu rosé. Ich hatte mich nicht getraut, der Verkäuferin zu sagen, ich bräuchte es für meine Arme. Und ein paar Stellen an den Beinen. Seit letzter Woche habe ich wieder drei Flecken mehr gezählt. Langsam kann ich kein T-Shirt mehr anziehen. Ich sehe aus wie eine Alte aus Mitte, die ihr Freund anständig vermöbelt. Henry hat sich zu den Flecken bisher nicht geäußert. In den letzten Monaten haben wir unsere Körper nicht mehr richtig angeschaut. Neue Details würden uns entgehen. Vielleicht liegt es auch daran, dass er mich beim Sex oft nur von hinten sieht.

Der eine Fleck liegt recht prominent auf meinem Oberarm. Ein bescheuerter Ort, er lugt unter jedem Top hervor. Der andere in der Mitte meines Oberschenkels. Der Fleck auf dem Schenkel macht mir die meisten Sorgen. Er war nur einen Tag blau, jetzt schimmert er gelb. Mir ist der Anblick meines eigenen blauen Flecks peinlich. Mein Körper gibt mir einen Hinweis, nur welchen? Wie soll ich ihn interpretieren? Neulich, bei einer Eröffnung in Mitte, in einem dieser Läden, näherte sich mir eine Frau, die ich schon länger kannte. Sie fragte, ganz höflich, ob sie kurz mit mir sprechen könne: Sie rückte nah an mein Ohr. Würde Henry mich schlagen? Wäre es das? Sie zeigte, für andere unsichtbar, mit einem Finger auf den fettesten Fleck. Er strahlte sie an, sie konnte nicht widerstehen, ihn zu kommentieren.

»Wie bitte?«

»Ich wollte nur sichergehen.«

»Auf keinen Fall.«

Ich zog meinen Arm zur Seite, ich war entsetzt, was sich die Leute in dieser Stadt herausnahmen. Ich fand es eine Zumutung, darauf angesprochen zu werden, und in Zukunft, wenn ich die Frau mit Henry treffen würde, dann ginge ich ihr aus dem Weg. Die Leute sollten sich um ihren eigenen Kram kümmern. Das ist unsere Verabredung in dieser Stadt, und ich bin persönlich daran interessiert, dass diese streng eingehalten wird. Wir sprechen uns nicht darauf an, was mit uns passiert. Wir halten die Klappe, wenn wir blau geschlagene Augen sehen, wenn wir mittags um zwölf in einen Freund laufen, dessen Kiefer schlimm mahlt. Wir lassen uns in Ruhe, deshalb leben wir doch hier. Jeder begreift das.

Neulich, als dieser Junge aus dem »Cookies-Club« in der Ackerhalle nahe am Gerolsteiner-Sprudel-Regal zusammenbrach, da hatte es eine Weile gedauert, bis ihm jemand zu Hilfe kam. Es war die Frau mit der Glasbausteinbrille aus der Reinigung. Sie hatte ihren Platz hinter dem Bügelbrett verlassen, als sie sah, dass von den jungen Einkaufenden niemand stehen blieb. Ich hätte nicht angehalten, ich wäre genauso vorbeigelaufen. Es hätte mich später zu viel Zeit gekostet, mich zu fangen. Letztendlich sieht man doch immer nur den eigenen Körper kollabieren. Ich habe nicht die Kraft dazu, einem fremden Menschen, dem eine Flüssigkeit aus dem Mund läuft, meine Hilfe anzubieten. Ich fühle mich vom Zusammenbruch eines anderen persönlich angesprochen.

Ich hatte das schon beim ersten Psychiaterbesuch als Studentin gemerkt. Ich hatte kein Geld, und das war Gott sei Dank egal, die FU spendierte die ersten Stunden gratis. Ich war Mitte zwanzig und hatte den Überblick komplett verloren. Ich saß den ganzen Tag stumm in meiner Wohnung in der Schenkendorfstraße, ich glaube, es war neben dem alten RAF-Waffenlager. Ich kannte niemanden in der Stadt, nur ein reiches Mädchen aus Frankfurt mit einem Speedproblem. Unsere Konversation war beschränkt, sie sprach nur davon, dass die Pille sie fett mache und dass sie ohne Speed ihr Traumgewicht nicht erreichen würde. Da konnte ich irgendwann nicht mehr mitreden. Ich fuhr zum »Rostlauben«-Gebäude der Berliner FU. Das Gebäude brach beinahe zusammen, niemand kümmert sich um Rostbalken, doch kaputte Türen und rostige Metallplatten gelten in Berlin als charmant, nicht als depressiv. Ich klopfte an eine pinkfarbene Tür, die jemand in den 70er Jahren angestrichen haben musste, als Pink an der FU in Mode war.

Es war die erste Psychologin, die ich in meinem Leben sah. Ich war geschockt. Sie sah ungepflegt aus und aß einen Brei aus einem Tontopf, als ich mich vorstellte. Ich glaube, sie langweilte sich generell in ihrem Leben. Oder sie konnte nirgendwo anders einen Job finden als in der Rostlaube. Ich setzte mich auf einen Secondhand-Stuhl, sie bot mir nichts an. Ich begann zu reden wie ein Wasserfall, ein Sturzbach, ich konnte mir kaum zuhören. Ich hatte seit Tagen nicht die Klappe aufgemacht, niemanden außer dem Speedmädchen angerufen. Ich hatte nur in der Küche gesessen und Fischstäbchen gebraten, die ich nicht essen wollte. Mir wurde schwindelig vom Reden, mein Herz raste, ich war kurz vor einer Art Hyperventilation. Die Frau sprach, nachdem sie ihren Brei fertig gegessen hatte. Sie fand, bei mir wäre alles »jut«. Ich solle mich entspannen. Dann ginge das schon. Ich hörte auf eine

Frau, die sich nicht mal den Mund abputzte, um mir zu sagen, dass alles »jut« sei. Was war, wenn bei mir nicht alles »jut« war? Ich konnte das nicht beurteilen, dafür hatte ich sie besucht.

Drei bis vier Partys heute Nacht. Das ist unser Programm.

Es ist nicht für jeden. Ich bin besser geworden in den letzten Monaten, ich halte länger durch, ich geh nicht so früh und bleibe dabei.

Mittendrin. Ich passe mich an. Eben in der Küche haben wir die Zukunft besprochen. Das Ende unseres giftigen Lebens. Morgen ist es so weit.

Ich habe Henry angelächelt, als er das sagte, und dann habe ich ihn in den Arm genommen. Wir haben in dieser Position ein paar Atemzüge getan, weil niemand von uns weitersprechen konnte. Wer weiß schon, was passiert? Danach. Nach einem Entzug. Wer weiß überhaupt, was passiert? Gibt es morgen ein Erdbeben in Berlin? Henry trägt seinen Marlon-Brando-Mantel. Habe ich erst gesehen, als wir ins Taxi eingestiegen sind. Der Mantel steht ihm gut, nur habe ich keine guten Erinnerungen an den Mantel. Irgendwas ist immer passiert, wenn Henry in diesem Stoffmonster unterwegs war.

Henry sagt, ich soll mein Bein über sein Knie legen, und wir lachen los. Wir wollen diese extrem gute Laune, eine, die schon gar keine gute Laune mehr ist, weil sie alles und jeden ausgrenzt. Wir haben unsere spezielle, ganz persönliche gute Laune, die mich ab und zu schon anekelt, weil sie so ausgesprochen gut ist, dass sie in Wahrheit niemand haben kann. Wir scheißen auf authentische gute Laune, und was soll das denn sein? Wir sind große Fans der chemischen guten Laune. Die ist verlässlich.

Es ist verrückt, dass drei Gläser Wein und eine Linie Kokain in der Länge eines Mini-Marsriegels sich immer wieder als die richtige Menge herausstellen, bevor ich rausgehe. Die Menge an Alkohol, die schlechte Gedanken, Zweifel, Erschöpfung in den hinteren Teil des Gehirns drängt und die Laune, die bessere Laune, mit den Gehirnströmen nach vorne schiebt. Weder Henry noch ich schaffen es, mit dieser Menge Alkohol in einer Nacht auszukommen. Das ist unsere komische Gier, die wir nicht stillen können.

Henry und ich sind trotz unserer Gier gesegnet. Wir können aus dem Taxifenster schauen und – ohne mit der Wimper zu zucken – den Schnee da draußen ansehen. Diesen furchtbaren Schnee in Berlin, der nicht auszuhalten ist, der Schnee, der mir den Lebenswillen nehmen kann. Henry und ich haben auch kein Problem mit den schwarzen Rauchschwaden, die Mitte umzingeln, die vom Prenzlauer Berg aufsteigen, sich dann quer über die Stadt legen wie ein Teufelsomen, das niemand deuten kann. Wer heizt eigentlich so? Wer trägt dazu bei, dass über Berlin diese Decke liegt? Wie gesagt, uns kann das scheißegal sein. Wir können, wenn wir wollen, morgen früh um sechs Uhr in irgendein Flugzeug steigen und uns davonmachen. Woandershin. Unter eine Sonne. Unter einen Mond. An ein Meer mit einem Strand. Neulich, nach einer Ausgehnacht, sind wir morgens um sieben nach Paris geflogen.

Gegen fünf Uhr morgens saßen wir im Club Weekend herum. Ich war nur angedröhnt, Henry zugedröhnt, wir wussten, wir müssen noch mal weg. Woandershin. Mal schnell. Ich saß auf Henrys Schoß und konnte nicht mehr. Ich biss in seinen Hals, ich schnupperte an seinem Rasierwasser und murmelte schönen Unsinn. Henry schlug vor, Tickets zu kaufen, genau jetzt. Wir hätten ja noch eine Stunde, bis der Sechs-Uhr-Flug nach Paris ging. Wir könnten da ein paar Tage rumhängen, sehen, was passiert. Ich sah Henry durch halb offene Augen an und sagte, das wäre die beste Idee, die ich je gehört hätte. Es war eine der Nächte, in denen das bloße Kokainnehmen wirklich für den Arsch war, nichts würde weiter passieren. Also war ich Henry dankbar dafür, dass er mir hier die Übersetzung für mein erhofftes Glamourleben hinlegte: nach dem Ausgehen, high oder besoffen, in irgendeine glamourösere Stadt fahren als unser schönes Drecksloch Berlin. Wir packten völlig unpassende Sachen und fuhren umgehend zum Flughafen. Henry brauchte dringend ein Bier am Münchner-Kindl-Stand in Tegel und dann noch eins. Unsere Namen wurden ausgerufen, weil wir wegen des Biers spät dran waren. Mein Name wurde in die Abflughalle hinausposaunt. Eine Art Kindheitstraum.

Im Flugzeug schliefen wir kurz ein. Nach dreißig Minuten Schlaf versuchte ich, Henry unter der blauen Lufthansa-Decke einen Blowjob zu verpassen, doch ich konnte die Sache nicht zu Ende bringen, wir lachten zu laut. Die Geschäftsmänner vor uns schauten streng, ich war sicher, sie waren neidisch. Kurz vor der Landung heulte ich. Meine Leber spielte verrückt. So war es immer nach besonders schönen Momenten.

Um elf Uhr morgens schien die Stadt so neu, so aufgeweckt, im Gegensatz zu uns. Ich sagte Henry, mir wäre nach Calvados, und Henry hatte eine Lösung. Wir setzten uns drei Stunden in das Café neben unserem Hotel und tranken. Ich schmeckte nicht mehr viel, aber ich nahm an, ich mochte es. Wir beratschlagten, was wir tun könnten. Ich hatte keine echte Idee, ich hatte vierzehn Stunden nicht geschlafen, da war ich planlos. Schlafen war nicht drin, Sex ging nicht, weil wir zwischendurch wegnickten, also lagen wir da. Nackt, planlos, vergiftet. Herrlich. Henry schlug vor, Napoleon zu besuchen, wir mussten in der Nähe sein. Das würde Zeit totschlagen. Warum nicht, wo wir schon mal hier waren. Im Invalidendom konnten wir Napoleon nicht finden, wir waren zu verpeilt. Wir irrten herum, meine Augen brannten, etwas stach in meinen Unterschenkeln, als würde mich ständig ein Dackel beißen, ich wollte mich so gern auf ein großes kühles Grab von irgendeiner Pariser Prinzessin legen und dort hundert Stunden schlafen, aber Schlaf war nicht drin. Wir hatten zugesagt, abends bei einer Party aufzukreuzen, bei Freunden von Freunden von Freunden, also etwas wirklich Wichtiges. Henry schlug vor, vorher noch was zu essen, und da wir Napoleon nicht finden konnten, schien das eine gute Idee. Wir torkelten ein wenig, niemand nahm uns das übel. Jeder dachte, wir wären verliebt. Das Paar neben uns schaute uns mit warmen Augen an. Er in seinen Achtzigern, sie in ihren Sechzigern. Henry äußerte den dringenden Wunsch, mit den beiden nach Hause zu gehen und sich in ihr Bett zu legen. Er schlug vor, wir würden dort die nächsten zwei Tage durchschlafen, er würde sich bei den Alten beschützt fühlen. »Sollen wir sie fragen?« Henry lächelte, ihm war die Sache ernst. »Ich weiß nicht.« Ich hätte noch zwei bis drei Wodka gebraucht, aber dann hätte ich ja gesagt. Henry und ich waren auf der Jagd nach Orten, an denen uns jemand vor dem Einschlafen über die Stirn streichen würde. Gegenseitig konnten wir das nicht. Wir hatten in der kommenden Nacht weitergetrunken, so wie es immer war. Schlaf interessierte mich nicht, ich hielt ihn fern. Nicht schlafen, nicht aufwachen, weitermachen, nicht schlafen. Ohne Schlaf ist alles wahr. Kaltes Wasser kälter, Gefühlsäußerungen dramatischer, Orgasmen heftiger, das Küssen brutaler. Kurz vor dem Umkippen ist alles schöner. Zauberhafter. Endgültiger. Ohne Schlaf hatte mein Leben mehr Bedeutung.

Ich liebe die Zeit auf dem Taxirücksitz. Quality Time. Soll ich in dieser Quality Time über den kommenden Entzug sprechen? Wo planen wir? In der Nähe? Ich habe neulich von einer Klinik bei Potsdam gehört. Ich hatte nachgegoogelt, da war die Rede von Fangopackungen und Treffen im Garten. Ob das für Henry ausreicht? Er braucht was Besseres, was Härteres, so wie man es immer in den Zeitschriften liest. Diese wirklich harten Kliniken in England oder Amerika, wo saudiarabische Prinzen anonym eingeflogen werden. Da würde ich mitkommen. In den Kliniken kann man gut leben. Sie sind oft am Meer, in schönen Gegenden. Ich würde ein paar Wochen dort verbringen.

Ich werde es nicht schaffen, alleine in unserer Wohnung zu sitzen. Über Monate. Ich bin keine Drogenwitwe aus Mitte. Das habe ich nicht geplant, so stelle ich mir mein Leben nicht vor. Ich werde es nicht schaffen, von Henry nichts zu hören. Kein Telefon, keine E-Mails. Das ist am Anfang so, die Süchtigen dürfen keinen Kontakt zu ihrer alten Welt haben. Das hatte ich studiert und mehrfach nachgelesen. Ich frage mich, warum die Freunde und Freundinnen der Süchtigen eigentlich am meisten bestraft werden? Was haben die verbrochen? Es ist immer ein besseres Gefühl, der Kranke zu sein. Er ist der Star, der die Hilfe braucht und auch bekommt.

Auguststraße, wir steigen Ecke Linienstraße aus. Hier beginnt die Nacht. Hier haben viele Nächte begonnen, in denen ich nie vor zehn Uhr morgens nach Hause kam. Damals, in den 90ern. Die Mauer war Jahre gefallen. Ich hatte keine Ahnung, wer die Leute in den Straßen waren, woher sie kamen, was sie vorhatten, sie kamen angereist aus der Alten Welt, London oder Paris, und schauten mit großen Augen die Ruinen an. Es war dieser ganz spezielle Dreck, dieser Spiritusgeruch, der in der Nase stach, die Abwesenheit von Eleganz und die ständige Anwesenheit von Plastikbechern in den Bars, die uns angezogen hatte. Der Dreck von Berlin war ein besonderer. Er steckte in allen Ritzen. Er wanderte durch die Menschen hindurch. Er entstand in den Kohleöfen im Prenzlauer Berg oder in Kreuzberg, damals, als die Wohnungen noch so billig wie zwei paar Schuhe waren. Er schwebte in der Luft, wir atmeten ihn dann voller Freude ein, bis er uns wieder aus den Nasen herauskam. Wir schleppten den Dreck glücklich nach Hause, in unsere Hinterhöfe und Treppenhäuser, wir schliefen mit ihm in unseren ungemachten Betten ein. Der Dreck tröstete uns, wenn wir eine schlechte Nacht hatten, oder er ließ uns sogar die schlechte Nacht am anderen Morgen vergessen. Wir vertrauten der Kraft des Drecks.

Apartementeingang in der Auguststraße. Alles ist blitzsauber. Der Dreck ist aus unserer Welt verschwunden. Wir sind erwachsen geworden und haben uns davon verabschiedet. Mit dem Dreck geht die Unschuld. Henry steht in diesem Fahrstuhl aus hellem Stahl, er richtet sich sein Haar im Spiegel. Ich ziehe auf der anderen Seite des Stahlfahrstuhls meine Lippen nach. Wir sind ein modernes Paar aus dieser Stadt. Wir sehen gut aus, und an unserem Funktionieren zweifelt keiner. Das soll so bleiben. Bis morgen dauert es noch. Aus dem Morgen kann schnell übermorgen werden, das rechnen wir später aus.

Die Party läuft bei einem Typen namens Max. »Neulich erst getroffen«, erwähnt Henry beiläufig. Nach Max, so ist der Plan, geht es zu Franky. »Da treffen wir uns dann alle.« Alle. Alle sind mir wichtig. Ich kann ohne alle nicht, und wenn ich alle eine Woche nicht sehe, geht es mir nicht gut. Genauso wichtig ist es, dass alle mich sehen. Sonst könnten alle meinen, ich sei tot oder weggezogen.

Warum sind wir hier? Der Typ hat Geburtstag. Kennen wir den Typen? Nein, wir kennen den Typen nicht wirklich, aber Henry hatte den Freund von dem Typen neulich um zwölf Uhr mittags nach einer »Panorama-Bar«-Nacht auf einem Dach kennengelernt. Das gilt in Berlin als Freundschaft. Der Geburtstagstyp trägt eines dieser ausgeleierten Armee-T-Shirts. Seine Arme umschließen Henry, während ich danebenstehe, sie drücken ihn ganz fest. Der Geburtstagstyp ist an mir weniger interessiert, er schafft es gerade, mir den Weg in die Küche zu deuten, da würde ich was zu trinken finden. Ein paar Freunde des Geburtstagstypen haben sich jetzt um Henry versammelt. Eine schöne Männergruppe. Sie wirkt vertraut. Man hat sich Dinge zu sagen, man lächelt sich an. Henrys Gesicht kenn ich sonst nicht so gelöst. Ich bin doch schon paranoid. Ich sehe Gespenster. Das hatte mir Henry neulich in einem gigantischen Streit vorgeworfen. Ich würde Dinge sehen, Männer, Frauen, Momente, Verhältnisse, Beziehungen, die nicht existierten. In meiner kranken Fantasie würde ich Dinge durcheinanderbringen. Zur Bekräftigung warf Henry mein Telefon gegen die Wand, und der Buchstabe »F« fiel aus meiner Tastatur raus. Ich hatte eine Sekunde überlegt, ob »F«

eine Bedeutung haben könne. »Fotze«, als Schimpfwort. »Ficken« ginge noch, dann war ich mit meinem Latein am Ende und fand es plötzlich selbst paranoid, darüber nachzugrübeln, warum das »F« von meiner Tastatur abgefallen war. Henry musste recht haben, ich war sogar der Meinung, dass Henry oft recht hatte, öfter, als es mir lieb war, und Dinge in mir sah, die ich nicht sehen wollte. Er hatte immerhin auch erkannt, wie viel Anteil einer Nutte in mir steckte. Ich konnte das nicht ganz verneinen und bestellte mir in solchen Momenten immer noch einen Drink, um diese Wahrheit zu ertragen.

Schnee auf den Sonnenliegestühlen auf dem Balkon. Ich gehe zur Brüstung, vorsichtig. Es ist doch glatt. Ich will nicht fallen. Ich hab getrunken, seit heute Nachmittag. Im Taxi, dann eben einen großen Wodka. Die Winterkälte umschließt meinen Kopf. Hier von ganz oben aus, da leuchtet die Stadt. Sie hat ihren eigenen Glitzer, das ist klar. Der Glitzer dringt nicht mehr so einfach zu mir durch. Ich weiß nicht, was passiert ist, aber ich lasse ihn nicht mehr in mein Herz.

Ich stelle mir vor, wie mich jemand aus Berlin abholt oder mich in einem Lastwagen aus Berlin entführt. Ich müsste niemandem »Goodbye« sagen, ich müsste niemandem »Hello« sagen. Henry hatte mich doch erst abgeholt, vor ein paar Jahren. Das sollte mir reichen. Wie oft kann man sich abholen lassen im Leben? Einmal? Fünfmal? Ich bin nicht der Typ, der gern eigene Entscheidungen trifft, ich lasse mich lieber irgendwohin zerren und gefangen halten.

Henry küsst mich auf den Mund. Zahnarztgeschmack, bitter, so wie nach der Betäubungsspritze. Ein paar Kristalle hüpfen mir auf die Zunge. Henry hat gerade »getankt«, wie er sich ausdrückt. Die Jungs hätten ihn eingeladen, aber wenn ich jetzt mit aufs Klo komme, könnten wir noch was nachlegen, bevor wir weiterfahren. Ich kann es brauchen. Kokain, so heißt es, modelliert etwas, das man in sich hat. Was könnte das sein? Was steckt in mir, was erst noch rauskommen muss? Ich könnte eine Umfrage starten, denn ich weiß es nicht. In mir ist in solchen Nächten nicht viel los, und doch steckt alles in mir, was sich zwanzig Jahre aufgestaut hat. Der Wille zum Rausschuss, zum Wegtreten. Ich hatte mich das zeitversetzt erst zehn Jahre später als alle anderen getraut und soff höchstens Erdbeersekt, wenn andere schon Marihuanavergiftungen hatten, ich lag mit allem zurück, und das kotzte mich an, ich nahm in einem Jahr daher gefühlt fünfmal so viel. Was war noch? Diese Idee eines coolen Boheme-Lebens, wobei es mir schon reichte, um elf Uhr morgens ins Bett zu gehen, um Boheme zu sein. Das war fast wieder spießig. Außerdem kam nichts raus bei der Sache, kein Buch, kein Film, so was. Vielleicht war ich kurz davor, immer kurz davor, etwas zu produzieren. Vielleicht aber war das Leben selbst schon das Kunstwerk. Und was für eins, eines, an dem alles live geändert wurde, eines, an dem live gearbeitet wurde. Und eines, das nicht von mir erarbeitet wurde. Das fand ich schön. Da konnte ich mich zurücklehnen und zuschauen, wenn mir jemand den Arm abhackte.

Rechtes Nasenloch. Ich sauge an. Der erste Kristalltanz hinten im Kopf, die Geschmacksnerven kollabieren, kennen wir schon, tauber Mund. Meine Stimme klingt nach der ersten Linie einfach geiler. Ich brauche nur ein paar Worte zu sagen, stumpfer Inhalt, das ist egal. Ich komme mir gleich mal vor wie eine harte Lolita oder Nikita. Gehirn arrangiert sich jetzt schon um. Kanäle schließen sich, ich verbinde mich mit einer eigenen Stumpfheit, um gleich zum linken Loch zu wechseln. Das ist jetzt schön vorbetäubt, ich kann mehr durchjagen. Wieder Tanzgefühl im Schädel, Kristalle spüre ich nicht mehr, woher weiß ich, ob ich zu viel erwische? Dann das Karpfengefühl, ich habe zu viel erwischt, keine Luft mehr in der Röhre. Ich schlage auf meinen Brustkorb, davon geht das Karpfengefühl wieder weg. Henry kennt das nicht, er kann leicht schnupfen, mit allen Gegenständen. Ein Kipfelchen auf dem Autoschlüssel, während er irgendwo steht, ein wenig vom Fingernagel, während er Auto fährt. Ich brauche diese Klo-Situation oder diesen Tisch vor mir, auf dem ich alles sehen kann. Ich brauche ein klares Gefühl für die Linie.

Karpfengefühl bleibt. Ich schnappe nach Luft. Henry schaut mich komisch an, ich habe nichts falsch gemacht, nur die Menge erhöht. Zwei Wällchen dieser Größe habe ich nie geschafft, aber ich wachse mit den Aufgaben. Was ist jetzt? Ich will die Wahrheit sagen, zu uns, zu Henry, zu allen. Ich möchte gleich ficken, vor Ort, in der engen Villeroy & Boch-Toilette, jedenfalls will irgendetwas in mir ficken, ich weiß nicht genau, ob ich es bin.

»Du hast alles geschafft.« Henry klatscht in die Hände.

Henry zieht meine Jeans herunter, ich soll mich auf den Toilettendeckel knien, den Hintern nach oben strecken und ihm alles überlassen. Scheint mir eine gute Position, ich sehe sein Gesicht nicht, stattdessen die Kacheln vor mir. Das Merkwürdige am Ficken auf Koks ist, dass sich die Nasenlöcher ähnlich wie meine Pussy anfühlen. Beide wollen mehr, beide wollen Nachschub, doch wenn beide ehrlich sind, spüren sie nichts. Warum mute ich das den beiden zu? Es ging ja nicht ums

Spüren, wirklich nicht. Das hatte ich der Nase und der Pussy versprochen, das hatten wir so abgemacht.

Henry schließt den Hosenstall, wir beschließen, nachher weiterzuficken, wann genau, das legen wir noch fest, jedenfalls nicht auf dem Klo. Henry empfiehlt jetzt doch noch eine Linie, bevor wir weitergehen. Ich hätte eine Pause vertragen können, aber wir haben keine Zeit, wir treffen doch alle gleich, wir dürfen nicht zu spät auflaufen.

»Mach schnell …«

»Ich brauche zwei Minuten.«

»Zwei Minuten?«

Henry dauert das zu lange. Ich lege mich ganz nah an den Anfang der Linie und drücke mir den dicken Teil zuerst rein. Irgendwas stimmt nicht, ich will absetzen.

»Mach jetzt.« Henrys Augen flackern schon, ich weiß, er hat einfach kein Verständnis für lahme Kokser. Ich inhaliere zu stark, mein Brustkorb hat keinen Bock auf die Situation, so viel ist klar, er zieht sich ungewöhnlich stark zusammen. Ich reiße Henry am Ärmel, Henry kann das nicht leiden und schüttelt meine Hand ab. Ich schreie. Irgendwas, ich erkenne das Wort selbst nicht. Henry schreit zurück, ich soll nicht so schreien. Vorwürfe fallen, von gestern Nacht, von vor drei Jahren, zu einer Zeit, als wir uns noch nicht kannten, Vorwürfe über Eifersucht meinerseits und dass ich wieder so komisch geguckt hätte, eben, als er einem Freund doch nur ganz normal »Hallo« gesagt hat. Ich kann in unseren Kokainkrach nicht einsteigen. Mir fehlt die Kapazität, um mit Koksbirne über komisches Gucken zu referieren. Ich bin damit beschäftigt, Sauerstoff für meine Lungen zu besorgen. Ich atme in Babyschritten, es geht wieder, nach drei Minuten. Wer hat in diesen Nächten schon Zeit, eine ganze Koksladung abzubauen? Wir wollen weiter, zackiger, schneller an den nächsten Ort. Zum Relaxen, Abspannen und Runterkommen sind in Berlin die Taxifahrten da.

Ich bin nicht in der Lage, in das Gesprächsthema im Taxi einzusteigen. Mein Mund geht nicht auf, die Lippen kleben zusammen. Ich röchle einfach vor mich hin, bis wir in der »Bar 1000« sind. Das passt schon. Henry sieht nicht fitter aus, kreisrunde Pupillen starren mich an. Ich mach die Augen zu, wieder auf, wieder zu, ich sehe Filme vor mir, Ausschnitte von der Party eben noch. Jungs, die sich hinter der Bar küssen, sich die Zungen in den Mund stecken, Mädchen im Flur, die mit ihren abgebissenen Nägeln und mit dem abgeblätterten Nagellack Gläser hielten. Komische Details, die sich vor mir aufblasen, sie sind ohne Bedeutung, aber sie bedeuten was, weil sie vor mir groß aufgeblasen erscheinen, so ist meine Logik jetzt hier hinten im Stinketaxi. Ich bin noch nicht so weit, ich bräuchte noch ein Stündchen Pause. Unter Palmen, auf Wiesen, dort, wo Ruhe ist. Das ist nicht drin. Wir biegen in die Reinhardtstraße ein, Eingang »Bar 1000«. Der Taxifahrer hatte es aufgegeben, mit uns zu sprechen, er reckt seine Hand nach hinten, Henry drückt ihm einen Schein in die Hand, ich hätte den Schein vorher gerne noch abgeleckt, da klebte doch noch Koks dran. Verschwenden müssen wir nichts. Ich kralle mich an Henrys Arm, das mag Henry selbstverständlich gar nicht. Hand in Hand reingehen, das ist nicht drin. Jetzt heißt es, sich zusammenreißen, die eiskalten Pfoten ignorieren, die Filme aus dem Taxi vergessen. Der Auftritt muss sitzen.

Ich winke zurück, ich versuche, es cool zu machen, nicht gestört. Nicht zu exaltiert. Selbstkontrolle, das habe ich von

Henry gelernt. Selbst wenn dein Magen dir vorschlägt, sich zu entleeren, wenn deine Adern zu stark pumpen, wenn du vor allem eine einzige Ader auf deiner Handfläche siehst, die noch stärker pumpt. Ich halte mich an der Bar fest, um nicht so aufzufallen. Für die nächsten fünf Minuten wird das gehen.

Ich bin nicht blind. Ich erkenne Natalie, wie sie Henry begrüßt. Natalies Lippen legen sich auf den Mund von Henry und drücken ab. Das ist keine Begrüßung. Natalie hat sich ein extrem enges Kleid angezogen und die Haare zu einem strengen Dutt nach oben gesteckt. Das sieht billig aus. Natalie redet jetzt seit drei Minuten mit Henry. Mein System sieht jetzt nur Momente, mein System fokussiert sich auf Lippen, Berührungen, Hände, Wortfetzen, mein System ist verstopft vom Kokain. Dummerweise ist Natalie gerade in dem Moment aufgekreuzt, in dem meine erste Talfahrt beginnt. Ich müsste gerade vom Klo kommen, um Natalies Auftauchen handeln zu können. Ich müsste mich in den ersten fünf Minuten der Kokaineinnahme befinden, dann ginge die Sache gut, ich würde Natalie auf die Schulter klopfen, wie wenn man jemanden zum Tanzen ablöst, ich würde ihr eiskalt ins Gesicht sehen können, ich würde in der Lage sein, die Farbe ihrer Pupillen zu sehen und auf nichts anderes zu achten. Selbst die Vorstellung, Natalie würde versuchen, mit Henry zu ficken, würde mich nicht berühren, niemals im Leben. Doch Natalie ist zum falschen Zeitpunkt aufgelaufen. Sie erwischt mich auf dem Weg nach unten, in den Keller, in dem Moment, in dem mich das Geräusch eines singenden Vögelchens auf der Terrasse zu einem Wutanfall bringen kann. Da kann Natalie nichts dafür. Kann Natalie doch was dafür? Nach fünf Minuten reicht mir der Anblick. Ich lege meine Hand auf Natalies Schulter und drücke an ihrem Schulterblatt, ich glaube, es tut ihr nicht weh, sie macht keine Anstalten. Ich wundere mich nicht, Natalies Pupillen kann ich kaum finden, sie müssen nach innen gewandert sein. Natalie ist nicht erreichbar.

»Du hast mir gar nicht gesagt, dass du kommst.«

(Ich drücke fester zu.)

»War alles sehr kurzfristig.«

»Was ist mit Gregor? Ich dachte, ihr fahrt auf Entzug?«

»Entzug! Was für ein Wort …«

»Du hast es benutzt.«

»Gregor ist verschwunden, er ist noch nicht bereit. Pfff …« Natalie sagt »Pfff« und hängt sich bei Henry ein.

Natalies Krankenschwesterplan ist schiefgegangen. Mir bekommt Natalies Anblick nicht. Ich kann seit Minuten den Ekel in Henrys Augen erkennen. Ekel mir gegenüber. Ich kenne mich nicht mehr. Ich will mich auch nicht kennen. Ich will nur den großen Drink packen und ihn Natalie ins Gesicht schütten, anschließend möchte ich das Glas auf dem Boden zertrümmern, Sicherheitskräfte werden kommen und mich abholen.

Ob Natalie ein wenig Koks wolle? Natürlich will Natalie das. Ob Natalie okay sei? Nicht wirklich. Ob Natalie gleich tanzen wolle? Na klar!

Ob Natalie vor dem Tanzen Koks wolle? Natalie zeigt Henry ein Riesenlächeln. Ich komme mit, aufs Klo, ich hänge mich einfach dran. Henry zeigt mir die Stopphand.

»Du hast genug. Das ist schon peinlich.«

»Hey, ich will, dass du okay bist«, sagt Natalie, ihre Hand liegt auf meiner Wange. Weit kommen die nicht. Ich packe ein Glas mit beiden Händen und reiße es nach oben. Trotz Schwindel werde ich zielen. Das Glas kracht einen Meter vor Natalie auf den Boden, Glasstücke verfangen sich in ihrem Haar. Ich wusste nicht, dass Mai Tai rot sein kann, aber die ganze Soße liegt ihr jetzt im Gesicht. Henrys Mantel ist durchtränkt.

Er legt schützend die Hand über Natalie. Da ist er Gentleman.

Ich höre wie jemand »Fotze« brüllt, ich glaube, das war ich.

Meine neue Persona schubste mich woandershin. Ich hatte das Gefühl, die Touretteanfälle, die Besuche im Pornokino, mein schwindendes Ego schienen durch meine Haut hindurch. Etwas in mir begann, durch mich zu transzendieren. Männer begannen, mich anders zu betrachten, für einige existierte ich nicht, für andere umso mehr. Ich hatte festgestellt, dass mich Männer Ende zwanzig begannen anzusehen. Ab Ende dreißig, hatte eine Freundin gesagt, würde das passieren. Ich hatte nicht den Eindruck, das hätte irgendetwas mit meinem Alter zu tun. Ein paar von ihnen konnten mich sehen, konnten erahnen, zu was ich bereit war. So musste es sein, denn einer von ihnen sprach geradezu respektlos mit mir. Ich hatte nichts dagegen, ich fand es lustig, ich wollte nicht zickig sein, ich freute mich über Aufmerksamkeit. Ein anderer stellte die Sache geschickter an. Eines Morgens landete eine SMS auf meinem Telefon. »Was machst du?« Es war ein guter Morgen, es war kein Katermorgen, ich begriff die Nachricht nicht in einem Ausgeh-nicht-nach-Hause-gekommen-Kontext.

»Ich trinke Kaffee.«

»Nein, was machst du?«

»Was meinst du?«

»Du weißt, was ich meine.«

Zwanzig SMS. Rausgeschossen, schnell. Der Absender war

nicht zu Hause. Ich empfand das als Sexbelästigung an meinem schönen, sauberen Morgen, aber der Absender hätte über meine Antwort gelacht, er hätte mich nicht ernst genommen. Er nahm mich nicht ernst und würde fuchsteufelswild, wenn ich ihm kein Nacktfoto schickte. Ich wusste nicht, wie das von einem Blackberry ging. Ich war nicht in der Lage, auf diese Nachrichten mit Aggression zu reagieren, etwas abzuwehren, dagegenzuhalten. Ich war der Typ, dem man solche Dinge schreiben konnte, weil er das als Zuwendung begriff. Es gab solche Frauen wie mich, die Benutzung und Abnutzung auf wundersame Weise in scheinbare Bestätigung umändern konnten. So wie das Mädchen, das in *Rumpelstilzchen* Stroh zu Gold spinnt. Es folgten Wochen mit immer neuen Nachrichten, ab und zu war Pause. Ab und zu einen Monat. Ich traf den Typen auf Partys, und er grüßte mich kaum. Das war überraschend, hatte er mich doch gestern Nacht erst aufgefordert, meinen Busen zu fotografieren. Durch ihn lernte ich über die Männer Ende zwanzig. Tagsüber präsentierten sie sich als hoffnungsvolle, ehrliche Häute, einige waren seit Jahren mit ihren Freundinnen liiert, es würde nicht mehr lange dauern, bis die Eltern Geld für die Hochzeit hinlegen würden. Das hielt sie nicht davon ab, Frauen oder Mädchen zu suchen, die von Lindsay Lohans Aura nicht weit entfernt waren. Ich hatte mit den Jungs oft lange und intensive Diskussionen über Lindsay, und ich vermute, das genau war für sie der Grund, um mich als Empfängerin der Textnachrichten auszuwählen. Ich fühlte mich nicht als Opfer, ich fühlte mich geehrt. Mir schien die Sache handlebar, auch wenn ich die Menge und die Häufigkeit der Nachrichten nicht kontrollieren konnte, nicht mal die Uhrzeit. Ich stand unter Zwang zu antworten. Selbst im Ausland. Einmal fuhr ich mit Henry nach Asien, textete von dort über Stunden zurück, bis meine Rechnung sechshundert Euro betrug. Ich benutzte die SMS wie den Back-up für einen Computer. Falls Henry mich dumm behandelte, nahm ich mein Telefon in die Hand, um Nachrichten zu studieren. Um nachzulesen, was alles sexy und aufregend an mir gefunden wurde. Ich wusste, es ging nicht um mich. Als Person war ich egal, und das passte mir gut. Ich wollte nicht kennengelernt werden. Ich wollte nicht als Person angesprochen werden. Ab und zu gab es Probleme mit den Nachrichten. Der Absender fürchtete, irgendjemand könnte herausfinden, was mit ihm los war. Meistens änderte sich der Ton der Nachrichten am Tag danach. Ich könne auf gar keinen Fall irgendjemandem erzählen, was los wäre, und wenn ich das tun würde, dann wäre das nicht lustig. Ich hatte keine Ahnung, worin die Bestrafung ernsthaft bestehen könnte, ich fand es lächerlich, geradezu dumm. Nie passierte etwas, die Sache wiederholte sich einfach nur. Es war ein Zyklus, ein Sexting-Zyklus, dessen Ablauf und Anfang und Ende ich nicht bestimmen konnte. Ich unterwarf mich dem Moment, wenn alles wieder von vorne losging. Das machte mich für ein paar Jungs, und so musste ich sie nennen, anziehend. Selbstverständlich kam es nie zu Handlungen, zu Sex, zum Austausch, geschweige denn zu einer Beziehung.

Jungs wie diese Jungs wählten Mädchen als Freundinnen, nicht solche, die auf Mädchen machten.

Raus, nur raus. Ich rutsche gleich aus mit diesen Zwölf-Zentimeter-Absätzen. Hinfliegen geht nicht. Kontrolle halten, ich werde dieses Bild die Nacht über nicht vergessen, ich werde es nie vergessen, bis ich siebzig bin. Da steht diese blöde Kuh in Rot neben Henry. Ich lasse sie kalt, ich berühre sie nicht, ich bin das Letzte. Natalie teilt geschickt aus, sie sieht beim

Austeilen so unschuldig aus. Ihre fetten Lippen, ihr ganzes Gehabe, das ist so nuttig. Das müsste ihr mal jemand sagen, aber kein Mann wird es ihr sagen. Henry mag es auf jeden Fall. Er hatte mich mehrfach auf Natalies Garderobe hingewiesen.

»Das ist der Weg«, sagte Henry. »Ist das nicht nuttig?«, sagte ich dann, und Henry schaute mich daraufhin komisch an, als ob ich nichts raffen würde. Mir empfahl er Jeans und T-Shirt, Natalie sah er am liebsten »wie eine Russenbraut«.

Ich schlittere. Dreimal auf den Hintern geflogen, Mantel nass, Schuhe durchgeweicht, meine Nase ist am kältesten, ihr mangelt es an Durchblutung, sie hatte in den letzten Stunden keine Pause. Finger: unterkühlt. Extrem. Ich gehe nicht nach Hause. Zwei Gründe: Ich könnte dort ewig sitzen und auf Henry warten, oder ich könnte dort warten, bis er mit Natalie nach Hause kommt und sie dort fickt.

Ich stelle mir vor, wie Natalie sich später dafür bei mir entschuldigt und vor mir heult. Diese ganze Heulerei würde die Sache noch schlimmer machen, wenn Frauen vor anderen Frauen heulen, dann heißt es, dass sie die Verantwortung für alles, was sie getan haben, abgeben und auf diese Frauenkarte setzen: Wir sind doch Frauen, wir haben diese Schwächen, die andere nicht haben. Wir stoßen uns Dolche in die Herzen und tun so, als ob das mit einer Cappuccino-Einladung wiedergutzumachen wäre. Ich frage mich, warum das so ist, ich frage mich, ob ich Natalie für diesen Part ausgewählt habe. Ich wusste, wie sie war, und ich wusste, dass wir uns ähnlich waren. So ähnlich dann doch nicht. Ich würde es nicht bringen, Natalies Freund vor allen anderen zu küssen oder die Wange abzulecken. Ich täusche mich eventuell, schon möglich. Vielleicht ginge es jetzt. Ich suchte nach Freunden, die mich abhärteten, Dinge aus mir herauskitzelten, die ich mich nicht trauen würde. Schon mit fünfzehn war das so. Kathrin, Sternzeichen Skorpion, wie immer von ihrer Seite betont wurde, saß neben mir in der Schule und hatte starke Schwankungen, was ihre Gefühle für mich betraf. Ein paar Wochen lang telefonierten wir jeden Tag, oder sie schlief bei mir am Wochenende. Dann kam die Phase, in der sie es nicht für nötig hielt, mit mir zu sprechen, trotz Nachbarschaft in der Schule. Es gab keinen Grund. Ich hatte nichts getan, nur Kathrin hatte einen manisch-depressiven Gefühlshaushalt, den ich wunderbar abfedern konnte. Später, als wir nicht mehr im selben Kurs waren, hörte ich, dass Kathrin einem Mädchen im Ferienlager den Freund ausgespannt hatte, und war erleichtert, nichts mehr mit ihr zu tun zu haben, bis Kathrin bemerkte, dass ich Sascha mochte. Sie tat alles, um ihn abzuschleppen, doch Sascha konnte ihre Fresse nicht ausstehen, und auf langes blondes Tussihaar stand er nicht. Mit Christine und Moni war die Sache ähnlich. Sie riefen mich selten an. Ich war die treibende Kraft, weil ich auf eine Art in beide verliebt war, was es ihnen einfach machte, mich schlecht zu behandeln und mich am Telefon anzuschreien, wenn sie nicht gut drauf waren. Vielleicht hatte ich mein Prinzip von Freundschaft seit zwanzig Jahren nicht mehr durchdacht, hatte es irgendwo schleifen lassen, da unten im Dreck. Frauenfreundschaften schienen mir unkontrollierbarer als jede Affäre, als jeder schnelle Sex. Ich kannte die Codes kaum. Ich geriet in Abhängigkeiten von Frauen. Frauen, Freundinnen waren klüger, sie hatten härtere Bandagen und Themen, wenn es um Kontrolle in der Freundschaft ging. Entzug war eine. Nicht anrufen, wegbleiben. Telefon ausschalten. Aber mit Telefonkontrolle konnte ich jetzt umgehen. Das hatte ich in den Jahren mit Henry trainiert. Ich war besser geworden, nicht mehr so empfindlich.

Ich könnte Klaus überraschen. Ich könnte so tun, als hätte ich an ihn gedacht, mitten in der Nacht. In einem langweiligen Club wäre mir danach gewesen, ihn zu sehen, zu sprechen und gleich zu treffen. Könnte ich sagen. Ich müsste vor Klaus nur meine Kokainpfoten verbergen, mein Zucken um das rechte Auge, meine laufende Nase. Klaus würde es trotzdem merken, es aus Höflichkeit ignorieren. Vielleicht nicht aus Höflichkeit, vielleicht nur, weil ich gerade da bin und was geht. Auf dem Küchenboden, im Bett, Klaus hätte ein paar Ideen. Klaus ist nicht ahnungslos, wenn es um Kokain geht. Er hatte mir an unserem Nachmittag in »Doris' Trinkstube« erzählt, wie gern er das Kokain früher hatte. Das Kokain hatte ihn einmal ruiniert, er hatte 90 000 Euro Steuerschulden, weil er alles verpulverte. Seine Zähne gingen auf das Konto von Kokain, er hatte sich sein Gebiss damit ruiniert und musste billige Jacketkronen tragen. Klaus hatte eine Ahnung davon, wie das Kokain sich in deine Muskeln, dein Gehirn, deine Fantasie, dein Leben bohren würde, und Klaus war zu alt, um andere Leute noch dafür zu kritisieren. Seine Wohnung ist nicht weit. Ich habe mir die Adresse gemerkt. Ich wusste, so ein Notfall würde kommen. Klaus ist der ideale Notfallmann. Ich kenne ihn kaum, er kennt mich kaum, ich kenne niemanden, der Klaus kennt.

Bertolt-Brecht-Platz. Klaus sagte, er wohne dort schon eine Weile. Die Wohnung würde niemandem gehören. Er würde nichts dafür zahlen. Ab und zu gäbe es kein heißes Wasser, und dann würde Klaus bei den Mädchen duschen, die er so kennt. Klaus mochte Bertolt Brecht nicht, er konnte ihn nicht ausstehen. Klaus hatte nur etwas übrig für Männerdinge. Muskeln, Autos, Trainieren, Unterwäsche für Frauen. Deshalb fühlte ich mich sicher bei Klaus.

Warum sollte Klaus mich um halb zwei nachts in seine Wohnung lassen? Ich bin keine regelmäßige Besucherin, ich habe ihn nicht mal angerufen nach unserem Trinknachmittag. Ich hoffe auf Klaus' Interesse an dramatischen, unzurechnungsfähigen Mädchen. Wir reden nur von Mädchen. Nicht von Frauen. Zu Recht. Wenn ich eine Frau wäre, würde ich nicht in nassen Klamotten vor Klaus' Tür stehen und mir erst mal die Nase putzen müssen, bevor ich ein Wort sage.

»Aha«, sagt Klaus und lehnt an der Tür. Ich hatte ihn fertiger in Erinnerung. Abgehalftert, eklig. Das lag an meiner Laune damals. Ich hatte getrunken, und mein Vitaminshot hatte seine Wirkung verloren, da sah ich die Leute vor mir negativer, als sie waren. Es ist schön, wie er »Aha« sagt. Er kommentiert nicht, wie ich aussehe. Ich könnte mich jetzt nicht aus meiner Jeans herausschälen und vor Klaus auf und ab spazieren, so wie ich es ein paarmal geplant hatte. Ich stehe. Immerhin. Mit den Verführungskünsten ist es bei mir gerade vorbei.

Klaus' Wohnung ist kein Prachtstück, aber warm. Ein anderer Ort, eine Zuflucht. Ich nehme an, Klaus hat niemanden, dem er Dinge vererben will. Ob Klaus in dieser Wohnung auf seinen eigenen Tod wartet?

Es gibt nicht viel zu sehen. An der Wand ein Adriano-Celentano-Plakat. Celentano trägt ein offenes T-Shirt, seine Brust ist gut zu sehen, eine relativ alte Männerbrust. Ich stelle mir vor, Klaus' Brust muss ähnlich aussehen. Er wird sich das Plakat hingehängt haben, um sich zu bestätigen. Daneben ein paar Ausrisse mit Titten. Ohne Gesicht. Natürlich sind es junge Titten, ob sie echt sind, ist egal, ich glaube, das interessiert Klaus nicht. Er hatte von künstlichen Brüsten geschwärmt, ganz süß. Nicht abfällig. Klaus' Andeutungen über Sex klangen immer recht warm. Nicht so abgebrüht wie bei anderen. Das machte ihn zu einem Freund.

Das ist es dann mit der Einrichtung. Klaus hatte schon angekündigt, dass er nicht zu den Etablierten gehören würde, ich sollte kein Plasma-TV erwarten, keine Whirlpool-Badewanne, kein Wasserbett oder so was. Das würde Klaus alles seinen Kollegen überlassen, er würde authentische Filme machen, und dafür bräuchte er eben diese Umgebung. Ein Blick in die Küche: ein altes Glas Nescafé, eine Gabel, ein paar harte Spaghetti liegen herum. Auf dem Wohnzimmerboden: ein alter Sessel und Klaus' kaputte GOLA-Trainingstasche, die er schon damals dabeihatte. Hinten am Fenster steht Klaus' Bett. Eisengestell, 70er Jahre. Klaus sagte allen Ernstes, darin hätten nur zwei Frauen geschlafen, er meinte damit übernachtet.

Klaus zeigt Richtung Badezimmer. Falls ich da hinmuss. Das ist ganz charmant, ich sollte duschen, den Dreck der Nacht abbürsten. Shampoo, Handtücher, wäre alles da, sagt Klaus.

Einen Duschkopf hat Klaus nicht. Ist nicht so schlimm. Die Wanne ist sauber. Warmes Wasser kommt. Ich halte den Schlauch über den Kopf, das Wasser läuft sanft, als streichelt mich jemand.

Ich vergesse, dann kommt ein Bild. Henry fickt Natalie in unserem Bett. Falls Natalie sich nach dem Sex mit meinem Handtuch abtrocknet und am Morgen aus meinem Becher trinkt, hätte ich etwas dagegen, so viel ist klar. Bild zwei: Henry und Natalie haben die Sache auf dem Klo der »Bar 1000« erledigt, und Henry hat Natalies rotes Kleid einfach hochgeschoben und sie auf der Toilette rangenommen, beide haben sich darauf geeinigt, beide kennen sich mit Toilettensex aus. Das weiß ich von beiden ganz sicher. Vielleicht sind beide zur »Panorama-Bar« weitergezogen und haben dort auf den Holzbalken neben dem DJ-Pult gefickt, wobei ich daran nicht glaube, denn Natalie legt sehr viel Wert auf Perfektion, sie würde sich für so was in ein Schlafzimmer zurückziehen, was mich wieder darin bestätigt, dass beide bei uns zu Hause gelandet sind und Henry einfach den Golfschläger von innen unter die Türklinke gerammt hat, damit ich nicht reinkann. Mit heißem Wasser geht dieser Gedanke nicht weg. Ich halte mir den Schlauch jetzt genau zwischen die Augen, das lässt sich nicht wegspülen. Ich hatte beim Reinkommen auf seinem Tisch eine Flasche Büffelgraswodka gesehen. Die war ganz klar für mich bestimmt.

»Du siehst süß aus mit dem Handtuch.«

Klaus hat sich aufs Bett gesetzt, und ganz nüchtern scheint er mir auch nicht mehr.

»Ich hatte Lust, dich zu sehen«, sage ich, die linke Hirnhälfte hat mir das gerade so eingebläut. Nach Kokain war sie bei mir oft überaktiv. Die netten Gedanken kommen von links, die schlimmen Gedanken von rechts. Klaus hält mir ein Glas Büffelgraswodka hin, ich trinke auf ex. Ich hatte Angst, ich würde zu sehr runterkommen und dann vor Klaus flennen, ihm die ganze Geschichte erzählen. Ich suchte Trost, aber ich gab es nicht zu. Ich verwechselte Trost immer häufiger mit Sex, und bald würde ich keinen Unterschied mehr sehen.

Ich hatte ein paarmal an Klaus gedacht. Ich hatte überlegt, wie es wäre. Widerlich. Wegen des Alters? Lächerlich. Klaus führte mir seine Sexaura vor, von der ich wegen meines Vitamincocktails und Restalkohols ordentlich angezogen war. Jetzt komme ich gerade runter, da geht es Richtung fallen, Richtung Leber-Talk. Ich will wieder rauf. Wir trinken zusammen. Das achte Glas für Klaus, das dritte für mich. Sind nur die kleinen Ikea-Becherchen, die sind überschaubar.

Klaus zieht mein Handtuch zur Seite und sagt mir, ich soll mich aufs Bett legen. Klaus löscht das Licht. Erst mal passiert nichts. Ich atme ganz flach und frage mich, ob er einschlafen wird? Wäre nicht schlimm. Ich sehe Klaus' Schädel im Halbdunklen auf dem Kissen, ich sehe seinen Totenkopf, seinen Schädel. Klaus zeigt mir den Tod auf eine natürliche Weise, er zeigt mir, dass man den Tod schon vorher sehen kann. Bevor er eintritt. Unregelmäßiges Herzklopfen, kenne ich so nicht. Ist es wegen der Todesnähe? Oder der Nähe zu Klaus oder wegen der Substanzen? Klaus' Lederhand hat sich auf meine Brust gelegt, und dann kullern Tränen.

»Was hast du?«

»Ich weiß nicht.«

»Weißt du nicht?«

Ich setze mich auf und lege das Handtuch wieder um. Ich hatte mir alles leichter vorgestellt. Abbiegen in den Bertolt-Brecht-Platz, reingehen, drei bis vier Drinks, labern, ausziehen, Sex, sich schön stumpf fühlen bis morgen. Labern, durch die Straßen wandern, labern, am Morgen mit Siegergrinsen zurückkommen, das Wohnzimmer in Stücke zerlegen, Henry die Faust ins Gesicht, Klamotten packen, pfeifend rauslaufen, nur wohin? In den Sonnenuntergang?

Klassisches Konzeptproblem: Ich mache mir einen Plan,

der nicht läuft. Ich verfolge den Plan trotzdem weiter, bis mein Kreislauf kollabiert oder mein Magen in Stücke zerspringt oder eine Ohnmacht mich netterweise überrascht. Ich habe einen ganzen Katalog von Ohnmachtsszenarien, ich sollte sie aufschreiben. Klaus legt meine Hand auf seinen Hintern, ich spüre kalte Falten. Das ist hart. Ich hatte nichts versprochen. Ich habe mich nur hingelegt. Klaus hat gleich die Schnauze voll. Er ist kein Psychologe, der mit mir quatschen will, und auch kein Erzieher, der über Stunden fragt, warum ich so doll weinen muss. Klaus will Sex. Welchen auch immer. Er kann doch gleich tot sein, hatte ich vergessen.

Der Körper des alten Mannes ist nicht schlimm. Klaus' Beine zum Beispiel sind immer noch gut in Schuss. Die Schenkel, mit denen geht er immer noch zum Sport, da ist nichts auszusetzen. Nur der Hintern ist ein Problem, er verschwindet bald ganz. Seine Brust ist nicht einfach anzufassen. Klaus hat sich vollgesaut mit Davidoff-Duft. Die Zunge und die Zähne sind in Ordnung, die Augen bleiben zu. Ich soll ihm nicht in die Augen schauen. Klaus' Augen sind verklebt, er will keinen Kontakt. Ich muss nicht an Henrys Körper denken. Das irritiert mich ehrlich gesagt. Wo bleibt die Reue? Ich dachte, die setzt jetzt ein, und ich hatte gehofft, mit dem Gefühl der Reue aus dieser Situation zu verschwinden. Als Hebel quasi.

Klaus hat sich die Pille eingeworfen, als ich im Bad war. Klaus sagt, er lässt sich Cyalis von einem guten Freund billig im Internet bestellen. Die Marke ist günstiger als Viagra, und so oft nimmt er sie nicht. Der Freund hat gesagt, man soll Cyalis nicht mit Alkohol mixen, weil das Herz stoppen könnte. Klaus sagt, das ist Männern in seinem Alter egal. Wenn es passiert, dann ist es eben so. Klaus findet so einen Tod »Helmut-Newton-mäßig«.

Ich mache mir trotzdem ein paar Sorgen. Klaus' Oberkörper fühlt sich wie eine Herdplatte an, auf die jemand Davidoff träufelt und es dann kurz aufkochen lässt. Klaus' Herz kann sich nicht beruhigen. Ich könnte mich mit beiden Füßen auf den Oberkörper stellen und auf und ab laufen, das hatte ich irgendwann im Fernsehen gesehen. Im Notfall. Klaus' Augen gehen jetzt auf. Er schaut in meine Augen, um mir auszurichten, ich solle mich mal schnell umdrehen. Mein Kopf hängt nach unten, und gleich wird mir schlecht, irgendwas kommt nach oben, in solchen Nächten sollte man den Kopf nicht nach unten beugen. Das macht kein Körper mit.

Ich hatte von Viagra-Sex gehört. Ich merke nicht viel, außer einem harten Gegenstand, es könnte ein Möbelstück sein, ich bin stumpf. Oder ist mein Körper um 7.30 Uhr am Morgen einfach stumpf? Ich sollte meinem Körper Vorwürfe machen. Nicht Cyalis. Ich drehe meinen Kopf zur Seite, um zu sehen, wie Klaus die Sache findet. Keine Info. Seine Augen sind geschlossen, er bewegt sein Becken, hochkonzentriert. Er wird nicht kommen, das ist sicher. Auf Cyalis kommen die meisten nicht. Zu hart für den Körper, es erfordert eine Zauberkünstlerin, die sich von sehr langem Blasen nicht abhalten lässt. Ich wäre dazu nicht mehr in der Lage, ich könnte meinen Mund nicht mehr offen halten. Das Gähnen käme dazwischen, das komische Gefühl, ich kann mich nicht auf Klaus' Schwanz konzentrieren. Ich würde gerne Henry anrufen, egal in welcher Position. Selbsthass, Selbstaufopferung, das Selbst beschissen behandeln. Klaus holt mich in die Situation zurück und schlägt jetzt mit der flachen Hand auf meinen Arsch. Für mich okay, aber es tut sich nichts. Immer noch das Möbelstückgefühl. All die Hin- und Herbewegungen, all das Rumgejuckel. Ich hatte mir eingebildet, mit Klaus wäre alles heiß, nicht nur die Gespräche, nicht nur unsere Abhandlungen zum Leben, die wir an einem Kunstholztresen mit Kratzspuren besprochen hatten, während sich neben uns jemand beinahe übergeben musste. Wäre ich klug, hätte ich Klaus dort gelassen, wo er war. Auf Flirtdistanz, auf Ratgeberdistanz. Ich war der Meinung, mit Sex könnte man alles verstärken, wahrer machen. Ich war der Meinung, mit echtem Sex könnte ich den imaginären Sex des anderen ignorieren. Falsch.

Kotzgefühl ist weg. Ich sitze auf Klaus' Bett und höre einen Wecker. Gelbes Licht vor mir, ich glaube, es ist Montag. Klaus sagt, ich soll nach Hause gehen. Wir würden ein anderes Mal weitermachen. Ich stehe auf, ich packe das schon.

Ich muss die Richtung im Taxi ändern.

»Sonnenallee, bitte. Schnell.« Ich hatte dieses Stechen ein paarmal, und jedes Mal verschwand es wieder. Das Stechen hatte sich gestern Nacht angekündigt, und jetzt geht es nicht mehr weg. Es sticht wie der Teufel. Es muss von meinem Bauch ausgehen, dann wandert es zur Seite. Und wieder von vorn. Ich sehe die Schwester, die Süße, mit den kurzen roten Haaren. Ich lege mich auf den Teppich bei Florian, ich winke, ich kann nicht sprechen, gleich fliegt mein Magen in Fetzen. Florian soll kommen. Wer auch immer. Ich höre mich selbst hinknallen. Mit dem Gesicht voran. Wenigstens hab ich keine Kotzflecken hinterlassen.

Dunkler Raum. Ruhe. Dann spüre ich Nadeln im Fuß. Im Kopf, in den Beinen. Florian hat sie persönlich reingesteckt. Zähneklappern. Seine Hand liegt auf meiner Stirn.

Florian beißt sich leicht auf die Unterlippe, um seine Besorgnis anzuzeigen.

»Wir machen ein paar Tests. Schließ die Augen.«

Ach, Florian, wir brauchen doch gar keine Tests, ich kann dir auch so sagen, was los ist, und eine kleine Liste machen, was alles in mir steckt. Ich weiß nur noch etwas von Cyalis, ich hatte ein Viertelpille genommen, warum bloß? Ich hatte doch keinen Schwanz, der stehen muss. Ich liege hier noch ein paar Minuten.

Florian schaut zur Tür rein.

»Bleib hier. Aber länger als eine Stunde geht es nicht.«

Florian sagt etwas von erholen, mal ausspannen. Ich spanne seit Monaten aus. Sagt man mir. Ich arbeite nicht. Sagt man mir. Ich sehe scheiße aus. Sagt man mir. Ich hatte niemandem mehr geglaubt. Seit längerem. Ich wollte keine Meinungen mehr über meinen Zustand hören, also sagten die Leute nichts mehr. Bald war es einsam um mich herum, ohne dass ich es merkte. Die Leute grüßten. Laberten ein wenig, sie vermieden es zu sagen, was sie fühlten, was sie ekelte, was sie traurig machte. So wollte ich es ja. Warum konnte ich immer erst NACH den Katastrophen und Abstürzen im Leben wahre, befriedigende Gespräche führen? Ging das nicht vorher? Musste ich mich erst beinahe umbringen, um Wahrheiten auszutauschen?

Ob mich jemand abholen könne? Henrys Akku ist leer. Florian sagt, ich muss vorsichtig sein. Meine Organe, sagt er, sie können nicht mehr weitermachen, wenn ich so weitermache. Was ist mit meiner sicheren Bank? Antibiotika? Florian winkt ab. Das klappt irgendwann nicht mehr. Ich komme in solchen Momenten immer auf Antibiotika zu sprechen, dabei gäbe es doch andere Themen. Zum Beispiel: Ist mein Bett zu Hause frei?

3

Es ist einer dieser Tage in der Stadt. Einen, wie wir ihn hier lieben. Morgens um sechs ist die Sonne da, ich schwitze beim Aufstehen. Wir sind früh ins Bett gegangen und haben ausgeschlafen. Henry hat Kaffee gemacht und sitzt mit dem Rücken zu mir auf dem Bett. Ich schaue seinen Rücken gerne an. Der Rücken beruhigt mich. Breit. Gebräunt. Ja, ja, das Übliche. Henry hatte trainiert, das konnte ich gut sehen. Wir hatten uns beide im Gym in der Friedrichstraße angemeldet. Wir wollten unsere Körper verändern. Wir wollten unser Leben verändern. Wir sagten, es ist an der Zeit, und stiegen ab sofort auf Treadmills und hoben Gewichte. Keiner von uns hatte große Lust, aber wir dachten, unsere Körper würden das mögen. Ich nahm immer die erste Treadmill in der Reihe und Henry den Stepper vor mir. Ich sah also seinen Nacken für fünfundvierzig Minuten sich auf und ab bewegen. Das hatte etwas Beruhigendes, Normales, etwas Unbedrohliches. Ich mochte es. So mussten sich Menschen fühlen, die eine Ehe führen.

Über die Nacht bei Klaus hatte ich Henry nichts erzählt. Sie spielte keine Rolle, das ging ihn nichts an. Nach meinem Zusammenbruch in der Praxis von Dr. Fit fuhr ich drei Stunden später nach Hause. Henry fand die Sache nicht lustig. Er sagte, ich würde beschissen aussehen, so schlimm hätte er mich noch nie gesehen. Ich fand, er sah genauso beschissen aus, aber ich traute an diesem Montagmorgen meinem Urteil nicht mehr. Ich hatte das Gefühl, auf meiner Linse würde irgendein Film liegen. Irgendetwas würde meinen Blick verzerren. Henry verlor kein Wort über Natalie, ich selbst hatte nicht die Kraft zu fragen. Ich verbrachte drei Tage im Bett und wachte nur auf, wenn ich einen langen Angsttraum hatte. Keine konkrete Angst. Ich träumte nicht, ich würde Geld verlieren oder Freunde. Es waren diese langen Traumphasen mit Bildern, die ich nicht kannte und die ich auch nicht mehr wiedersehen wollte. Die Bilder zeigten nichts Konkretes, sie symbolisierten die Abwesenheit von Atmen, von Schauenkönnen, von Lebendigsein. Es war eine wirkliche, stumpfe, banale Angst. Eine, die jeder Trottel hatte, der mal Kokain über einen längeren Zeitraum nahm. Also keine auf mich gemünzte Angst, keine für mich spezifische Angst. Es war eine Berliner Angst, die ich in so vielen Gesichtern in der Stadt gesehen hatte. Ob wir alle Cyborgs waren, die in unterschiedlichen Körpern existierten und in Mitte lebten? Ich fragte mich das, aber diese Frage war ja auch schon eine Folge dieser Berliner oder Postkokainangst. Hier in dieser Stadt war es ja einfach ganz normal, seinen Dämonen freien Auslauf zu lassen. An Kontrolle war niemand von uns interessiert. Sie machte uns nicht an, und darauf waren wir hier stolz. Ich sehnte mich oft nach Kontrolle, nach Maßnahmen. Nachts um halb fünf hatte ich mir schon oft gewünscht, ich würde mir von meinen Eltern eine fangen, wenn ich nach Hause käme. Stattdessen erwartete mich noch mehr Kokain als in jedem Club.

Ich war überrascht, wie fürsorglich Henry sich gezeigt hatte. Er kochte mir Suppe aus Knochen. Er kochte die Knochen richtig aus, bis die Essenz heraustrat, so wie es nur Großmütter tun. Henry strich mir nicht direkt über den Kopf, aber das Suppekochen war für seine Verhältnisse nahe am Streicheln. Nachdem ich wieder aufstehen konnte, saßen wir eines Abends auf der Terrasse. Wir hatten nur gesundes Zeug gekocht, wir waren entschlossen zu gesunden. Im Allgemeinen. Ob wir das psychisch schaffen würden? Wasser, frühes Zubettgehen. Für eine Weile war das herrlich. Henry trank nichts, und das ging so lange gut, bis er beim Fußball verlor und mit Diktatorenstimme anrief, um sich auszukotzen. Ich verzieh ihm, ich wusste ja, wo er dran war, und ich wusste auch, dass er sich wegen mir zurückhielt und keinen Rosé nachkippte, wenn er ein Loch verhauen hatte. Wir hatten lange Gespräche über Kokain geführt. Henry hatte gesagt, es mache ihn unterhaltsam. Und ohne Kokain wollte er keinen Sex. Bei mir war es umgekehrt. Ich wurde auf Kokain schrullig und sentimental, und mit Kokain wollte ich keinen Sex. Ich legte mich durchaus hin, freiwillig, bereit, gefickt zu werden. So wie jemand, der eben weiß, dass es zum Job gehört. Was war das für ein Job, den ich seit Monaten ausübte? Ich hätte ihn niemandem erklären können, sorry.

Im »Vino e Libri« ist es noch leer. Die nussbraunen Tische werden in einer Stunde knallvoll sein. Yoga-Leute essen hier nach dem Unterricht, junge Eltern, wenn das Kind im Bett ist.

Bei einigen läuft das Restaurant unter dem Titel »Lieblingsitaliener«, aber ich kann keine wirklich emotionale Verbindung zum »Vino e Libri« herstellen. Ich bin auf der Durchreise, mit dem Kellner werde ich nicht warm. Er ist nicht zickig, aber er behandelt mich und Henry immer so, als ob wir nicht von hier wären. Ich glaube, er denkt, wir seien Touristen, weil Henry immer diesen teuren Marlon-Brando-Mantel trägt. Vielleicht liegt es auch an der Sache mit meiner EC-Karte, die neulich hier nicht funktionierte und von seinem dusseligen Gerät abgelehnt wurde. Später sah ich, dass auf meinem Konto noch 3,55 Euro waren, da konnte der Kellner nichts dafür. Aber er hätte mich nicht so blamieren müssen. Ich wollte einmal für alle, das hieß für uns beide, bezahlen und so was. Henry hatte mich noch Wochen später damit aufgezogen. Das hatte ich alles diesem Kellner zu verdanken.

Es gehört zu den entsetzlichsten Gefühle, die ich kenne. Ein leeres Konto. Ich fühlte mich beim Anblick von schlechten Kontoständen wirklich mies. Ich fühlte mich unten, unwürdig, einer schlechten Behandlung würdig. Ich war nicht mehr in der Lage, ein paar Hunderter zu verdienen, und ich ging davon aus, dass nur das Mädchen vor der Berliner Sparkasse in der Torstraße sich noch schlechter fühlen musste als ich. Ich sah es jedes Mal, wenn ich zum Geldholen ging. Es saß aufrecht, nicht so hingefläzt wie die anderen Obdachlosen in Berlin. Ich würde sagen, es hatte Stil. Es saß auf einer silbernen Isomatte, die farblich zu seinem mintgrünen Parka passte. Die Haare hatten eine leichte Iro-Form. Das Mädchen hielt nicht die Hand auf, es hatte eine weiße, beinahe edle Box vor sich, in der täglich ein paar Euro lagen. Das Mädchen pöbelte nicht, es saß in einer yogaartigen Position, ungerührt. An Sonnentagen trug es eine Ray-Ban-Brille. Ich hatte vor, mit dem Mädchen zu sprechen. Ich hatte mir vorgestellt, eines Tages mit ihm vor der Berliner Sparkasse zu sitzen und zu fragen, was es denn hier wohl mache. Es würde nicht hinpassen, nicht in die Torstraße, nicht in den Laden neben der Sparkasse, vor dem es nach Dönerabfall stank und in dem nur Besoffene landeten, die zu jeder Tageszeit Fett und Triefsoßen brauchten. Ich fand, das Mädchen bildete einen krassen Gegensatz zu den anderen Gestalten. Als hätte es jemand ausgesetzt. Und dann nicht mehr abgeholt.

Nach zwei Wochen war das Mädchen immer noch da. Ich wollte einen Versuch wagen, doch ein paar hysterische Teenies wollten die Sparkassenräume nicht verlassen und gackerten über zehn Minuten wegen eines Girokontostands. Ich fand, das war zu unwürdig für das Mädchen, ich wollte es fragen, wenn die Luft rein war, wenn eine bestimmte Ruhe am Eingang der Sparkasse eingekehrt war. Nach drei Wochen alles unverändert. Ich konnte nicht mehr. Ich zog einen Zwanzig-Euro-Schein mit Henrys Kreditkarte und legte ihn in die weiße Box. Jetzt müsste das Mädchen reagieren, mich anlabern, danke sagen, wir würden uns in ein Gespräch vertiefen, es würde antworten, es würde seine Augen in meine versenken und mir von seinem Geheimnis erzählen. Die Ray-Ban blieb auf. Das Mädchen bewegte nicht mal den kleinen Finger. Ich kam schlecht drauf, wegen dieser Härte, die ich hier spüren musste. Ich fand nicht, dass zwanzig Euro wenig waren. Ich hatte ein Recht zu erfahren, wie so ein Mädchen hierhingekommen war, wieso es jeden Tag vor der Berliner Sparkasse saß und nicht im »Einstein«, um sich mit Bildern aus teuren Zeitschriften vollzupumpen. Ich hatte Lust, eine Wahrheit aus ihm rauszuprügeln, ich hatte lange gewartet, ich hatte erwartet, es würde mir erzählen, wie es ist, wenn die EC-Karte nicht mehr geht, und was dann passiert war. Ich wusste nicht mal, ob das Mädchen eine EC-Karte hatte. Ich projizierte einfach den Besitz einer nicht mehr funktionierenden EC-Karte in das Mädchen hinein. Das war doch keine große Sache, so eine nicht funktionierende Karte. Das kannte doch jeder in Berlin, das Mädchen musste sich nicht so anstellen, es war doch Alltag.

Um sieben ist niemand hier – außer uns. Wir sind stolz darauf, unser neues Regime predigt die Erholung. Das Schlafen. Wir fahren alles runter. Vor uns steht nur eine Karaffe mit dem Gläschen Wein, gut zum Schlafen. Henry trägt seinen dunkelblauen Pullover, der zaubert ihm eine gute Gesichtsfarbe, ich habe mir zur Jeans nur ein weißes T-Shirt angezogen. Wir sehen nach Ferien aus. Unsere Laune ist nicht blendend, aber ganz stabil. Wir einigen uns auf eine große Trüffelpizza und machen die üblichen Witze.

»Trüffel riecht nach Sperma«, behauptet Henry, ich schließe mich an, und wir lachen, wie immer. Kennen wir, den Witz.

Seit Wochen haben wir niemanden getroffen, wir haben beide beträchtliche Mengen an SMS versandt an Leute, die uns den Partyschedule der kommenden Wochen schickten, und mitgeteilt, dass wir nicht kommen würden. Wir schauen uns über einem Berg von Spaghetti an und sagen, die Pause tut uns gut. Wir haben eine Pause verdient von all dem Gefeiere. Von all dem Überkonsum. Wie schauen uns an. Wir zwinkern mit einem Auge, ist doch so. Wir bestellen noch eine Portion Nudeln, wir sind nicht die Einzigen, die sich mit Kohlehydraten beruhigen. Das ist nichts Schlimmes. Nudeln stillen etwas in uns. Eine Sehnsucht, ein Verlangen. Henry und ich reden nicht über das Verlangen, wir bestellen aber noch ein Steak nach den Nudeln. Wir platzen gleich, aber wir sagen uns, Rind per se ist gesund. Es hat wenig Kalorien. Wir fressen uns so voll, dass wir nachher keinen Sex mehr haben werden, das ist sicher. Wir haben keine Mitte, wir bewegen uns hin und her. Zwischen dem übermäßigen, übertriebenen Saufen und Koksen und zwischen dem übermäßigen, übertriebenen Essen und Schlafen. Das Letztere halten wir für Erholung, weil wir nicht übermäßig saufen und koksen.

Natürlich, all diese Aktivitäten gehen nur auf eine Sache zurück. Wir reden nie darüber, wir sagen das Wort nicht, es würde uns im Hals stecken bleiben. Langweilen, sich langweilen, das ist doch nicht mehr modern, so was zu sagen. Wer langweilt sich heute noch? Niemand. Das Wort soll aus den 80er Jahren stammen, es gibt Leute in unserer Umgebung, die würden uns eine Hand abhacken, wenn wir das Wort nur erwähnen würden. Hier, in Berlin, da können wir uns doch gar nicht langweilen, die Stadt ist viel zu aufregend. Unser Grundsatz lautet doch, wer sich in Berlin langweilt, der ist krank. Im Kopf. Henry und ich sind nicht anfällig für diese Krankheit.

Wir tun Dinge, wir stellen Theorien auf, wir machen, wir trinken, wir legen uns hin, stehen wieder auf. Das ist doch was.

»Ich bestelle noch mal Mascarpone«, sagt Henry. Ich sehe, sein Hemdknopf wird gleich abplatzen.

»Eine gute Idee.« Ich schaufle mir die Hälfte rein. Wenn ich so weitermache, brauche ich eine Gänsefeder, um mir die Kotze rauszukitzeln.

Ich finde uns sehr vernünftig. Es ist gerade mal 20.30 Uhr. Wir haben früh zu Abend gegessen. Wir werden gleich ins Bett gehen. Es ist schön, wenn man mal nicht viel reden muss. Wir können still nebeneinanderliegen.

Ich wache gegen zehn auf. Henry schläft, sein Brustkorb hebt sich regelmäßig, es ist Monate her, dass ich ihn so normal schlafen sah. Ich kenne den Anblick gar nicht mehr. Ich nehme an, ihm geht's gut. Draußen rauschen Bäume, ich bin hellwach, es ist mir zu heiß zum Schlafen. Ich muss an das Mädchen vor der Berliner Sparkasse denken. Sie ist eine dieser Berliner Irritationen. Sie ist obdachlos. Sie sitzt auf dem Boden der Torstraße und sammelt Geld für Döner oder weiß der Teufel. Sie sieht nicht aus wie eine Obdachlose. Sie trägt anständige Sachen, sie ist nicht dreckig. Ihre Haut ist gepflegt, das kann ich sehen. Sie ist nicht fett, sie ist nicht zu dünn, das heißt, sie hungert nicht. Sie weiß, welche Farben harmonieren, sie weiß, dass man wieder Ray-Ban trägt. Ich will Henry aufwecken, ihn fragen, was ihm zu dem Mädchen einfällt, kann er den Fall lösen? Wo schläft das Mädchen? Mit wem schläft das Mädchen?

Ich schlafe nicht ein. Der Wecker zeigt fünf. Ich habe kurz geträumt. Von der Torstraße. Von meinem nackten Hintern, der auf dem Boden vor der Berliner Sparkasse sitzt. Ich sehe zu, wie Henry mit einer glänzenden Kreditkarte Geld holt. Dann verschwindet er, und ich sitze immer noch mit einem nackten Hintern auf der Torstraße. Keine Autos zu sehen. Ich fühle mich nicht schlecht. Ich warte, bis jemand kommt und mich abholt. Ich bin ganz entspannt, es macht mir nichts aus, dass ich keine Kleider anhabe. Es ist sechs Uhr. Kein Auge zugemacht. Der Traum hält mich wach. Ich habe offenbar nicht genug Angst davor, als Asoziale zu enden. Das ist mir neu. Ich habe offenbar zu wenig Angst, in »Doris' Trinkstube« am Tresen zu hängen. Das ist mir neu. Ich sollte etwas dagegen tun. Um sieben gestehe ich mir ein, dass meine fehlende Angst vielleicht nur ein Zeichen von Entspannung ist. Ich werde soft. Ich werde durchlässig. Ich lasse los. Richtung fatalistisch, was passiert, passiert. Ich lasse das Ruder los, ich muss doch nicht wie eine Irre durch die Gegend navigieren. Das war doch seit Wochen unser Thema. Eine neue Softness in unserem Leben. Nicht mehr so viel Härte, nicht so viele Angriffe, nicht mehr so viele Liter Wodka.

Stattdessen wurden wir fett vom Rindersteak mit hausgemachten Nudeln. Und von der Sahne in den Desserts. In den ersten Wochen ein herrliches Gefühl. Ich verspürte in den ersten Wochen nicht mehr so eine große Panik wegen meines Bauches oder meiner Schenkel. Da wir beide ähnlich viel fraßen, machte es dem einen nichts aus, wenn der andere plötzlich auch Hüftringe hatte. Henry sprach ein Mal die Woche davon, dass wir bald eine Diät anfangen würden, und davon, dass ich schuld wäre, wenn er fett würde, weil man eben fett wird, wenn man in einer Beziehung ist. Ohne Beziehung, sagte Henry, wäre man immer drahtiger, fitter, beweglicher. Ich nickte nur, ich wollte darauf nicht weiter eingehen. Ich wusste nur, dass ich viel fetter nicht werden wollte. Ich könnte mich nirgends in einem Bikini sehen lassen. Korrekt? Wäre fett zu werden aber generell ein Ausweg? Wäre der Verlust der Attraktivität ein Ausweg? Würde ich mich selbst quasi darwinistisch aus der Sache rauskatapultieren? Um acht Uhr morgens gebe ich auf. Henry sägt neben mir, er hat kein Problem. Mir macht die neue Ruhe zu schaffen. Ich dachte, es würde umgekehrt laufen.

Um neun stehen wir auf. Henry streckt sich, er sieht ausgeruht aus, so kennen ihn die meisten Leute und fragen mich immer, warum es dieses Drogengerücht über ihn gäbe, er sähe doch so ausgeruht aus. Meine Augen sind geschwollen, seit zwei Tagen habe ich nicht gepennt.

»›Einstein‹ im Westen?«, fragt Henry. Da könne man draußen sitzen. Heute sollen es dreißig Grad werden.

»Einstein«, sage ich und klettere in einen Jeansrock, den ich am Boden finde. Im Auto labern wir über den Westen. Wie gern wir ihn doch mögen, den Westen. Im Prinzip.

»Der Westen hat was Authentisches«, philosophiert Henry.

»Und ist elegant!«, werfe ich ein.

Hier hätte doch alles stattgefunden, was Berlin ausmacht. David Bowie. Iggy Pop. Die waren ja hier. Wir nicken beide. Solche Dinge haben wir nie gesagt. Sie gehören nicht zu uns. Sie sind uns fremd. Wir spielen was vor.

Ich kann den Westen nicht leiden. Er erinnert mich auf Schritt und Tritt an die 80er Jahre. Nur die parkenden Autos sind neu. Er erinnert mich an die Zeit, als für mich alles aussichtslos schien. Schulabschluss, Abitur, Berlinbesuch. Ich rutschte mit Schnabelschuhen über den Nollendorfplatz, ich hatte die Schuhe bei Blue Moon gekauft, am Telefon, es hatte mich mehrere Versuche gekostet, mit der Kodderschnauze am anderen Ende der Leitung zurechtzukommen. Der Typ nahm meine Bestellung aus der Provinz nicht ernst. Er hatte keinen Bock auf mich und schickte mir eine Nummer zu groß. Ich traute mich nicht, die Schuhe zurückzuschicken, denn die Schuhe bedeuteten, ich würde zu einer Subkultur gehören. Ich fand etwa um diese Zeit heraus, dass ich in die Subkultur nicht passen würde. Ich trug zwar weißes Make-up und abgeschnittene schwarze Gymnastikhosen, aber ich fühlte mich falsch. Heimlich sehnte ich mich nach den Tweedkostümen mit Goldknöpfen und Reisen in die Sonne, das war mir peinlich, denn in der Provinz galt nur der Versuch, zur Subkultur zu gehören. Als mir aber der Schnee in Berlin in die Schnabelschuhe kroch, hatte ich bereits keine Lust mehr auf diese Art der Existenz. Ich wollte dort sein, wo ich jetzt war. Auf dem kühlen Ledersitz eines Ferrari. Von dem würde ich ungern wieder aufstehen.

Wir bestellen Eier, Tonnen von Eiern. Eier sind gesund. Wir bestellen Tonnen von Lachs, Parmaschinken. Ist gesund, der ist nicht so fett. Wir sind bei der dritten Melange angelangt. Es ist so weit. Nach wochenlanger Diskussion über die neue Softness unserer Existenz kommen wir zu dem Entschluss, dass wir spätestens am kommenden Samstag eine Dinnerparty machen müssen. Wir hatten uns Zeit gelassen, wir konnten uns auf die Schulter klopfen, wir waren gut. Wir schwören, wir geloben, wir drehen nicht auf.

»Wir lassen es sehr ruhig angehen«, sagt Henry. Die letzten Wochen hatte er durchgehalten, doch die Dreiwochengrenze war jetzt überschritten. Mehr ging nicht, mehr konnte er nicht, auch wenn das jetzt über dem Obstsalat und den schönen Konfitüretöpfchen nicht so schien.

Ich finde, wir treffen eine wirklich vernünftige Entscheidung.

Wir planen, vor und nach dem Dinner nur MDMA-Pulver zu servieren.

»Wer mag, der kann gerne Alkohol mitbringen«, sagt Henry. Wir hatten wirklich gute Erfahrungen mit MDMA gemacht. Auf einer Party in Ibiza waren wir große Fans geworden. Die Einnahme ging unkompliziert, und die Nase wurde verschont. Man tauchte einfach einen angefeuchteten Finger in die Tüte und drückte sich dann das daran hängende Pulver ins Zahnfleisch. Es schmeckte, wie ich mir Rattengift vorstellte. Bitter, mit einem kleinen Nachgeschmack. Doch hatte man diese Hürde genommen, ging alles von selbst. Nach ein paar Minuten segelten wir in eine ernst zu nehmende Entspanntheit. Lächeln zeigte sich auf den Mündern ohne das eigene Zutun. Wir begannen auf eine sehr freundliche Art, die Menschen rechts und links von uns anzusprechen, ich verspürte keine Eifersuchtsanfälle, auch weil Henry sich freundlich benahm und nicht mehr anderen Frauen auf die Brüste starrte. Das war ganz angenehm. Die Freundlichkeitsdroge, sie sollte unser neuer bester Freund werden. Kein Nasehochziehen mehr, kein beschissenes Gelaber, keine Schreiattacken. Stattdessen: freundliche Gesichter, Gesten, die Umkehrung unseres Wesens in eine Lächelmaschine. Das Pulver hatte noch andere Vorteile. Der Sex auf MDMA war hervorragend, die Verbindung zwischen den Beteiligten hatte eine ungeahnte Leichtigkeit, die wir beide nicht mehr auf dem Zettel gehabt hatten. Ficken auf MDMA fühlte sich recht beiläufig an, nicht so dramatisch wie auf dem nervigen Kokain. Am Morgen nach der Einnahme wachten wir frisch auf. Depressive Stimmungen: nirgends zu finden. Alles war weit von den dreckigen Böden in den Clubs entfernt, kein Gemahle mit Zähnen, kein Schwitzen, keine pickelige Haut. Wie waren Lichtjahre vom Partyabfall entfernt, mit dem hatten wir nichts zu tun. Ich mochte vor allem die Kontrollierbarkeit des Pulvers, es war, als ob man wie damals in eine Brausetüte fasst und immer nur so viel ableckte wie nötig. So wie man es in der *Blechtrommel* sah. Schaute harmlos aus. Es war lange her, dass wir als Paar so eine reife Entscheidung getroffen hatten.

Wir wollen dem Abendessen nicht so eine Last aufbürden. Wir wollen nicht übertreiben. Wir wollen nicht gleich »Versöhnungsdinner« dazu sagen. Ich bin für den Begriff »Gute-Laune-Dinner«. Henry sagt »Jute Laune« mit Berliner Akzent, und ich finde es lustig. Er schält Spargel und steht mit dem Rücken zu mir vor der Spüle. Er ist ruhig, seit Wochen. Er hat sich zusammengerissen. Henry hat sich um alles gekümmert. Er hat Blumen ausgewählt. Er hat frisches, festes Gemüse eingekauft, ich bin stolz auf ihn, er ist durchs KaDeWe durch und hat kein Weißbier getrunken. Er wusste, er würde dann nicht mehr zum Abendessen zurück sein, und das, so hatte er gestern Abend gesagt, würde er nicht mehr bringen wollen. Ich habe es gut, ich sitze auf der kleinen Holzterrasse mit einem Illy-Kaffee und schaue auf meine lackierten Nägel. Was will ich denn? Worüber will ich mich denn beschweren? Ich brauch doch nur einen Blick auf die Straßenbahnhaltestelle zu werfen. Die M8 hält vor unserer Wohnung. Ich sehe vom Balkon aus, welche Leute aussteigen. Die meisten gehen zum Penny-Markt einkaufen, ich war noch nie drin. Ich glaube, nur ein Mal, als Henry mich anbrüllte, er wolle Fleischklopse essen. Ich dachte bei dem Wort Fleischklopse an Penny und lief kurz vor Kassenschluss hinein. Ich fragte mich, was das für ein Geruch war, der aus den Kühltruhen strömte, ob das nur in Berlin so war? Es roch nach Verfaultem, nach Altem, nach Verfall, nach Armut. Ich hatte nicht den Mut, mich nachher, noch mal in die Nähe einer Penny-Kühltruhe zu begeben. Ich fragte mich, warum schlechter Geruch mich so nervös machen konnte. Hatte ich vorher nicht erlebt, und die Truhen in der Ackerhalle waren viel besser, sauberer, sie rochen nach nichts, ich konnte Stunden vor ihnen stehen, ich fror nicht mal vor den Ackerhallen-Kühltruhen. Zu Penny würde ich es nicht mehr schaffen. Die Zeiten waren vorbei. Einer von Henrys Freunden fand meine Penny-Aversion lächerlich. Dort gäbe es gute Produkte, und viele reiche Menschen würden in billigen Supermärkten einkaufen. Auch bei Aldi. »Deshalb«, so sagte der Freund, »sind sie reich. Sie verschwenden nichts.« Das galt eventuell für Menschen, die reich geboren waren. Nicht für mich, für eine Existenz, die sich danach sehnt, bis an ihr Lebensende nur noch überteuerte Produkte zu kaufen, ganz selbstverständlich, ganz nebensächlich. Dieser Kauf ließ mich Dinge fühlen, die ich nicht kannte. Ich konnte diese Dinge kaum beschreiben, es war, als wenn ich jemandem eins auswischen könnte mit dem Kauf eines überteuerten Qualitätsprodukts. Doch wer sollte das sein?

Ich sehe zwei Männer und eine Frau mit Penny-Tüte auf die M8 warten. Ich täusche mich doch nicht. Sie sind keine Genießer. Sie verstehen nichts von Blumen, nichts von Autos oder Italien im Herbst. Sie zählen ihre Joghurtbecherbeute oder so was. Das ist ihr Vergnügen für die nächsten Stunden. Sonderangebote. Schnäppchen. Der Unterschied zwischen uns: Die Leute mit der Penny-Tüte haben ihre Joghurts verdient, sie haben heute den ganzen Tag geputzt, und von ihrem Lohn haben sie Joghurts gekauft. Was mich angeht: Ich habe nichts getan. Ich habe nicht gearbeitet. Ich habe damit aufgehört. Ich habe keinen Impuls, damit wieder anzufangen. Für eine Performance von Arbeit könnte ich mich noch erwärmen. So tun. Anrufe machen. Dinge vorschlagen. Verabredungen treffen, simulieren, um über Dinge und Geschichten zu sprechen, um diese Verabredungen dann wieder zu verschieben. Das ist Arbeit, es fühlt sich so an, auch wenn es kein Ergebnis geben wird.

Mein altes Arbeitsumfeld begann schon darauf zu reagieren. Ich hatte mich neulich, als wir in München waren, mit einer ehemaligen Chefin verabredet. Ich hatte dreimal verlegt, sie war extrem ärgerlich, sie hatte wenig Zeit und schrieb mir, ich solle mich wieder melden, wenn ich in der Nähe von Nürnberg sei, wir könnten uns ja an der Autobahnraststätte treffen. Ich nahm die Sache nicht ernst. Ich dachte, sie macht einen Scherz. War aber nicht so. Sie schrieb danach nicht mehr zurück. Ich hatte bei Henry so oft das Verschieben von Frühstückstreffen, Abendcocktails und sonstigen Treffen gesehen, dass Verschieben und Absagen zur Normalität wurden, bis die Nachfragen der Beteiligten abstarben. Für gewöhnlich lästerten Henry und ich dann tagelang über die entsprechende Person und ihr ungewöhnliches Verhalten. Wir verfassten lange E-Mails, in denen die Psyche derjenigen untersucht wurde, und manchmal waren wir danach zu besoffen, um zu merken, das die E-Mails in der »Out-Box« steckten und wir sie gar nicht abgeschickt hatten. Pech eben. Wir verloren den Überblick über normales Sozialverhalten, wir hatten keinen Bock mehr auf Empathie. Ab und zu fand ich es traurig, nach besonders dramatischen Abstürzen heulte ich Natalie voll, niemand würde auch nur einen Cent für mich geben. Befand ich mich auf einem High mit Henry, schworen wir, jeder könnte uns den Buckel runterrutschen, und befand ich mich auf einem High ohne Henry, sah ich mich als besonders spezielle Existenz, als eine, die es kapiert hat, und alle anderen nicht. Befand ich mich auf einem High mit Vitaminspritze, signalisierte mein Gehirn mir noch ausgeprägtere, arrogantere Botschaften. Wenn ich frisch gespritzt die Sonnenallee Richtung U-Bahn Hermannplatz zurücklief, hatte ich Visionen von einer Botschaftergattin oder irgendeiner Repräsentantin von irgendwas, ich war schmal, trug ein Fendi-Kleid und beherrschte die internationale Konversation, die für ein Gartenfest in Botschaften oder an exotischen Orten der Welt nötig war. Diese Vision verschwand spätestens, wenn mir am Alexanderplatz die Luft der U2 um die Nase wehte und alles mit einem Kohlenstaubgeruch überzog. Ich konnte die U2 am Alex deshalb nicht leiden, sie zog einem alles aus dem Kopf, was man sich bis dahin erträumt hatte. Wenn es ganz schlimm wurde, stieg ich erst in der Mohrenstraße aus. Dort empfing mich wenigstens der pinkbraunfarbene Marmor, der angeblich, so erzählte man sich in den Nächten, aus dem Führerhauptquartier stammen würde. Nur würde das niemanden mehr interessieren. Ich versuchte daher, meine Freude an diesem Marmor nicht groß werden zu lassen, und hörte am Ende ganz auf, in der Mohrenstraße auszusteigen, ich wählte sogar den Alex, um mir die Illusionen nach einer Stunde Vitaminspritze zu zerstören. Es war vernünftiger, besser. Danach war es oft Zeit für die Ackerhalle und die Penner, die 2004 an der Kasse noch mit D-Mark bezahlten.

Henry hat eine schöne Schüssel rausgestellt. Ich denke, Porzellanmanufaktur. Teuer, irgendwo im Suff gekauft.

Die Schüssel ist fast zu schön für ihren Zweck heute Abend. Am Rand hängen kleine nackte Engel, die in eine Trompete blasen. Sieht schön aus und gleich noch schöner.

Henry trägt mir auf, mich um die Schüssel zu kümmern, wenn ich sonst nichts zu tun hab. Er sagt das ganz scherzhaft, er kocht seit Stunden und ist mehr als froh, dass ich mich nicht in die Rezepte einmische. Ich kümmere mich also um die Schüssel, öffne vorsichtig den Sack mit dem weißen Pulver.

MDMA riecht schon bitter, das ist komisch. Henry sagt, ich soll nicht naschen, nicht hinter seinem Rücken. Mach ich nicht, ich leck mir nur die Finger ab, wie jemand, der gerade Kuchen gebacken hat. Ganz normal.

Henry hatte bei Dr. Kill einen ganzen Sack bestellt. Ganz einfach war es nicht, weil Dr. Kill sich geweigert hatte, mit so viel Material im Auto durch die Gegend zu fahren. Henry hatte eine glänzende Idee und brachte Dr. Kill eine Tüte unserer Lieblingsmetzgerei im Prenzlauer Berg mit. Jeder würde glauben, die Tüte könnte doch nur einem Feinschmecker gehören, so viel war klar. Da wären wir auf der sicheren Seite. Dr. Kill hatte dann den Sack mit MDMA-Pulver in die Wildschweintüte gewickelt und sie ordentlich zugeklebt. Er hatte sie beim katholischen Kindergarten eine Etage unter uns abgegeben und wohl ausrichten lassen, es handele sich um eine Sonderlieferung von Knochenmehl. Ich weiß nicht, ob Dr. Kill die Lieferung selbst abgegeben hat. Die Frauen hätten Dr. Kill nicht abgenommen, zu einem Delikatessengeschäft zu gehören. Ich tippe, er hat es vor der Tür liegen lassen, mit einer gedruckten Adresse drauf.

Henry hat die Schweinetüte in zwei Hälften zerrissen. Das Paket mit dem Pulver liegt jetzt vor mir. Es lächelt mich an, ich lächle zurück und sage dem Pulver heimlich, wie sehr ich mich freue, dass es kein Kokain ist, ich spreche es nicht hörbar aus, ich flüstere dem Pulver etwas zu. Ich lasse es langsam in die Schale mit den Trompetenengeln rieseln und stelle es auf unseren weißen Küchentisch.

Das Pulver hat etwas Hoheitsvolles, wie es da steht, und ich weiß auch, warum. Wir verabschieden uns vom aggressiven Kokain. Darauf konnten wir uns einigen, als ich drei Tage nicht das Haus verlassen konnte. Wir hatten beide für richtig befunden, die softere Droge wäre ein guter Anfang, wir hatten nicht vor, in anderen Bereichen unserer Verbindung nachzusehen, wir würden später unter die anderen Teppiche gucken. Damit wollten wir uns Zeit lassen.

Ich habe Natalie zu unserem Essen heute Abend nicht eingeladen. Ich habe sie seit Tagen auch nicht mehr erwähnt. Ich will nicht wissen, was passiert ist, und falls ich Henry danach frage, wird er mich selbstverständlich anlügen. Wenn ich Natalie danach frage, wird sie mich selbstverständlich anlügen, genauso wie ich sie auch selbstverständlich anlügen würde, wenn der Fall umgekehrt wäre. Ist doch logisch, so geht unsere Freundschaft. Ich kann nicht sagen, dass ich sie vermisse, aber sie ist meine einzige Freundin. Sie besitzt als Einzige die Kraft, neben mir zu stehen. Andere Freundinnen haben sich aus meinem Umfeld verabschiedet, weil sie entweder meine Beschwerden über Henry nicht mehr ertragen konnten oder Henrys Ausfälle oder unsere beiden Ausfälle zusammen. Ich habe irgendwann nicht mehr auf die Entfernung der Beteiligten reagiert. Ich bin in der Lage, einen Nebel zu erzeugen, der sich nach solchen Vorfällen um mich legt. In diesem Nebel bleibe ich, bis es nicht mehr geht. Ich weiß gar nicht, wann das sein soll, wenn es nicht mehr geht, ich verliere das Gefühl dafür. Mich erreichen nur noch bestimmte Dinge von außen. Je dicker ich den Nebel um mich herum mache, desto härter müssen die Dinge sein, die mich erreichen. Desto heftiger treffen sie mich. Ich lade die heftigen Dinge daher zu mir ein. Das geht recht gut.

Im Laufe des Abends haben sich die Leute die Finger geleckt. Jeder hatte ein paarmal in die Schüssel gelangt. Die Schüssel ist zur Hälfte leer. Ich hatte in unserem Wohnzimmer lange nicht mehr so eine gute Stimmung erlebt, so viel war sicher. Zwei von Henrys Freunden hatten es sich auf dem roten Sofa gemütlich gemacht, ein Mädchen, das ich nie gesehen hatte, fläzte sich zwischen die beiden, doch es ging nicht um Sex. Einer der Freunde erklärt seine Theorie zur Kunst, ein anderer referiert über die Bergstraße, das Mädchen nickt nur ab und zu, die Sofapartei hat eine gute Zeit. In unserem Wohnzimmer herrscht keine Aggression. Sie hat sich verzogen, ich weiß noch nicht, ob unser Versuch hundertprozentig aufgeht, aber jetzt, heute Abend, fühlt sich die Sache gut an. Henry ist in den letzten Stunden mehrfach zu mir gekommen und hat seine Hand auf meine Schulter gelegt, mir Küsse auf die Wangen gegeben, mich gelobt, wie schön ich die Schale hingestellt hab, und mir immer wieder ins Ohr geflüstert, wie er sich später aufs Ficken freut.

Henry ist nach zehn Bieren wirklich gut drauf, das muss ich sagen. Ich sollte mich mehr darüber freuen, wirklich. Das sollte so sein. Ich könnte Freudensprünge machen, ich könnte mir selbst einen ausgeben für diesen Fortschritt. Das andere Pulver als Lösung. Das Pulver als Rettung für uns, für alles. Ich will der Sache nicht trauen, und doch ist es so schön. Wäre es so, wenn alles schön wäre? Wären wir so, wenn wir gut zu uns wären? Wären wir nett, wären wir anders, würden wir so sein, wenn wir uns lieben? Und ist Liebe auf Chemie möglich? Dauert sie länger? Ich sehe Henry, wie er liebt, ich sehe, er kann das, er kann sich vor mich hinstellen, mir Komplimente machen, er kann sich öffnen.

»Komm, Bunny, mach es bitte!«, sagt Henry und geht auf die Knie. Unsere beiden letzten Gäste klatschen im Takt, ich kann nicht anders. Ich renne ins Schlafzimmer und krame den Schrank durch. Das rosa Dirndl, Henry liebt es so an mir. Henry muss ja gar nicht auf die Knie gehen. Ich mag mich selbst sehr gern in diesem Dirndl.

Es bringt in mir Seiten hervor, die ich sonst wirklich nicht erkennen kann. Ich sehe mich auf einem Acker auf allen vieren, ich sehe Mücken und Fliegen um mich herum, ich mache mich dreckig, ich denke an nichts, ich haue Finger in die Erde, ich trage kein Make-up, keinen Lippenstift. Knie im Dreck, Ellenbogen im Dreck. Ich könnte ein Leben im Dirndl führen.

Henry hatte mir das Dirndl zum Oktoberfest gekauft. Wir waren zusammen zu Frankonia in der Friedrichstraße gegangen, und ich hatte gesagt, wenn ich ein Dirndl anziehe, muss es ein Bunny-Dirndl sein. Henry fand den Begriff ganz ausgezeichnet, und wir hatten beschlossen, vor dem Dirndlkauf noch was zu trinken, denn nur so, sagte Henry, könnte er gleich mit dem Verkäufer Bayrisch reden, und dann würden wir sicher einen guten Preis bekommen. Es war eine schöne Zeit, wir waren erst drei Monate zusammen und hatten einen ausgiebigen Trip zum Oktoberfest geplant, der Trip würde schon eine Woche vorher losgehen, und wir würden solange in München bleiben. Ich fragte Henry, was wir solange in München machen würden, eine Woche. Henry sagte, man könnte zum Beispiel Mittag essen gehen. Ich kannte Mittag essen als eine Angelegenheit von fünf bis zehn Minuten, doch ich musste meine Einstellung zum Mittagessen noch mal überdenken. In Henrys Kreisen dauerte ein Mittagessen bis zu vier Stunden. Zusammengerechnet, es ging um diese andere, neue Zeitrechnung. Es ging los mit der Fahrt zum Mittagessen, die schon in den Terminplan mit eingerechnet wurde, das Essen selbst konnte sich, je nach Jahreszeit, über zwei Stunden ziehen. Dann Espresso, dann noch mal das Gespräch zu Ende führen, das man während des Espressos begonnen hatte, dann doch noch ein Bier, weil der Tag so schön war. Der Zeiger zeigte dann vier Uhr, plötzlich, aus heiterem Himmel. Ich lernte ein neues Zeitmanagement. Ich lernte es von den Menschen, die viel hatten, die viel besaßen, alles. Zeit, Geld, gutes Aussehen, eine geile Art, durch die Gegend zu gehen. Sie konnten pennen, wenn sie nach dem Mittagessen besoffen waren, oder einfach bis zum Abendessen schlafen, denn das Abendessen forderte ja noch mal eine ganz andere, eine ganz neue Organisation. Ich übernahm die Zeitrechnung der langen, ewig andauernden Essen und maß ihnen eine ganz neue Bedeutung bei. Ich verbannte das alte Modell von Stress und Anstrengung aus meinem Leben, ich begann, es spießig zu finden, und eine Folge davon war, dass ich mich nicht mehr konzentrieren konnte. Schon während unseres ersten Aufenthalts in München lag meine eigentlich frisch begonnene Karriere schon wieder im Sterben. Ich sollte für eine teure Zeitschrift aufschreiben, worin der Begriff Jetset bestehe, was er uns heute sagen würde und was er uns bedeutet. Ich brauchte für diesen Text unendlich lange, ich hatte mich auf die Vorbereitung von Mittag- und Abendessen zu konzentrieren, und ich wollte den Leuten von der Zeitschrift gern ausrichten lassen, ich befinde mich quasi gerade auf dem Weg in den Jetset, so fühle es sich an. Ich wollte ihnen einen langen Brief schreiben, auf welchem Weg ich wäre und dass mein Körper, meine Haltung, Mittagessentermine und Abendessenverabredungen bald alles bestimmten. Ich würde ihnen nicht sagen, dass mein Text schlecht war, wegen Kater, wegen den Auswirkungen von Mittagessen und Oktoberfestvorbereitungen, das Fest hatte noch nicht mal begonnen. Ich pfiff dermaßen auf diesen Text, das konnte sich kein Mensch vorstellen.

Am Abend unseres ersten Oktoberfests war ich überzeugt, in ein neues, durch nichts mehr zu schlagendes Leben eingetreten zu sein. Ich rauschte im Bunny-Dirndl in eines der Zelte, ich weiß nicht mehr, welches, ich glaube, in der linken Hand trug ich eine Champagnerflasche, meine rechte Hand lag in der von Henry. Er zerrte mich an den Bierbänken vorbei, es war ein schönes Zerren. Er konnte es kaum abwarten, mit mir anzugeben, das fühlte sich jedenfalls so an. Ich war mittelbetrunken, mein Lieblingszustand. Meine Wangen leuchteten, pochten, Henry hatte mir die Dirndlbluse runtergezogen, und im Taxi machten wir die ganze Zeit Scherze über mein Marie-Antoinette-Dekolleté. Henry mochte es, wenn der Ansatz meiner Brüste zu sehen war, und weil ich genug Champagner hatte, mochte ich es auch.

Ich glaube, ich werde nie mehr so gute Brezeln backen wie heute Nacht. Henry, Fred und Wilhelm, unsere beiden letzten Gäste, haben sich durch mein Dirndl stark inspirieren lassen.

»Bunny, wenn du uns jetzt noch Brezen machst, dann ist ois guat«, sagt Henry auf Bayrisch.

Fred und Wilhelm applaudieren, sie nicken Henry zu. In den letzten Stunden bin ich nicht nur zur Brezenbäckerin geworden, sondern bin fest überzeugt, nur noch auf Feste zu gehen, bei denen MDMA im Spiel ist. Diese Uhrzeit, diese Situation auf Kokain, sie würde so anders aussehen, mal abgesehen davon, dass ich auf Kokain keine Brezen backen könnte, sondern zu dieser Uhrzeit nur noch stammelnd und ohne Dirndlcharme in einer Küchenecke sitzen würde und am Flennen wäre. Das Rattengift MDMA bekommt mir einfach besser, und alle, die sagen, irgendwann sei mein Serotonin aufgebraucht, können mich mal.

Ich klettere vor Henry, Fred und Wilhelm also auf eine Leiter, um in unserem Gefrierfach den Brezenteig zu finden, den wir immer noch da liegen haben, wahrscheinlich wegen solcher Momente. Der Teig ist schon ein paar Monate alt, das stört uns nicht, sagt Henry, Geschmacksnerven sind tot nach zu viel MDMA; es geht uns jetzt nur um das Brezenerlebnis per se. Teig auftauen, Brezen bauen, ich beuge mich im Dirndl nach vorne, immer wenn ich eine neue Brezen baue, das gibt

Applaus aus dem Publikum, ich kann die Liebe spüren. Ich probiere die erste Brezen, sie schmeckt nach nichts, Papiergefühl im Mund, wir sind ja keine Gourmets. Ich halte meinem Publikum das Tablett vors Gesicht und lasse die Jungs an den Brezen lecken, und dann ziehe ich das Tablett wieder weg. Wir müssen lachen, wegen meiner hohen Absätze lasse ich das Tablett fallen. Fred springt auf, um ein paar Brezen aufzuklauben, wir lachen, wir sind überzeugt, das ist ein großartiges Spiel, niemand braucht um sechs Uhr morgens alte Brezen von Butter Lindner. Das ist unsere Art von Gesellschaftsspiel, es ist vollkommen sinnlos, und es muss sinnlos sein, sonst ist es kein Gesellschaftsspiel. Könnte es uns besser gehen? Wir würden lügen. Wir hatten eine harte Kokainzeit hinter uns, das musste man uns zugutehalten.

Henry sitzt in Unterhose auf dem Bett und will mir allen Ernstes weismachen, das wäre eine der besten Nächte seines Lebens gewesen.

»Ich bin froh, dass wir zu Hause sind«, sagt Henry und nimmt meine Hand.

»Ganz kalt«, flüstert Henry.

Henry sagt, ihm ist jetzt nach Ecstasykuscheln. Das wäre schön. Das würde ihm gut gefallen. Henry legt den Arm um meinen Bauch und zieht mich ganz nah an sich ran. Ich bekomme kaum Luft, das Dirndl ist im Liegen ein wenig eng, aber weil wir lange nicht mehr diese Art der Intimität hatten, bleibe ich ruhig liegen.

»Wir sollten weg von hier.«

»Wohin denn?«

»Lass uns an die Costa Smeralda fahren. Ein Freund hat ein Haus. Du wirst ihn mögen.«

Henry schläft dann ein. Ich weiß nicht, was Glück ist, aber dieser Moment, der ist es.

Ich hätte nicht gedacht, dass ich ihn zu hören bekomme, wenn ich mit Herzrasen, voll mit Brezenteig und im Dirndl auf einem Bett liege. Neue Versprechungen, neues Leben. Die nächste Stufe ist gezündet. Ich sehe uns an Pools, ich sehe uns feiern, anders und schöner als in Berlin, ich sehe uns erholt aussehen, ich sehe uns nicht gesunden. Das ist zu viel verlangt.

4

Die Laune ist so gut, dass wir Easyjet nehmen können. Ich hatte gesagt, mir macht es nichts aus, nach Schönefeld zu fahren und mich in diese Easyjet-Situation zu begeben. Das kostete sonst Überwindung, das war keine einfache Sache, so viel stand fest. Keinen echten Platz zu haben und auf den orangefarbenen Plastikbänken zu warten, das hätte ich früher abgelehnt. Doch wir sind gut drauf heute Morgen, wir sind in der Lage, auf den Lufthansa-Flug zu verzichten.

Wir nehmen nicht die S-Bahn, das ist dann doch nicht nötig. Ich habe sie nur ein Mal genommen, von Schönefeld Richtung Friedrichstraße, es hatte großen Energieverlust bedeutet. Ich lief durch die Kachelhalle zum Gleis, kein Zeitungsladen, nur eine alte Wurstbude in der Kachelhalle, ich stieg in einen verdreckten Zug ein, die Bremsen quietschten zu laut, die Passagiere trugen extrem kurze Haare, ich dachte an Skinheads. Ich weiß gar nicht, was denn so schrecklich war, um mich herum sah ich doch nur Berlin. Ich hatte es doch gewählt, ich hatte mich doch damit einverstanden erklärt. Berlin würde sich doch nicht wegen mir verändern, Berlin würde auch nicht mit mir sprechen und mich ganz höflich fragen, was ich denn anders machen wollte. Ich hätte lernen müssen, die Hässlichkeit um mich herum nicht auf mich zu beziehen. Das wäre damals meine Herausforderung gewesen. Stattdessen atmete ich auf der ganzen S-Bahn-Fahrt in eine

Zeitschrift mit Diamentenwerbung, ich dachte, ich könnte das sonst nicht aushalten. Niemand starrte mich komisch an. Hier fuhren eine Menge Verrückte in Richtung Stadt. Das war das Schöne an Berlin: Die reichen und die ganz normalen Menschen, die starrten sie hier an. Die Drogenopfer, die Irren, die Ausgemergelten, die schwitzenden Heroingesichter, die interessierten nicht. Die lebten doch hier seit hundert Jahren.

Schönefeld. Der Kasten liegt vor uns, wir tun so, als ob wir ihn nicht sehen, er berührt uns gar nicht. Henry trägt eine Pilotenbrille von Ray-Ban und nimmt sie nicht ab, ich lasse meine alte Gucci-Brille auf, ich will meine neue nicht anziehen, ich will mich hier nicht aufspielen. Ein paar Weiber glotzen mich an, ich glaube, es liegt an meiner Louis-Vuitton-Tasche. Sie ist nicht echt, ich habe sie auf dem Flohmarkt am Arkonaplatz gekauft. Henry fand das lächerlich. Logos gingen nicht, sagt er, erst recht nicht, weil die Tasche falsch ist. Ich habe gesagt, dass das Falsche niemanden interessiert und ich das Logo schön finde. Ich weiß, er verachtet mich für so was und findet mich in solchen Momenten »neureich«. Ich habe keinen Pfennig auf der Bank. Henry will mir die Laune nicht verderben, und daher reden wir nicht mehr über die falsche Tasche.

Ich sehe uns im Spiegel am Mövenpick-Stand. Henry kauft einen Kaffee. Sein Hemd steht ein wenig offen, schwarzes Haar drückt sich durch die Hemdöffnung, seine weißen Jeans betonen seine braune Brust, er trägt bequeme Clarks. Ich habe für den Flug einen Jeans-Minirock gewählt, nicht zu knapp, er bedeckt meine Knie, weißes Top, lässig, nicht zu nuttig. Goldene Sandalen mit Lederriemchen, die sich an meinem Knöchel hochhangeln, Haar ist offen, luftgetrocknet. Ich sehe uns. Ich sehe, dass die anderen uns anschauen. Henry und ich, wir wirken auf andere, wir geben Rätsel auf, wer wir sind. Die Leute bewundern unseren Geschmack, sie sind irritiert davon, sie sagen mit ihren Blicken, dass wir nicht zu ihnen gehören, sie sagen, dass wir von woandersher stammen, von einem anderen Stamm. Aus einer anderen Welt. Das hatte ich mir immer gewünscht. Ich habe Hoffnung in diesem Moment. Ich sehe uns ohne ein Glas in der Hand, ohne einen weißen Rand an der Nase, ohne Sozialspastik, es ist ein kurzer Moment. Dass dieser Moment bei Mövenpick am Flughafen Schönefeld stattfindet, mittags um drei, hätte ich nicht gedacht. Ich suche immer nach den großen Momenten, den aussagekräftigen Dingen, den heftigen Dingen. Da finde ich für gewöhnlich nichts, oder nicht das, was ich suche.

Ich will nicht angeben. Ich will nicht sagen, wie cool wir sind. Ich hänge an dem Arm, an dem ich hängen will. Ich schlafe mit dem Körper, mit dem ich schlafen will. Ich vergesse alles andere. Ich sehe Henry ohne die Katastrophe in seinen Augen. Oder in meinen. Es gibt uns, ohne die Katastrophe. Davon bin ich bisher nicht ausgegangen.

Wir überstehen Easyjet ganz gut. Der Flug ist kurz, bis Olbia ist es nicht weit, und ab da, sagt Henry, ist es kein langer Weg mehr. Was wäre, wenn wir wegbleiben würden für immer? Ich gehe im Kopf ein paar Ziele durch, denn Porto Cervo geht ja nur für den Sommer. Es muss warm sein, da, wo wir hinkommen. Das ist unsere Voraussetzung, die Kälte unserer Stadt bekommt uns nicht mehr gut. Wir können nicht auf den Sommer in Berlin warten. Wer weiß, was bis dahin passiert.

Ich hatte ein paar Erinnerungen an heiße Orte, die mir gut gefallen hatten. Alle Orte, an denen es über dreißig Grad war, ließen mein Gehirn in Ruhe. Über fünfunddreißig Grad fühlte ich mich dumm und konnte alles ertragen. Das zog mich an der Hitze so an, und das, obwohl meine Haut gar nicht für die Hitze gemacht war. Ich war viel zu hell für all diese heißen Orte in der Welt, ich gehörte da gar nicht hin, das wollte mir jedenfalls meine Haut sagen. Ich lernte, die Hitze zu schätzen. Es war an einem Nachmittag in Marbella. Wir waren hingeflogen, weil eine entfernte Cousine von Henry Geburtstag hatte. Ich fand den Anlass nicht passend, andererseits war ich nie in Marbella gewesen, mein Wissensstand beschränkte sich auf deutsche Adlige aus den 70ern, die dort lebten. Die Nacht vor dem Geburtstag hatte mir im Grunde gereicht. Menschen, die am nächsten Tag ein tolles Fest feiern wollten, hatten sich bereits besoffen beleidigt, einige kifften sich wieder in den Zustand einer Versöhnung zurück, aber das Aufwachen am anderen Morgen fand ich wirr. Ich fühlte mich merkwürdig, in unserem Zimmer am Strand roch es vermodert, feucht und nicht so, wie ich mir den Geruch von Villen vorgestellt hatte. Wir wussten nicht, was zu tun war. Der Tag bis zur Party würde lang sein, die Hitze ließ niemanden in der Hotellobby erscheinen, außer dem einzigen netten Paar. Der Mann, ein grauhaariges Baby, reich, freundlich, guter Dinge, dennoch fremdbestimmt vom Familienvermögen, war mit einer schönen, etwas älteren Freundin aus Brasilien angereist. Wir bestellten etwas, Bloody Mary oder ähnliche Getränke für Leute, die nicht offen zugeben, dass sie das Saufen mögen.

Beide, vor allem der Mann, verspürten das Bedürfnis, vor Henry und mir auszusprechen, wo sie sich gerade beziehungstechnisch befänden. »Am Ende«, sagte der Mann und deutete an, sich einen Porsche kaufen zu wollen, was von der Frau nicht als purer Autokauf gewertet wurde, sondern als Ein- und Zugeständnis, sich mit seinem wahren Alter nicht anfreunden zu können. Der Mann lachte mit seinen Babybäckchen und fügte hinzu, die Sache zwischen den beiden würde nicht mehr lange gehen. Die Frau, um die sechzig, würde sich nach Ruhe sehnen, nach einem Dasein in Frieden. Er selbst jedoch könnte das nicht aushalten. Jetzt, mit Anfang sechzig, verspüre er den Drang in die gegenteilige Richtung, nach draußen, ins Freie. Der Mann hatte uns ausgewählt, um mit ihm und seiner baldigen Exfreundin den Nachmittag zu verbringen. Er musste geahnt haben, dass weder Henry noch ich die beiden bestärken würden, es doch weiterhin miteinander zu versuchen. Er musste uns am Abend zuvor am Strand beobachtet haben. Wir mischten uns nicht ein, wenn wir andere Leute ins Meer kotzen sahen. Das war nicht unser Stil und würde es nie sein. Der Mann kannte uns. Er sah sich selbst in uns, wie wir unbeteiligt mit Plastikbechern voller Wodka warfen.

Dem Mann reichte aber ein einfaches Treffen mit uns in der Lobby nicht aus.

»Warum sehen wir uns nicht einen Stierkampf an?«

Ich fand umgehend Gefallen an dem Gedanken, er würde meine Migräne vertreiben und meinen Kater wegscheuchen.

Die Sache galt als dekadent. Als ekelhaft. Der Stier würde auf jeden Fall getötet. Ich hatte von großen Adrenalinschüben gehört, die ausgeschüttet werden, wenn jemand vor deinen Augen getötet wird. Das konnte auch ein Tier sein. Der Mann und ich schienen die treibende Kraft für die Stierkampfplanung, Henry äußerte ein paar Bedenken, er wollte heute Abend ausgeruht erscheinen und am Strand einpennen, doch auch dafür konnte er sich nicht recht entscheiden. Der brasilianischen Freundin war die Sache nicht recht, ich sah ihr an, dass der Gang zum Stierkampf sie nicht beruhigen würde.

Ich wollte dorthin, ich hatte in diesem Moment das Gefühl, ich könnte nicht mehr sein, ohne den Stierkampf gesehen zu haben, der Kampf musste eine Nachricht für mich enthalten, so wie ich auf die Arena vor uns reagierte. Ich schwitzte, mein Mund war trocken, wir standen in der Sonne, trotz meiner hellen Haut spürte ich nur ein paar Stiche der Strahlen, doch das kümmerte mich nicht. Ich rückte so nahe wie möglich an die Reling, ein paar Spanier machten Platz für mich, ich hatte sie nicht mal bemerkt. Der erste Stier schien müde. Er trabte drauflos, ich war mir sicher, er brauchte Wasser, er dachte vielleicht, es wäre nicht wichtig, etwas zu trinken, er würde ja ohnehin bald sterben. Ich war ein wenig enttäuscht von dem Stier, denn er lief dem Torero direkt ins Messer. Applaus, der Stier kippte um, sein Kreislauf musste versagt haben, und so zollte ihm die Menge keinen großen Respekt. Ich fand das nicht fair. Ich wollte heulen, ich wollte hinunterrennen, mich um den Stier kümmern. Nur die Sache mit dem Ohr war mir fremd. Der Torero hatte das linke Ohr abgeschnitten, und üblicherweise wurde das Ohr dem schönsten Mädchen in der Arena überreicht. Der Torero fand kein Mädchen, er ging eine Runde durch die Arena, das Ohr blutete, es war das Einzige, was an den Stier erinnern würde, falls er es nicht wegwerfen würde.

Ich spürte kein Adrenalin, nicht im Geringsten. Mein Kopf pochte schlimmer als zuvor, doch ich machte mir mehr Sorgen um die brasilianische Freundin. Ihr Blick schweifte weg, sie sah fahl aus, als könnte sie gleich umfallen.

Ich hatte gehört, es gibt kein Zurück, bevor nicht drei

Ohren abgeschnitten sind. Der zweite Stier war durchsetzungsfähiger. Es dauerte, bis der Torero ihn zu fassen bekam, es war kein leichtes Spiel für ihn. Der Stier wehrte sich, ich konnte kaum hinsehen, doch die Sache fiel mir schon leichter. So war es nicht. Der Kampf brühte mich ab, beim dritten Stier war die Spannung raus, und das Ohr interessierte nicht mehr. Nach zwei getöteten Tieren war die Sache für uns erledigt, das Töten machte mir nichts mehr aus. Das letzte Ohr ging an den Bürgermeister, der nahm es dankend an. Innerhalb von zwei Stunden konnte man sogar dem Tod neutral gegenüberstehen. Der blutige Kopf auf dem Sandboden, die starren Stieraugen, sie machten nichts mit mir. Meine Migräne war verflogen. Mein Kopf ganz klar, die Angst hatte sich gelegt, die Angst, die noch gestern um mich herumschwirrte, als wir landeten, wie eine Fliege, die man immer wieder verscheuchen muss. Für mich war das die Marbella-Lektion. Wenn man den Tod direkt vor sich sah, sogar die ganz konkrete Tötung, dann verflog die Angst, dann verflog die Wirrnis, dann war nur noch der Moment vorhanden. Ich dachte, das wäre von nun an ein gutes Rezept für kommende Stunden. Tote sehen, aufgerissene Augen, Tötungsszenarien. Sie vertrieben einem die Dinge, die man nicht einordnen konnte. So leicht. Wir fuhren im Taxi nach Hause, es war zu heiß auf der Rückbank für Späße. Henry und der grauhaarige Freund fanden plötzlich zu ihrer alten Energie zurück. »Das wird lustig heute Abend«, grölte Henry, für den Taxifahrer war das ein wenig zu laut, aber er sagte nichts. Noch wenige Stunden, und wir würden in Abendkleid und Smoking mit einem Glas in der Hand auf einer wunderschönen Wiese stehen. Ich würde dann nicht mehr an den Stier denken, ich hätte ihn schon vergessen. Wahrscheinlich würde er mir morgen um sechs Uhr in der

Früh wieder einfallen, ich würde mir überlegen, nach ihm zu suchen. Ich sah mich barfuß zur Arena rennen, obwohl das viel zu weit gewesen wäre. Ich bewunderte die brasilianische Freundin. Sie hatte im Laufe des Nachmittags einen Einblick in ihre Zukunft erhalten, und schön war der nicht. Sie blieb ruhig. Sie schaute aus dem Fenster, ihre schönen Augen waren hinter einer Sonnenbrille versteckt, die sie seit den 50ern tragen musste. Sie hatte einen Vorteil. Ihr Mann sprach ihr gegenüber genau aus, was er dachte. Ich glaube, sie konnte die Härte ertragen, weil sie sie nicht erahnen musste. Sie wurde ihr präsentiert, hingestellt wie ein Getränk. Ich hoffte, mir würde das bald passieren. Ich freute mich auf eine Art darauf. Härte, Klarheit, Wahrheit schienen die Erlösung. Hoffnung, das Warten, immer wieder nachsehen, immer wieder hinfallen und aufstehen hingegen hielt ich kaum mehr aus. Im Auto sprachen wir nicht über den Stier. Keiner wollte ihn erwähnen, und niemand hatte Lust, unsere Abstumpfung angesichts dieses Blutbads zu erörtern. Ein anderes Mal. Beim Therapeuten. Oder gar nicht. Ich war mir aber geradezu sicher, dass jeder, wirklich jeder an den Stier dachte, an die Chance, die er nicht hatte, an das Gemetzel vor uns allen. Kurz bevor wir in den Pinienwald vor dem Hotel abbogen, startete ich einen Versuch, den Stier noch mal zu erwähnen.

»Glaubt ihr, er hat Schmerzen, wenn er stirbt? Und glaubt ihr, er wartet auf seinen Tod? Ich meine, weiß er es vorher?«

Unser grauhaariger Babybackenfreund schüttelte den Kopf, die Sache ging ihm zu weit, und Henry schaute mich ein wenig fragend an. Ob das jetzt nötig wäre? Es waren noch zwei Stunden Zeit bis zur Party, und da sollte unsere Unterhaltung jetzt in eine andere Richtung gehen. Ficken wir noch mal, bevor wir losgehen? Um ruhiger zu sein, wenn wir ankommen? Und strahlender? Woher und von wem werden wir im Notfall versorgt? Nach zwölf? Wenn die Stoffe ausgehen. Henry hatte recht, ich schlug mir den Stier aus dem Kopf, und selbst die drei Ohren hatte ich nach einer halben Stunde vergessen. Was ich nicht beantworten konnte: War es nur Fleisch, das wir ohnehin an kalten Skimittagen in der Schweiz essen würden? Oder war es doch mehr? Ich duschte und gab Henry den letzten Blowjob vor der Party. Alles zurück auf normal.

Das Haus liegt sehr ruhig, kein Trubel. Das ist uns recht. Wir wollen es so. Vom Schlafzimmer aus kann ich in drei Sekunden in den Pool springen. Das ist herrlich. Ich stehe am Beckenrand und schaue ins Tal. Da liegt Porto Cervo, es ist ganz nah. Wenn wir Lust haben, gehen wir hin. Haben wir erst mal nicht. Wir sagen nicht viel und schauen in die Ferne, die Landschaft, die Hügel wie geschwungene Mädchenwangen, die Brise hier mischt sich mit der Sonne. Es wird hier nicht zu heiß sein, nie zu kühl. Wir sind hier im Frieden gelandet. Niemand hat Lust auf große Konversation. So ist das in Porto Cervo, sagen die Leute. Man sitzt rum in der Sonne und sagt ab und zu einen schönen, sinnentleerten Satz wie: »Ich springe in den Pool.« Oder: »Mir ist heiß.« Dafür ist Porto Cervo da, es entlastet das Gehirn auf eine besondere Weise. Henry hat ein großes Hühnchen gekauft, Salat steht herum, es ist erst zwölf Uhr, aber wir trinken Rosé. »Das gilt hier nicht als Alkohol«, sagt Thomas und lächelt.

Thomas ist der Hauseigentümer, seine Familie besitzt das Anwesen seit Jahren. Thomas sagt, er mag es, weil es so »schlicht ist«. Thomas sieht aus, als ob er von hier kommt. Braun, keinen Speck auf den Hüften, kurzes Haar, guter Nacken, bestimmte Alain-Delonhaftigkeit. Thomas mischt sich nicht in die Dinge der Menschen um ihn herum ein. Er lässt sie laufen. Er lässt sie machen. Er gehört nicht zu den Freunden, die kommentieren oder werten. Thomas ist einer der Menschen, die ihre Laisser-faire-Haltung bis zum Anschlag ausreizen, zeigen, präsentieren wollen. Nichts reizt sie, nichts macht sie traurig, sauer, erregt, geil. Thomas ist einer dieser Diplomaten aus der Welt der Wohlhabenden. Thomas ist gut zu uns. Er hatte uns letzte Woche eingeladen, uns vom Flughafen abgeholt, ganz selbstverständlich. Er hatte die Sonnenbrille auf der ganzen Fahrt nicht ausgezogen, er war in der Nacht davor aus, hatte aber über einen Kater geschwiegen. Er sprach nicht über Alkohol und Koks, als wir über die Küstenstraße fuhren, er wusste, als Diplomat, dass zumindest Henry hergekommen war, um mal eine Weile Abstand vom Saufalltag zu nehmen. Ich spürte, dass Thomas sich mit Henrys Sucht auskannte, er hatte sie gesehen, sie erschreckte ihn nicht mehr wie ein Monster, das aus dem Meer ragt. Er hatte auch hier in den letzten Jahren den Standpunkt des Diplomaten gewählt, weshalb Henry überhaupt mit ihm befreundet war, den Eindruck musste ich gewinnen.

Henry hatte sich seit ein paar Wochen beherrscht. Er soff nicht, er trank Schorlen, fraß fettiges Zeug, um sich abzulenken, und seit der MDMA-Nacht hatte er sich wieder neu in Zeug verliebt. Jedenfalls sah sein Gesicht auf MDMA viel glücklicher aus, weicher, zugänglicher. Ich fand, wir waren auf einem guten Weg. Wir hatten den des Kokains verlassen, wir wollten mehr Friedfertigkeit in unserem Leben. Wir hatten beide beschlossen, nicht mehr zu schreien, wir wollten alles tun, um Ruhe zu finden, und ich meine alles. Wir wollten alle Kräfte aufbringen, gewaltsam diese Ruhe zu finden. Ich hatte keine Ahnung, ob dieses Konzept aufgehen würde. Ob unser Sex noch derselbe wäre, unser Leben. Früher hatte ich immer diese ideale Vorstellung von einem Paar wie Wallis Simpson und Edward, von einem Paar, das gegen alle Konventionen lebt, praktisch keine Verbündeten hat, in seiner Unkonventionalität aneinandergekettet ist. Dann bekam ich Beklemmungen, wenn ich mir Bilder von Wallis ansah, ich hatte das Gefühl, sie hatte eine Menge aufgegeben, sie hatte einen König, der keiner sein wollte, vielleicht nicht nur wegen ihr, noch aus ganz anderen Gründen, die Wallis gar nicht kannte. So hatte sie mich immer angesehen. Doch Wallis war keine Gefangene, sie hatte sich selbst in die Sache verwickeln lassen, ich fragte mich, warum. Ich fragte mich, ob Wallis Kokain nahm oder soff wie ein Loch. Oder ob es Edward war.

Thomas sagt, wir werden nicht viel unternehmen. Nur rumliegen, spät aufstehen, trinken, schlafen, zu viele Croissants essen, alles zusammengerechnet: Erholung. Wir wollen heute keine große Action. Rumlaufen, sitzen, sehen. Am Nachmittag fahren wir zum »Café Prince«, um ein paar Espressi zu trinken. Thomas sagt, man muss einmal herkommen. Weiße Stühle, ich hatte viel davon gehört. Der Aga Khan hätte auf diesen Stühlen gesessen. Damals war es eine wilde Zeit, hier im »Prince«. Henry gähnt, er nuckelt an seinem Kaffee, Thomas schaut sich die Yachten vor uns an. Wir werden das so nicht lange durchhalten. Ich warte nur darauf, bis die Erschöpfung auskuriert ist. Das war doch das Ziel. Wir fahren woandershin, wir verlassen Berlin. Wir lassen all die Gefahren in Berlin. Die Dunkelheit, die Ausschweifungen. Natalie. Und Dr. Fit. Die brauche ich hier nicht. Ich kann hier ohne Krücken gehen. Das muss das Ziel sein, ich will nicht mehr an meine Behinderung denken, und die Krücken lassen mich an nichts anderes denken.

Alles ist leichter, der Wind um die Nase, die kleinen Sonnenstrahlen am Morgen. Henrys Gesicht kommt nahe. Wir küssen uns. Alles wird gut gehen. Ich schmecke keinen Alkohol. Ich schmecke Kaffee unter seiner Zunge.

Lass uns fahren. Nach Hause. Das klingt schön. Das hatten wir lange nicht gesagt. Es hörte sich so sicher an. Ich vergaß alles um mich herum, wenn jemand zu mir sagte »Lass uns nach Hause gehen«. Selbst wenn es keine gute Idee war, ich war dabei und ging gleich mit.

Ich fühlte mich immer wohler in anderer Leute Zuhause, ich habe bis heute keine Idee, wie ein Zuhause geht. Also suchte ich mir immer Freunde, sogar Affären, die über ein Heim verfügten. Mir war die Einrichtung der Männer wichtig. Ich legte Wert auf eine gute Espressomaschine, frische Bettwäsche, die Wohnung sollte nicht fertig sein und nicht stinken. Dann war ich nicht interessiert. Ich selbst bekam es nicht hin, eine gute Atmosphäre zu kreieren, ich stellte ein paar Stühle zusammen oder shoppte bei Ikea Tassen, deren Muster sich nicht beißen würden. War ich jeweils so weit gekommen, befand ich mich umgehend in einer neuen Beziehung oder Verbindung, wo ich über Teller oder Messer, Gabeln, Bilder oder Blumen nicht mehr nachgrübeln musste. Ich setzte mich in gemachte Nester, ich schleifte meine Klamotten dorthin und legte mich in fremde Betten. Das lag mir, darin war ich gut.

Ich hatte Henrys Wohnung gesehen, bevor ich eingezogen war. Es war in einer langen Nacht, wir waren alle zu Henry nach Hause gegangen und hatten weitergetrunken. Er zeigte uns Fotos von seinem Vater, als er noch Tennispro war, und wollte nicht, dass wir gingen, er bot uns an, bei ihm zu schlafen, falls wir zu besoffen wären.

Ich konnte ihn verstehen, er hatte diese schönen Möbel, diese Lampe mit dem sanften Licht, aber er hatte niemanden, den er in diesem Licht betrachten konnte. Es traf sich gut. Ich stellte mich zur Verfügung als jemand, der sich freiwillig unter diese Lampe setzen würde.

Toiletten im »Prince«. Das Mädchen neben mir am Waschbecken verdient den Namen Giraffe. Ich kann die Hälfte des Hinterns sehen, er quillt aus den Shorts heraus. Es ist kein Fett, es ist festes Fleisch. Als Oberteil genügt dem Mädchen ein Bikiniteil in Weiß. Das Mädchenhaar ist hell, flachsartig, die Haut: aus dem Werbespot. Eben noch hatte das Mädchen zwischen zwei Männern gesessen. Ich hatte es aus den Augenwinkeln beobachtet, es war mir aufgefallen, weil es eine recht ruhige, besonnene Art hatte. Es lachte nicht hysterisch, ich ging davon aus, dass es sich sehr sicher fühlte. Keiner der beiden Männer berührte das Mädchen, und daraus schloss ich, dass sie sich noch für keinen der beiden entschieden hatte. Ich vermutete, es war eine Meisterin darin zu signalisieren, es würde sich später entscheiden, jetzt noch nicht. Das Mädchen besitzt eine merkwürdige Kraft. Es wäscht sich die Hände mit einem großen Druck. Hat es Kraft, weil es hübsch ist? Ich vermute nicht, denn es gibt so viele Mädchen von seiner Sorte. Fakt ist, bei uns zu Hause gibt es solche Mädchen nicht. Ich kenne die paar, die sehr schön sind, die jeder haben will oder schon mal hatte. Überschaubare Anzahl. Hier ist die Sache anders. Schon auf dem Weg zum »Prince« hatte ich unzählige Hintern und Brüste gesehen, deren Perfektion mir bisher fremd waren. Ich hab es im Gesicht der Giraffe sehen können, dass es nicht bloß um die besten Wangenknochen oder eine Pofalte geht, die nackt wahrscheinlich über alle Maßen toll aussehen wird. Im Gesicht der Giraffe sehe ich andere Dinge. Ich bin mir sicher, sie kann Männer bezwingen, sie kann tun, was sie will. Ich will nicht sagen, dass die Giraffe gefühllos ist, es ist etwas anderes, ich glaube, die Giraffe ist nicht leidensfähig. Es ist eine Qualität, die ich in Frauen und Mädchen immer gesucht hatte, und wenn ich sie gefunden hatte, war ich besessen von ihrer Besitzerin. In Berlin hatte ich bis dahin nicht viele Mädchen getroffen, und erst recht keine Frauen, die nicht leiden wollten und ab einem bestimmten Zeitpunkt nicht doch dachten, das hätte was Gutes, eine Erfahrung parat, einen neuen Blickwinkel. Die Giraffe schien mir ein wahnsinniges Exemplar. So wie sie sich eben die Hände gewaschen hatte, würde ich ihr verfallen. Sehr schnell. Ich sah vor mir, wie sie mit einem der beiden Typen draußen auf der Terrasse schlafen und ihm nichts hinterlassen würde. Warum fand ich das auf einmal toll? Daran war nichts schön. Nichts bemerkenswert. Es war bloß meine Fantasie, ich hatte mit dem Mädchen nicht mal ein Wort gewechselt, und als es rausging, hatte es mich von der Seite komisch angesehen. Ich konnte es dem Mädchen nicht verübeln, ich hatte gestarrt, ohne es zu merken.

Was mache ich mir Gedanken über einen Hintern in einer Hose, die mich nichts angeht? Wirklich nichts. Ich liege mit Henry in einem schönen Holzbett, die Tür zum Pool steht offen, Abendwind, wir sind nackt, die zweite Flasche ist leer. Wir sind nach dem »Prince« gleich nach Hause, Henry hatte gesagt, er hat keine Lust auf Feiern, darauf hatten wir uns geeinigt. So einen Frieden wie jetzt, gegen zehn Uhr abends in einem Bett nahe am Mittelmeer, den hätten wir früher haben können. Ich sehe seit ein paar Tagen weniger blaue Flecken an meinen Beinen, sie fehlen mir nicht. Ich habe vernünftig gegessen, es liegt vielleicht daran, und die ganzen Tests wegen meinem Eisen haben sich sicher verbessert, ich habe seit unserer Abfahrt bei Fit nicht mehr angerufen. Der letzte Test war miserabel. So was erzähle ich grundsätzlich niemandem, das fühlt sich an wie schlechte Noten.

Henry dreht sich jetzt zu mir um, und an seiner Augenschattierung kann ich sehen, dass er in diesem Moment keine Schwere empfindet. Henry hebt mein Haar nach oben und riecht an meinem Nacken. Ich hatte seit Tagen diese Bulgari-Lotion aufgetragen, die ich in einem der teuren Hotels geklaut hatte. Henry stellt sein Glas zur Seite und lässt sich auf den Rücken plumpsen. Wir liegen jetzt nebeneinander, schauen nach oben, die feine Maserung der Holzdecke, kühler Wind auf meinen Zehen. Was sollte jetzt schrecklich sein?

Henry sagt dann etwas, vor dem ich mich die ganze Zeit gefürchtet hatte.

»Was ist, wenn wir heiraten?« Henry dreht sich nicht zur Seite, selbst ihm scheint die Frage zu viel.

Da war diese Frage plötzlich, die sich doch in den letzten Monaten andeutete, die ganze Zeit. Ich hatte mir diese Frage in einigen Momenten sehr gewünscht, sie würde aus uns eine Einheit machen. Diese Einheit zu sein hätte Vorteile, Schuldzuweisungen würden wegfallen, Angriffe, Beleidigungen, all das, einige sagten »mitgefangen, mitgehangen« dazu. Doch, in der Magengegend spürte ich Freude. Ein paar Visionen lagen in der Luft, von einem außerordentlichen, fantastischen Leben, über das sicher jemand schreiben würde oder einen Film drehen könnte. So hatten wir uns unser Leben vorgestellt. Doch, ich wünschte mir so was durchaus, natürlich in einem coolen, nicht zu aufdringlichen Stil, wir müssten ja nicht gleich in der Klatschpresse landen, aber ich sah uns in der »Town & Country«-Region als Gesellschaftspaar aus Berlin. Meine Liebe für Henry wuchs bei diesem Gedanken, Energie bäumte sich in mir auf, mein Zeigefinger, mein linker großer Zeh fühlten sich auf einmal stärker an, meine Fantasie über uns bescherte mir in diesem Moment eine überdurchschnittlich große Kraftquelle. Ich würde alles aushalten, jeden beschissenen Kater, jede Kokskolik, selbst die berühmte Gallenkotze am Morgen. Mir wäre das alles egal.

Auf der anderen Seite löste diese Frage von Henrys Seite eine Panik in mir aus, wie man sie nur kennt, wenn jemand einem die Hände um den Hals legt und leicht zu massieren beginnt. Diese Einheit, die wir da anstrebten, würde einen von uns, am Ende beide umbringen, ich dachte, mich vielleicht früher, denn ich hielt nicht so gut durch mit den Drogen. Ich hatte als Bild dieses Seil um mich herum, das mir die Arme abschnürte, bis sie blau anlaufen. Meine Beine waren auch gefesselt, ich konnte sie nicht mehr auseinanderbringen.

Über Jahrzehnte hatte man doch als Mädchen gelernt, eines Tages, da würde jemand kommen und nach der Ehe fragen.

Das Ganze würde sich Antrag nennen, und das übliche Bild davon war, dass der Mann sich auf die Knie begeben und dann mit einem sehr bestimmten Blick fragen würde, und die Frau würde, auch mit einem bestimmten Blick, antworten.

Als Kind hatte ich diese Vorstellung immer mit der Werbung für Ferrero-Küsschen kombiniert, eine zu süße Schokolade aus den 70er Jahren, die ich heute nicht mehr esse.

Erinnerungen an tolle Paare mit einer tollen Ehe hatte ich keine. Meine Eltern hatten einen großen Freundeskreis, bestehend aus vielen anderen Verheirateten. Mein Vater war ein toller Anführer der Clique. Er überredete alle dazu, absurde Filme zu drehen, Kunstfilme, wenn man genauer hinsah. Ich fand das großartig, ich durfte mitspielen, in einem alten Kuhfellkostüm spielte ich einen Messdiener. Nicht dass ich besonders scharf darauf war, Messdiener zu werden. Die Kirche hatte für unsere Familie nicht viel übrig und sollte sich, wie sich später rausstellte, nach der Scheidung meiner Eltern noch krasser anstellen: Meine Mutter hatte als Kind für eines der Kirchenfenster gemodelt. Sie war unten rechts neben der Jungfrau Maria abgebildet. Sie trug dicke Zöpfe, und ihr Profil war sehr schön. Unser Ex-Nazi-Pfarrer drohte meiner Mutter nach der Scheidung jedoch damit, das Kirchenfenster herauszubrechen, da könnte niemand drauf sein, der geschieden ist und ein Bastardkind hat. Der Pfarrer legte den Grundstein für die Psyche vieler Frauen in dieser Gemeinde, sie sollten sich ins Leiden verlieben, unsterblich, so wie es Jesus Christus getan hatte.

All die vor Jesus Christus geschlossenen Ehen in dieser Kirche hatten die 70er Jahre nicht überlebt. Sex siegte und zerstörte. Ich weiß nicht, mit wem meine Eltern aus ihrem Freundeskreis genau geschlafen hatten, aber zwanzig Jahre später schienen es nicht wenige, merkwürdige Animositäten lagen in der Luft, wenn man sich traf, Lästereien über den oder die fanden hinter vorgehaltener Hand statt. Im Prinzip war der Freundeskreis meiner Eltern sehr fortschrittlich: Man soff sich durch die Nächte und betrachtete Alkohol als das beste Mittel, um gegen Jesus zu demonstrieren. Man konnte ja sowohl das Saufen als auch das Fremdgehen als Folge des Saufens wieder wegbeichten, man vögelte sich gegenseitig durch, Schwule durften solche werden und ihre Kinder trotzdem sehen, wegen den paar Affärchen trennte man sich nicht gleich, denn was sollte man dann wohl in einem katholischen Dorf mit seinem Leben noch anfangen, einem Dorf, in dem der Pfarrer bei Scheidungen empfahl, sich vom Glockenturm zu stürzen. All das passierte im Rahmen der sogenannten Ehe.

Ich hatte die Ehe als sehr dehnbaren Begriff kennengelernt. Ich wunderte mich, dass ich trotzdem Beklemmung empfand.

Mir fiel zum Thema Henry und Ehe besonders eine Episode ein, die mich eventuell nervös machte. Wir fuhren zu einer Hochzeit von Henrys Cousin. Dann kam dieser Moment des Brautstraußwerfens. Ich drückte mich in der Nähe der Bühne herum, als das Ding mich hart am Kopf traf. Ich nahm an, dass Henrys Verwandte Mitleid mit mir hatten und mir das Ding mit voller Wucht an den Kopf warfen. Ich glaube, ich sah in dieser Nacht nicht so gut aus, obwohl ich mein mintfarbenes Kleid trug, in dem meine Gesichtshaut in der Regel immer gut wirkte. Ich ging mit dem Strauß in der Hand aufs Klo und schaute mich genau an. Ich sah aufgequollen aus, ich hatte tiefere Augenringe als vermutet, mein Bauch wölbte sich unter dem Kleid, ich war nicht schwanger, ich hatte in den letzten Monaten einfach eine Menge Wodka verdrückt. Ich dachte genau eine Sekunde an meine alte Alkoholikertante Marianne, die einmal sehr schön gewesen war und dann mit einem aufgeblähten Bauch und einer kaputten Leber in einem Krankenhausbett verreckte. So weit würde ich es nicht kommen lassen, aber ich fragte mich, ob Henry mein Spiegelbild noch schön fand und es heiraten würde. Auf der Rückfahrt redeten wir nicht viel. Der Strauß war kein Thema. Ich hatte ihn wie beiläufig auf die Rückbank gelegt, so als würde er mich gar nicht interessieren. Als wir in Berlin ankamen, dachte ich, der Strauß hätte jetzt ein Glas Wasser verdient, er hatte einen weiten Weg hinter sich. Am anderen Morgen schaute uns der Strauß von der Seite an, er wollte nicht zu aufdringlich sein, aber ganz verschwinden wollte er auch nicht. Ich hatte jeden Tag heimlich nachgegossen, ich dachte mir, er aktiviert irgendwas in uns, was es genau sein sollte, war mir nicht klar. Henry wollte nicht, dass etwas in uns aktiviert würde, also machte er kurzen Prozess und warf den Strauß in den Müll, als ich ein paar Stunden nicht zu Hause war. Ich hatte Mitleid mit dem Strauß, er hatte so lange durchgehalten. Er hatte den weiten Weg von der bayrischen Provinz nach Berlin geschafft, er hatte ohne Versorgung überlebt, er hatte keinen Mucks getan, er wollte bloß mit uns sein, am Frühstückstisch. Der Strauß hatte echt nicht viel verlangt, aber er hatte keine Chance bei uns. Ich holte ihn aus dem Mülleimer raus, doch die Wiederbelebung versagte. Die Blüten waren verwelkt. Voller Asche, der Strauß musste gehen.

Henry dreht sich jetzt vom Rücken auf den Bauch. Er sagt, er hat seinen Pass dabei. Und ich ja auch. Es könnte schnell gehen. Er lallt, aber es klingt nett. Man kann ja auch lallend Liebesbekenntnisse machen, das ist nicht verboten. Es wäre etwas Schönes, das höre ich Henry sagen, bevor er wegpennt. Ich nehme ihm die brennende Zigarette aus dem Mund, ein beinahe zärtliches Ritual. Das kenn ich schon. Bevor wir abbrennen oder das Haus abfackeln.

In der Nacht hatte ich geträumt, meinen Pass verlegt zu haben. Ich suchte überall. Ich war panisch, aber er war nicht zu finden. Ich wachte um sechs auf, nur ein paar Stunden nachdem wir ins Bett gegangen waren. Henry lag nicht neben mir. Ich hatte nichts gehört, keine Stimmen, im Haus war alles still.

»Ich konnte nicht mehr schlafen«, sagt Henry und trocknet sich recht aggressiv das Haar. Er sei schon schwimmen gewesen, das Wasser sei klar gewesen, er hätte Lust auf die frühen Morgenstunden gehabt. Immer wenn Henry so tat, als sei er in Sportstimmung und sehr energetisch, beinahe athletenmäßig, dann war etwas nicht in Ordnung. Dann rollte irgendetwas an. Dann ging irgendetwas los.

Er setzte sich aufs Bett, und vorher zog er sich schnell eine Hose über. Untypisch für ihn, um diese Zeit.

»Hör mal, das mit dem Heiraten, das war nicht so gemeint.«

»Was meinst du mit ›nicht so gemeint‹?«

»Ich meine, es ist keine gute Idee.«

»Aha.«

»Es wird alles zerstören.«

Ich hatte Henrys Ansage gestern Nacht nicht direkt als Antrag verstanden, aber jetzt, wo er ihn zurücknimmt, ist mir schwindelig. Was hatte ich erwartet? Rosen etwa? Darüber waren wir hinaus.

»Ich meine, es zerstört Verbindungen. Diese Verpflichtung, diese Nähe«, sagt Henry und wirkt wie ein Mathematiker, der simplen Gemütern der Welt eine komplizierte Sache erklären will.

Ich esse hier zu viel. Jeden Morgen zwei bis drei Croissants, Erdbeerkonfitüre drauf, einen Kaffee nach dem anderen. Heute Morgen bringe ich es auf vier. Seit heute Morgen ist

Henry zu einem Eisblock mutiert, ich komme da nicht ran. Noch gestern war da diese Lässigkeit zwischen uns, die sich nach der Einnahme von MDMA breitgemacht hatte und geblieben war wie eine süße Katze, die sich an uns gewöhnt hat. Ich verstand nicht, ich sah doch besser aus als in Berlin. Weniger Flecken, auch wenn sie nicht verschwunden waren, nicht mehr so krank im Gesicht, leichte Bräune, auch wenn ich langsam fett wurde, weil ich mich kaum bewegte. Wir hatten in Porto Cervo weniger Sex und wenn, dann war der Sex normaler, morgens beim Aufwachen, abends vor dem Schlafengehen, eher mechanisch, nicht so ausgefallen und eben ohne Drogen. Ich fand interessant, wie viel mehr ich spürte, ich stellte für mich die Theorie auf, dass es zwar durchaus wichtig war, mit wem man schlief, aber noch wichtiger war, ob man mit oder ohne Kokain mit jemandem schlief, das machte den ganzen Unterschied aus. War es wirklich das, womit ich mich seit neuestem beschäftigte? Bin ich nicht mehr in der Lage, interessantere Gedanken zu denken und nur noch im Stande mich mit Bulgari-Lotion als Lockstoff einzuschmieren?

Henry sagt kein Wort. Er reagiert auf Anfragen, er schaut ab und zu in die Ferne, über den Pool, seine Bräune ist so perfekt, dass mir schwindelig wird, sie beginnt langsam sogar auf mich abzufärben. Gestern am Strand rannte ich zur Bar und holte uns zwei Cola. Ich sah mich im Spiegel hinter der Bar und musste mir für meinen neuen Teint ein Lob aussprechen, Sommersprossen, gesundes Leben, so sah ich aus. Selbst wenn man in Porto Cervo soff, sah man immer noch gut aus. Die Alkoholiker konnte man nur an den großen Bäuchen erkennen, nicht im Gesicht.

Henrys Laune ändert sich nicht. Ich kann vermuten. Es hat mit letzter Nacht zu tun, es muss. Er hat sich verplappert, er sagte Dinge, die nicht stimmen. Heiraten, das Wort. Es war nie aufgetaucht. Es stand nie zur Debatte, jetzt dreht er ab, zurück. Es tut mir nicht weh, glaube ich. Ich male mir aus, dass es sogar besser für mich ist, wenn das nichts wird. Ich versuche, auf null zurückzudrehen, auf den Anfang. Es ist trotzdem ausgesprochen. Henry teilt uns mit, er muss ins Dorf, »in die Stadt«, sagt er, ein paar Erledigungen machen.

Er schaut mich nicht an und Thomas auch nicht. Mir ist klar, dass wir einige Stunden nichts von ihm sehen.

Unter Wasser, ich plansche rum. Raus aus dem Wasser. Mir ist alles zu viel. Ich hätte jetzt Zeit. Ich könnte diese hundert Bücher lesen, mich entspannen, in der Sonne braten, all das, was man so machen soll. Ich schaue an die Holzdecke, nackt auf dem Bett. Die meisten würden an einem heißen Nachmittag in so einer Situation einfach masturbieren. Das würde sich anbieten, wenn man bei Hitze nackt auf dem Bett liegt. Ich könnte versuchen, wie es alleine ist. Alleine Sex haben, alleine trinken, ich könnte nach oben gehen, mir ein kaltes Glas Rosé nehmen, es austrinken, noch eins eingießen, ich könnte mich alleine betrinken. Ich könnte sehen, was passiert, es gab keine bessere Zeit für einen Selbstversuch. Würde es mir gefallen? Würde ich andere komische Dinge tun? Sagen wir, an Thomas' Tür klopfen und versuchen, was geht? Das erste Glas geht gut runter, ist ja nur Rosé. Das zweite dauert fünf Minuten, das dritte geht okay, beim vierten macht mein Magen schlapp. Auf dem Rücken liegen geht nicht gut, Schwindel, kleine Punkte vor den Augen. Schwachsinn. Wozu ist das Trinken gut? Es gefällt mir weniger, als ich zugeben will. Ich fühle mich wie ein zu schwerer Gummiball. Ich dreh mich auf den Bauch, da wird es nicht besser.

Was war mit mir passiert? Früher bin ich allen auf die Nerven gegangen, weil ich keinen Schluck trank. Nur Wasser. Es war lächerlich. Die Leute, mit denen ich aus war, verdrehten die Augen. »Kann ich bitte ein Wasser haben?« Die Analyse der Leute, die bald nicht mehr mit mir ausgehen wollten, war, dass ich an »Angst vor Kontrollverlust« leiden würde. Ich wusste nicht, was ich hätte kontrollieren sollen, ich war zwischen zweiundzwanzig und achtundzwanzig ahnungslos, was es sein könnte, was es wohl zu kontrollieren gäbe. Zu meinem sechsundzwanzigsten Geburtstag bekam ich von sehr viel älteren Freunden eine sehr kleine Linie Kokain geschenkt und musste sie unter deren Aufsicht schnupfen, ich glaube, sie lachten sich tot, ich stellte mich wahnsinnig an, dabei war der Effekt nicht stärker als bei einem vierfachen Espresso. Ich kam mir trotzdem extrem vor, ich trug in der Nacht zum sechsundzwanzigsten eine silberne Hose und ein T-Shirt mit der Aufschrift »Starfucker«, das trug man damals in den Clubs, und niemand wunderte sich damals über dermaßen bescheuerte Aussagen. Es war die Schuld von Berlin. Ich verbrachte plötzlich viele Wochenenden mit Wodka, durchaus teurem Stoff, nur ab und zu ein Scheißfusel, wenn es schon frühmorgens war. Mir kam das nicht ungewöhnlich vor, und mein Berliner Therapeut, Dr. Müller, bestätigte mir auch noch, Lebewesen hätten nun mal das Bedürfnis, sich wegzuschießen. Eines Nachmittags im Winter saß ich bei schwachem Licht in seiner Praxis. Er hatte einiges mitgemacht, er hatte ordentliche Falten um die Augen. »Sie sind ganz normal«, sagte er und drückte das rechte Auge zu. Es gäbe diesen Film mit Tieren in Afrika, die sich zu einem ganz bestimmten Zeitpunkt in einer Art Obstwald versammeln würden und dort die gegorenen Früchte vom Boden fressen würden. Danach seien Zebras, Löwen, Affen und sonst wer schlimm besoffen und würden umgehend einschlafen. Erst wenn alle wieder nüchtern wären, würden sie sich darauf besinnen, wer sie in Wahrheit waren. »Doch«, so sagte Dr. Müller, alle liebten das Gefühl, betrunken zu sein und flach mit dem Gesicht auf dem Boden zu liegen.

Dr. Müller hatte damals eine weitere Tür geöffnet, die vor den Zeiten der Angst vor dem Kontrollverlust noch fest verschlossen schien. Ich hatte vorher einiges getan, um ein paar andere aufzustoßen. Frank, ein kräftiger ehemaliger Exbierbrauer, wurde mir von einem Freund als Wundertherapeut vorgestellt. Der Freund hatte schon lange Zeit etliche Probleme, sich zu entscheiden. Das galt für alles. Frauen, Arbeit, Drinks in den Ausgehnächten. Er konnte nicht mehr, doch als er auf Frank traf, veränderte sich sein ganzes Leben. Ich konnte ihm das ansehen, er strahlte, wenn ich ihn tagsüber traf, und nachts auch. Ich wollte diesen Frank auch treffen, ich wollte nicht mehr ich sein und brauchte jemanden, der mich auflockern würde, der mir die von einigen Leuten diagnostizierte Verspanntheit raushauen könnte. Frank fragte mich bei unserem ersten Treffen, ob ich als Ferrari mit angezogener Handbremse durch die Welt fahren wollte. Oder lieber als Ferrari ohne Handbremse. »Lieber ohne«, sagte ich. Frank und ich waren im Geschäft, mehr musste er nicht wissen. Die ersten Stunden in der Therapiegruppe waren nicht einfach für mich. Frank praktizierte eine Mischung aus Bio-Energetik, Sufi-Tanz, Atmung und Hamburger Schnodderigkeit. Frank hatte sich für jeden einen Spitznamen ausgedacht, meiner sollte »Chefsekretärin« sein. »Du willst souverän wirken, kommst aber zickig rüber«, erklärte ein Typ aus meiner Gruppe, der wegen seiner Beziehungsunfähigkeit gekommen war, wie er sagte. Ich mochte ihn, aber mir war nicht klar, ob er sagte, ich sei zickig, nur weil er mir bei den Übungen nicht am Hintern rummachen sollte, und küssen wollte ich ihn auch nicht nach einer Übung, bei der wir sehr geschwitzt hatten. Frank brachte mir bei, ein für alle Mal Zurückhaltung und Verklemmtheit abzulegen und meine »feminine« Seite jetzt mal rauszulassen. Wir fuhren mit der Gruppe auf lange Wochenenden nach Lüchow-Dannenberg, der Spitzname lautete »Psycho-Dannenberg«, weil so viele Psychotherapeuten sich hier Ökohöfe gekauft hatten. Unserer war romantisch, ich fühlte mich hier sicher, weil die Bauern ein Telefon hatten, wie ich es von zu Hause aus den späten 80er Jahren kannte. Es war schwarz, eckig und hatte Drucktasten. Von hier aus telefonierte ich heimlich mit meinem Freund, obwohl wir nicht sagen sollten, was wir hier machten.

Es war ein schöner Ort in fetten Kornfeldern, wir hatten eine große Küche, in der wir das ganze Wochenende gesundes Zeug kochten, was die meisten nicht davon abhielt, sich nachts große Tafeln Ritter Sport in den Mund zu stopfen. Ich lernte hier, dass emotional aufwühlende Erfahrungen sofort nach Stopfung schrien, entweder mit Essen (viel auf einmal reinstopfen) oder Trinken (Wein machte nachts die Runde) und Sex. Einige verabredeten sich nachts in den Kornfeldern zum Sex, ich hatte davon gehört, ich konnte es nachvollziehen, sie waren sich tagsüber beim Atmen und Tanzen so nahegekommen, dass diese bescheuerte Energie irgendwohin musste. Ich war damals noch nicht so weit, Frank hatte uns gesagt, es wäre besser, man hätte keinen Sex während des Wochenendes, und daran hielt ich mich. Ich verpetzte aber niemanden, den ich halb nackt im Flur traf. Nur ohne mein Telefon konnte ich nicht, ich schlich mich oft raus aufs Klo, um zu kontrollieren, ob mein Freund angerufen hatte. Ich wollte auf unabhängig machen, aber ich packte es nicht. Ich hoffte auf Nachrichten, dass er mich schlimm vermissen würde, aber das lief nicht. Keine Nachricht, keine süße SMS. Kaum etwas konnte mich ablenken. Bis auf die Action im Therapieraum. Nach einer langen Session, bei der wir erst mal das Becken eine halbe Stunden rauf und runter bewegt hatten und uns mit Bauchtanzbewegungen locker gemacht hatten, erklärte mir Frank, wie stark sich mein Gesicht jetzt verändert hätte und dass ich wirklich auch mal zickiger sein dürfte, weil Männer das an Frauen mögen würden. Ich fühlte mich gut, als Frank, ähnlich verschwitzt wie ich, vor mir stand, um mir solche Dinge zu erklären. Ich wollte nicht mit ihm schlafen, das war es nicht, aber ich hatte in dieser Art noch nie geschwitzt, und es war einfach ein Moment klarer, angenehmer Sexualität, die nicht in einem besoffenen Rummachen enden würde.

Als ich von diesem Wochenende wegfuhr, waren neue Türen aufgestoßen, von denen ich nicht wusste, wo sie hinführen würden und ob ich sie wieder schließen könnte, wenn ich denn wollte. Wir aßen am letzten Abend Hühnchen in irgendeiner trashigen, scharfen Soße, es schmeckte nach nichts, aber ich hatte das Gefühl, ich würde selbst ein trashiges Hühnchen anders anfassen als früher. Es flutschte mir ständig wegen der Soße durch die Finger. Ich fragte mich damals nicht, ob das Gefühl dem Flutschhühnchen gegenüber eines Tages dazu führen könnte, dass ich auf Kokain in einer Toilette irgendwo in der Nacht halb nackt rumstehe. Ich konnte damals nicht eins und eins zusammenzählen. Niemand hatte mich jemals für das Rumstehen kritisiert, und Frank oder Dr. Müller hätten mich sogar gelobt, da war ich sicher.

Ich musste in den Toiletten oft an Dr. Müller denken, der mir gesagt hatte, mir könnte nichts passieren, ich hätte mir jemanden ausgesucht, der es immer noch viel schlimmer treiben würde als ich. Ich hörte auf Dr. Müller, er schien mir gut im Erleben zu sein. Ich hätte gern mit Dr. Müller besprochen, was passiert, wenn zu viele Türen aufgestoßen werden, und was ich machen sollte, um einige heimlich hinter mir zuzuknallen. Würde man als junger Mensch zugeknöpft und »uptight« am Ende besser überleben als diejenigen, die ausflippten? Und zwar richtig. Die, die sich nicht mehr wiederfinden konnten, die, die zu viele Tabletten und Substanzen in ihrem Körper trugen. Vielleicht war das genau falsch. Vielleicht brauchte der Mensch Hilfe, fremde Hilfe, um sich von allem zu befreien, das er als Last mit sich trug. Je mehr ich mir und somit Dr. Müller diese Fragen stellte, je mehr Antworten wollte ich, je mehr Fragen wanderten in meinem Kopf herum. Dr. Müller war irgendwann erschöpft und gab es auch zu. »Ich kann Ihnen nicht beantworten, was der Mensch mit seinen Erfahrungen anstellt. Es ist zu individuell, es gibt keine Lösung, keine Antwort.« Dr. Müllers Gesicht blieb ein wenig regungslos in dieser Stunde. Ich hatte das Gefühl, dass meine nervige Fragestellung ihn selbst an den Rand der Verzweiflung gebracht hatte. Ich hatte aus Dr. Müller rausbekommen, dass er bis zu seinem neunundzwanzigsten Lebensjahr auf Speed gelebt und in einem heruntergekommenen Hinterzimmer in der Schenkendorfstraße in Kreuzberg gewohnt hatte. Nach einem milden Schlaganfall und drohender Zwangsexmatrikulation an der FU hatte er sich zusammengerissen und wollte den Kommilitonen helfen, die in eine ähnliche Lage geraten waren. Dr. Müller musste also jede Menge Kokainfresser und Alkoholversager auf seiner Bank aus den 30er Jahren gesehen haben. Es war sein Grundwissen, er hätte sonst gar nicht in Berlin praktizieren können. Daher glaubte ich Dr. Müller die Geschichte mit den Tieren, die sich wegschießen wollten. Ich glaubte ihm mehr als Dr. Heinrich, den ich nur dreimal besuchte. Er saß da mit dickem Bauch und grauem Bart, er war der Typ, der Zwanzigjährige im Zug anglotzte, aber der Meinung war, man solle den Körper, den physischen Körper, aus der Therapie weglassen. Er hatte natürlich unrecht. Frank und Dr. Müller, ich hörte, was sie sagten, ich tat, was sie mir vorschlugen, ich lebte einen Mix aus ihren Ansichten. Sex, Drogen und Rausch, das gehörte zum Leben. So hatte ich beide verstanden.

In der letzten Stunde hatte ich Dr. Müller dann gefragt, woher die Kontrolle käme, wenn man sie dringend brauchte. Dr. Müller zuckte mit den Schultern. »Kontrolle ist ein bürgerliches Konzept«, sagte er, und danach rief ich Dr. Müller nicht mehr an. Mit solchen Abstraktionen konnte ich nicht umgehen.

Ich bin eingeschlafen. Es war doch eben erst drei Uhr oder so. Das Telefon zeigt 8.35 Uhr. Nichts blinkt. Keine Nachricht. Kein Ton von Henry, kein Mailboxblinken. Ich bin hier im Nichts. Keine Ahnung, wo. Thomas ist seit Stunden weg. Er wollte ein Mädchen vom Strand treffen, ich glaube nicht, dass er heute Nacht zurückkommt. Was mache ich? Wir haben keinen Fernseher. Ich stehe auf, trotte zur Küche, breche die Hühnerbeine der drei Hühnchen ab, die wir für die nächsten Tage gebraten hatten. Ich stehe nackt in der Küche und drücke meine Finger in Hühnerfleisch. Es sieht nicht glamourös aus, ich trage keine Diamantringe dazu. Die Nacht wird länger, vermute ich. Was hab ich vor? Ich kann nichts tun.

Thomas hat das Auto. Henry war mit dem Fahrrad weg. Ich könnte mehr trinken, ich könnte mich nackt an die Straße stellen und trampen. Die Szene war mein Lieblingsbild, damals im Sexbuch von Madonna. Ich war überzeugt, hundertprozentig sicher, jeder hätte diese Fantasie. Oder jede. Wenn ich lange genug in den Gesprächen mit Freundinnen bohrte, dann gab jede zu, zumindest mal darüber gegrübelt zu haben, sich auszuziehen und sich nackt auf den Bordstein zu setzen und zu gucken, was passiert. Oder nackt in die Ackerhalle zu laufen, zugedröhnt, es doch genießend. Es waren, wie gesagt, Fantasien, die man im Berliner Winter in Rollkragenpullis äußerte, angeblich nichts Ernstzunehmendes.

Ich frage mich, wann die Panik richtig einsetzen wird. Jetzt gleich. Und wie oft ich Henrys Nummer wähle, was absurd ist, denn niemand wird rangehen, niemand kann rangehen, denn der Saft ist seit Stunden alle, der Anruf geht gleich auf die Mailbox. Das war schon vor acht Stunden so.

Ich ziehe nichts an, wofür? Ich lege mich nackt auf den Steinboden, der ist noch warm vom Tag. Bringt nichts, Gedankenkarussell. Ideen zu Henry auf einer leicht fetten Blondine, Henry unter einer leicht fetten Blondine, Henry neben einer sehr dünnen Schwarzhaarigen mit seinen Fingern in deren Pussy, Henry zwischen einer leicht fetten Blondine und einer dürren Schwarzhaarigen, die ihn küssen oder die er küsst, das spielt keine Rolle. Warum kommen diese Vorstellungen? Sind es in Wahrheit meine? Ich tue so, als wären das Horrorideen, aber die Bilder kommen aus mir. Muss ich zugeben. War es beim letzten Pornoschauen? Das war doch heute nichts Spektakuläres. Man sprach zwar in den Nächten in den Bars der Stadt nicht darüber (zumindest nicht die Frauen untereinander), doch es war geradezu unmöglich, jemanden zu finden, der nicht ein paar Filme intus hatte, die Bilder begleiteten uns längst, sie waren uns nicht mehr fremd, die Kunstbuchhandlungen der Stadt waren voll mit Covern eingeschnürter Körperteile, alles war voller Brüste, rasierter Geschlechtsteile, man musste nur eine Ausstellung besuchen, ohne einen nackten Arsch machte es doch kein Künstler mehr. Daher mussten die Bilder stammen, die ich sah, wenn ich mir vorstellte, wie mein Freund mich betrog und mit anderen fickte. Das Interessante war, dass ich gar keine andere Möglichkeit mehr sah, wenn Henry nachts wegblieb, ich stellte Rechnungen auf, pro Stunde Abwesenheit eine Pussy mehr.

21.42 Uhr. Nichts, kein Zeichen. Ich flippe gleich aus, das gibt's nicht. Wir hatten eine Abmachung: Normalität, Kommunikation. Abwesenheit von Kokain, von Absturz, das hatten wir ausführlich besprochen, in Stein gemeißelt. Ich sitze hier fest, ich kann nicht weg, ich will nicht weg. Immer noch keine Klamotten an. Mir wird kühl, der Abendwind ist nicht freundlich. Er wäre freundlich, würde ich hier mit Henry sitzen und er hätte seinen Arm um mich gelegt.

Ich sollte die Beine aus dem Wasser nehmen, bevor die Erkältung kommt. Um 22.35 Uhr kann ich nicht mehr, ich habe circa achthundert Nachrichten gecheckt. Keine neue dabei. Sollte ich dankbar sein? Für die Message, die mir mitgeteilt wird? Vielleicht Dinge im Haus zertrümmern, vielleicht cool sein, vielleicht nicht einschätzen können, vielleicht unfassbar aggressiv werden. Ich hatte in den letzten Monaten, Jahren bereits bemerkt, wie mein Urteilsvermögen immer weiter flöten ging. Ich musste zur Bestätigung meines eigenen Zustands in den letzten Monaten immer häufiger Leute anrufen, um sie nach meinem Zustand zu befragen. »Sag, Natalie, bin ich überempfindlich? Sag, Natalie, bin ich zu besoffen? Sag, Natalie, bin ich eine dumme Fotze, stimmt das?«

Um 23.18 Uhr brauche ich eine Antwort. Strategie. Männer, die weiterhelfen. Erklärungen. Was ist mit Klaus? Er muss das doch wissen. Natalie anrufen geht nicht. Wir haben uns seit Wochen nicht mehr gesehen, nicht gesprochen, ich habe sie aus ihrer Rolle als Systemunterstützerin entlassen. Ich hatte mir gesagt, ich brauche sie nicht, jetzt, wo Henry und ich einen softeren Kurs fahren. Ich hatte mir gesagt, ich brauche niemanden, der meinen Freund mit der Zunge küsst, bevor sie tanzen geht und ihm den Arsch hinstreckt. Das war in einer Berlinnacht an sich nicht mal etwas Besonderes. Wir hatten alle gelernt, es wäre normal, sogar schön, sogar exzessiv. Ich rufe Natalie nicht an, ich schaffe jetzt nicht noch mehr Degradierung, ich schaffe jetzt kein Mitleid. Klaus. Klaus ist die Adresse. Er kann in die Männerseele sehen, Klaus wird mir sagen, was ich tun soll, und darauf höre ich einfach.

»Hallo, Klaus, wie geht es dir ...?«

»Baby, du klingst komisch. Nicht gut.«

»Nein, alles ist okay.«

»Ich glaub dir kein Wort. Wo bist du denn?«

»Costa Smeralda.«

»Oh. Costa Smeraaaalda!« Klaus singt das Wort.

»Kann ich dich was fragen?«

»Cowboy, du bist schlecht gelaunt, ich kann es hören.«

»Stimmt nicht.«

Ich kann mit Klaus nicht über Verzweiflung sprechen. Ich kann Klaus nicht sagen, dass ich mit drei leeren Roséflaschen spiele und nackt am Pool sitze, obwohl die Temperatur im Wasser für eine Nierenbeckenentzündung reicht. Ich kann

Klaus nicht sagen, dass ich mich seit vorgestern nicht abgeschminkt habe und der Geruch der Bulgari-Lotion das Einzige ist, was mich beruhigt, ich kann Klaus nicht sagen, dass ich keine großen Zukunftsszenarien vor mir sehe, mit Henry, ich kann Klaus nicht sagen, dass ich aufgebe, in den nächsten dreißig Minuten etwa. Das ist Klaus alles zu dramatisch, so eine Abmachung haben wir nicht. Da ich in neunundzwanzig Minuten aufgebe, ist mir das egal.

»Henry kommt nicht nach Hause. Ich kann ihn nicht erreichen.«

»Baby, ist das alles?«

»Ich weiß nicht, was ich denken soll.« Die dritte Flasche Rosé war nicht gut, und ich flenne in den Hörer, ich brauche nur drei Gläser, um zu flennen, sonst. Es wird jetzt mehr, die Grenze von drei Gläsern ist doch seit Monaten überschritten, jetzt mal ehrlich. Zum Flennen braucht es mehr: Übermüdung, Ignoranz wegsaufen und keine Möglichkeit, bei Dr. Fit für eine Happy-Spritze aufzulaufen.

»Cowboy, was du erlebst, ist die Wahrheit zwischen Männern und Frauen. Die Normalität.«

Ich dachte, Klaus ist auf meiner Seite, doch Klaus ist nur auf seiner Seite. Ich hatte nach unserem Treffen in »Doris' Trinkstube« gedacht, da wäre was zwischen uns, ich meine nicht Sex, ich war zu alt für Klaus und er zu alt für mich. Ich dachte, da wäre diese Kameraderie, ich hatte keine Ahnung, warum ich das damals unter dem Köstritzer-Bier-Foto mit Goethe dachte, es musste der billige Doris-Schnaps gewesen sein. Klaus ließ mich jetzt im Stich. Es lag eine Verwechslung vor. Klaus war nicht mein Papa, der mich tröstete, obwohl mir Klaus die exakt selben Dinge mit auf den Weg gab wie mein Vater. Bleib allein, das erspart dir Ärger, und du bleibst dir treu.

Ich will weder allein sein noch mir treu sein. Wie kann ich jemandem treu sein, der mit aufgeblähtem Zuckerbauch vom Wein nicht mal in der Lage ist, eine Unterhose anzuziehen. Über fünf Stunden.

Klaus faselt etwas von Story. Von wilden Mädchen, die sich über Henry hermachen. Ich höre nicht mehr hin, ich erzähle eine laue Geschichte über La-Perla-BHs, das mag er gern. Dann lege ich auf. Ich hatte von Klaus kein Mitleid erwartet, nur ein Mal Zuspruch. Klaus war längst in einer anderen Welt. Seine Wahrnehmung, seine Werte, über fünfundsiebzig Jahre geprägt. Er sah Pornografie nicht mehr als solche, er sah sie als Normalität. Er sah Frauenkörper, er ging durch Restaurants, durch Supermärkte und starrte auf Körbchengrößen, er war geschickt darin, niemand sah ihm das an, ich hatte das bei ihm beobachtet. Klaus war weit rausgeschwommen, aber er war nicht verloren, er konnte sich jederzeit retten. Das erwartete er von jedem, mit dem er nur sechs Minuten telefonierte.

Um 4.32 Uhr starre ich den Mond an. Ich vermisse Henry nicht mal. Im Bett, neben mir. Ich bin so weit, dass ich es besser fände, er würde mir ein Bild von sich und der leicht fetten Blonden rüberschicken. Ich spüre keine Liebe für Henry, nichts Zartes. Nichts Sehnsüchtiges. Ich beginne nur ganz langsam, mich selbst zu hassen, ich leite den Hass um, von Henry auf mich. Henry hätte nichts zu befürchten, wenn er nach Hause käme. Ich wäre dann einfach nur still. Ich würde ihn nicht anschreien, so als ob er nichts getan hätte. Selbst wenn er vorher ohne Geld und Schlüssel von fremden Telefonen anrief, dass er bald nach Hause kommen würde, selbst dann wäre ich zu schwach zum Schreien. Ich denke an Dr.

Müller und seine Unfähigkeit, mir den Selbsthass zu erklären, und dann schlafe ich nah am Wasser ein.

Es muss gegen acht Uhr morgens sein, ich sehe jedenfalls eine acht auf dem Wecker. Ich höre Geräusche in der Küche, Gläserklirren, Rumpeln, jemand kommt da oben nicht klar.

Henry ist zurück. Zunächst wie immer direkte Magenentkrampfung, Körperentspannung. Wenigstens ist er da. Wenigstens. Er ist nicht mit anderen. Er ist hier. Er ist nicht bei mir, aber nicht mit anderen. Mein Kopf brummt wie ein Lkw, ich hatte zum ersten Mal drei Flaschen alleine, kein Wunder. Henry ist da. Jetzt kann ich schlafen. Oder doch nicht. Übermorgen wird mir das peinlich, ich gebe mich mit so wenig zufrieden. Schon damit, dass jemand in der Küche über Geschirr trampelt und somit seine Anwesenheit bekundet. Jetzt ist es mir nicht peinlich. Jetzt wird alles gut werden. Jetzt ist er da. Ich drehe mich auf die andere Seite, auf der sehe ich besser aus, und wenn Henry gleich ins Schlafzimmer kommt, will ich einigermaßen aussehen. Wenn er kommt. Ich erinnere mich an Nächte, in denen er nach Hause kam und dann wieder verschwand, um nachzulegen. Jetzt nicht. Henry legt sich neben mich. Er berührt mich nicht. Ich sehe ihn nicht. Ich rieche den Rauch seiner Zigarette, ich versuche, nicht zu husten. Er soll denken, ich schlafe. Er legt keine Hand auf mein Bein, kein Streicheln. Kein Kuss auf den Hintern. Also kein Sex gleich, also kein Rummachen morgens um acht in unterschiedlichen Zuständen: Einer ist am Schlafen, der andere kommt runter und hält es nicht aus. Oder: Dem einen ist schwindelig, dem anderen kommt die Galle gleich hoch. Oder: Der eine kann die Augen nicht mehr aufhalten, der andere bekommt sie nicht mehr zu. Henry und ich sind um diese Zeit nicht synchron beim Sex. Dazu wird es nicht mehr kommen.

Ich rieche nichts, außer der Zigarette. Ich liege andererseits nicht nah genug dran, um was zu riechen. Was erwarte ich zu riechen? Pussy. Den Geruch erkenne ich nicht, nur an mir selbst. Kokain, metallener Geschmack. Riecht man nicht. Schmeckt man nur. Ich will Henry nicht ansehen, ich will nicht in seine Augen sehen. Darin könnten Dinge stehen. Ich halte die Klappe, ich atme flach. Ich kann jetzt schlafen. Wir werden circa siebzehn Uhr aufwachen. So geht doch unser Berlinleben. Und ich dachte, wir sind in Porto Cervo.

Henry heult, als ich aufwache. Ich höre seine Nase schniefen. Ich hoffe, er bereitet keine Arie über den Tod vor oder so. Das ist mir zu viel. Es ist zwei Uhr nachmittags. Wir haben nicht bis fünf durchgehalten. Schlaflos, beide.

»Komm, zieh dich an. Wir gehen in die Stadt«, sagt Henry und rüttelt mich heftig am Arm. Also meint er es ernst.

Ich frage nicht, was er hat. Ich frage nicht, ob er unsere Kokainverabredung nicht eingehalten hat, und ich frage erst recht nicht, ob er jemand anderen gefickt hat. Telefon aus. Ich vermute, das heißt, jemand anderes wird gerade gefickt. Möglicherweise nur eine Idee von mir. Ich halte diese Idee hundert Meter von mir weg und drehe die Dusche auf Eiskalt. Rausgehen, das wird gut sein. Raus aus dem Bettmief, ich kann nicht mehr liegen. Glasige Augen im Spiegel. Ich sehe aus wie das Gespenst von Porto Cervo. Ich war einen Tag nicht in der Sonne, und schon ist die Blässe zurück. Niemand wird mir abnehmen, dass ich seit drei Wochen hier bin.

Henry muss über Stunden geflennt haben. Ich frage nicht nach, was ist, die Tränensäcke und das alles. Was geht mich das an? Wir fahren Richtung Innenstadt und reden genau vier Worte im Auto. »WO SOLLEN WIR PARKEN?«

Die Sonne ist stark, wir schwanken beide durch die Gässchen, jeder, der mir entgegenkommt, strahlt irgendwie. Mein Gefühl für uns ist: zwei Zombies in Porto Cervo.

Henry sagt, er möchte mir etwas schenken.

»Schenken«, sage ich. Komisches Wort in diesem Moment. Es passt nicht zum Moment und nicht zu uns.

»Bitte nimm es an«, sagt Henry, ich sehe nicht, ob er noch heult. Die Brille bleibt auf. Ich kann nicht sagen, warum er heult. Es kann eine simple Leberreaktion sein. Möglich.

»Bitte setzen Sie sich. Espresso? Wasser?«

Bei Cartier ist es schön kühl. Die Art von Aircondition, die den Schwindel vertreibt. Henry hatte mich nach ein paar Minuten Umherwanderei hierher geführt. Das hatte ich nicht erwartet. Es konnte sich nicht um einen Verlobungsring handeln. Offen gestanden war es mir ab dem Moment egal, in dem wir den Laden betraten. Ich lebte auf. Kühle Luft. Espresso, Frauen, die mich ein wenig servil anschauten, obwohl ich eine Fahne haben musste und bloß ein altes rosé-braun gestreiftes H&M-T-Shirt trug. Sie behandelten alle Menschen gleich, die ihren Laden betraten. Niemand würde sich hierher bloß verirren.

Henry erklärt der Frau, nach welchem Ring er sucht. Simpel, ein paar Steinchen drumherum.

Die Frau bringt verschiedene Größen und schwärmt von meinen schmalen Fingern, ich muss lachen und sehe im Spiegel, dass meine Zähne derzeit viel zu gelb für so einen Ort sind. Hätte ich das vorher gewusst. Ich bin verliebt in die Verkäuferin, in ihr Profitum. Sie hat diese Art, die bestimmte Weise, uns als absolut glückliches Paar zu behandeln, sie nimmt meine unmanikürte Hand, um sie Henry mit dem Ring vor die Nase zu halten, und selbst Henry beginnt, sich unter dem Einfluss der Verkäuferin wie ein sehr gut gelaunter Gatte zu verhalten. Wir könnten die Frau in Zukunft besuchen, wenn wir kurz vor der Trennung stehen.

Daran denke ich nicht. Ich lasse mich von den Steinstrahlen jetzt mal blenden, ich bewege meine Hand und die Finger. Es glitzert, ich will mich lieber nicht daran gewöhnen. Die Verkäuferin schlägt Ohrringe vor.

»Ich habe ganz süße. Sehr passend.« Henry und ich nicken synchron, und ich versuche, die Bedeutung der Geste nicht an mich rankommen zu lassen. Was bedeutet es, wenn Henry noch Ohrringe drauflegt, vor allem, wenn ich schon den Ring nicht verstehe?

»Liz Taylor!«, sagt die Verkäuferin entzückt, als sie mir kleine Aquamarindinger anlegt. Ich hätte mir die Haare waschen sollen, ich will nicht, dass die Verkäuferin den Pool-Chlorfilm spüren muss. Ob sie den Ring einpacken solle? Natürlich nicht.

»Wenn ich Sie wäre, wollte ich ihn gleich!«

Ich will ihn gleich. Ich will damit am Strand langlaufen, ich will damit herumwedeln, wenn wir zurück sind, ich will, wenn es sein muss, jemandem damit ins Gesicht schlagen. Der Ring, über dessen Grund ich immer noch nichts weiß, gibt mir Sicherheit. Die Sicherheit einer Leine. Egal, es ist eine Sicherheit. Ich nehme jede.

Ich halte die Gabel besonders gerade, damit die Steine mehr glänzen. Den ganzen Mittag über hatte ich mich nicht getraut, Henry nach dem Ring zu fragen. Jetzt sitzen wir über zwei Crêpes und Rosé und versuchen zu essen. Ich will nicht die Ruhe stören, ich frage später. Ich könnte einen Witz über den Ring machen. Ob es ein Orden ist, den ich fürs Durchhalten bekommen habe. Ich würde Henry nicht die Frage nach einer Liebesmotivation stellen. Dafür ist jetzt nicht die Zeit, das machen wir ein anderes Mal. Wir bestellen eine zweite Runde, Henry eine dritte. Jetzt kann er klar sehen.

»Ich muss dir was sagen.«

»Was ist es?«

»Ich habe letzte Nacht mit einem Typen gefickt. Er hat mir Kokain versprochen, ich bin mit ihm nach Hause, und dann hat er mir an den Schwanz gefasst, und ehe ich mich versah, war meine Hose unten.«

Ich kaue weiter. Ich höre nicht auf. Wozu die Ausschmückung? Ehe ich mich versah und so.

»Sag was.« Henry bestellt eine Flasche, die werden wir jetzt brauchen. Ich höre auf zu kauen. Mein Kopf ist noch stumpf genug von der Nacht davor. Der Restkörper reagiert. Ich muss dringend pinkeln, eventuell ist das eine Kotzreaktion, die sich als Pinkeln ausgibt, das hatte ich mal nach einer schrecklichen Mojito-Erfahrung.

Ich kaue wieder. Ich nehme mir den Salat vor und stopfe mir so viele Blätter wie möglich rein.

Henry setzt die Sonnenbrille auf und schaut, was am Nachbartisch so los ist.

»Jetzt sag halt was.«

»Ich weiß nicht, was. War es gut? Bist du verliebt? So was?«

»Sorry, mir ist das peinlich genug.«

Es ist peinlich. Das ist es. Soll ich Mitleid haben? Ich meine, mir ist ja nichts passiert, in dem Sinne.

Ich kann diesen Ring nicht mehr sehen. Ich besitze ihn erst eine halbe Stunde und hasse ihn bereits. Er hängt schwer an meinem Finger. Der Ring ist keine Entschuldigung, da kann er nichts für, aber ich kann ihn trotzdem nicht mehr sehen – ich entschuldige mich zur Toilette, in der Hoffnung auf eine Reaktion in mir. Ich schwanke ein wenig, der Kellner kommt jedenfalls, um meinen Arm zu packen, und ich nehme die Kurve zum Klo zu schnell. Tür zu. Stille. Von draußen kommen nur die Eurotrashbässe. Es stinkt hier drin, das Klo ist nicht dicht, irgendwas rinnt heraus. Der Deckel ist aus gelbem Plastik. Ich sitze seit drei Minuten. Mein Körper reagiert nicht. Kein Magenflimmern. Ich bin okay. Ich falle nicht um. Wie und wann wird mich diese Nachricht erreichen? Jetzt noch nicht. Ich hatte das schon länger beobachtet. Henry konnte mir immer wieder schreckliche Geschichten erzählen, mir relativ schlimme Mitteilungen machen, oder andere Leute, die wir flüchtig kannten, machten schlimme Mitteilungen über Henry, die auf eine mir unbekannte Art an mir abperlten. Es war, als ob ich mir in den letzten Monaten, sogar Jahren eine Art Entenhaut zugelegt hätte. Sie wärmte mich, und sie hielt Dinge ab, die von mir eine direkte Reaktion verlangten.

Es war an einem klaren Wintermorgen, als ich sämtliche Bären, Stoffkätzchen und Bleistifte in einen Karton packte. Kleider, Schühchen und Märchenschallplatten folgten. Ich warf alles zusammen, es gab Ordnung. Wir mussten schnell das Haus verlassen, denn der Umzugsmann drängte. Die Trennung meiner Eltern fand verhältnismäßig schnell statt, nein, sie wollten es nicht noch mal versuchen, nachdem mein Vater mit unserer neunzehnjährigen Putzfrau geschlafen hatte und meine Mutter laut meinem Vater mit einem »Medizinstudenten« im Bett gewesen war, das klang nach etwas besonders Schlimmem. Zum Heulen war keine Zeit, packen, raussuchen, wegwerfen, nicht genau schauen, was man wegwirft. Ich würde nie ein Messie werden mit diesem Training, und an Dinge würde ich mein Herz nicht mehr hängen, das galt auch für Lebewesen, denn mein Vater hatte meine Minischildkröte aus dem roten Plastikaquarium entfernt und ihr die Freiheit und so den möglichen Tod geschenkt, als ich zum Packen von der Schule rechtzeitig nach Hause kam.

»Die Kröte hatte keinen Namen«, sagte er und verriet mir damit den Trick, wie man sich ein für alle Mal von den Dingen emotional verabschiedet. Man »nennt« sie nicht, man gibt ihnen keine Liebe und keinen Namen. Danach ist alles andere nicht so schwer, und so konnte ich relativ teilnahmslos den alten Stoffaffen mit dem fehlenden Arm wegwerfen. Mit sechs eine ganz gute Leistung.

Es kommt nichts hoch. Gar nichts. Vielleicht war es eines dieser Universalgesetze: Ich hatte mir immer vorgestellt, wie Henry mit anderen Sex hat und seinen Schwanz in alles, nur nicht mich steckt. Und dann passiert es einfach eines Tages genau so. Nur eben dann, wenn man nicht damit rechnet und wenn vorher etwas Schönes passiert ist: ein Ring als Geschenk. Ich starre auf das Ding, es sitzt nicht richtig. An meinem Ringfinger ist diese Fischhaut, die verhindert, dass mir dort jemals ein Ring richtig passen wird. Das hat die Natur so eingerichtet, damit ich niemals heirate. Er passt nicht. Die Steine sehen billig aus im Sonnenlicht von Sardinien, zumindest im Raum mit der gelben Plastiktoilette. Ich nehme den

Hinterausgang. Ein paar Ratten haben sich um die Mülleimer versammelt und fressen die Reste der Crêpes, die Touristen wie wir nicht wollten. Sie sehen friedlich aus, so wie sie dort unten an den Teigfetzen knabbern. Mir kommt ein gutes Bild in den Sinn. Zwischen den Ratten würde es glitzern, oder eine der Ratten könnte nicht mitfressen, weil ihre Schnauze mit einem Ring sehr brutal verschlossen war. Oder gleich drei Ratten würden sich um dieses Glitzerding scharen und sich die Augen auskratzen.

Ich nehme den Ring vom Finger und feure ihn mit einer mir ungewohnten Energie gegen die Tonne. Die Ratten verschwinden für eine Sekunde, doch dann überlegen sie sich die Sache anders und kommen zum Crêpefressen zurück.

Ich habe kein Telefon mit, geschminkt bin ich auch nicht. Ich kann nirgendwohin. Niemand kann mich anrufen, ich kann niemanden anrufen, ich habe kein Geld. Ohrensausen. Ich hatte Henry im Café sitzenlassen. Ich gehe nicht zurück, ich bin nicht so weit, alles auf null zu drehen geht nicht mehr. Ich stehe auf dem Platz, ich habe keine Ahnung, was jetzt geht, was jetzt kommen soll, ich habe keine Telefonnummern im Kopf, außer die von Dr. Fit, weil die so einfach zu merken ist. Ich kann dort anrufen unter dem Vorwand, die Flecken wären wieder schlimmer geworden, ich müsste sofort kommen, ich hätte nur ein Problem, ich würde in Porto Cervo stehen und nichts wissen, nicht mal, wie ich nach Hause komme. Keine Chance. Dort oben in den Bergen war bis vor ein paar Minuten mein Zuhause. Zwei Koffer, Bikinis, ein Mann, der nicht weiß, wer er ist, wer wir sind.

Henry hat mich nicht gesucht. Er rannte nicht in meine Richtung, meine Flucht musste ihn erleichtern.

Ich ging nicht wegen dem Mann, mit dem Henry die Nacht verbracht hatte. Mir war der Typ egal, mir war sein Geschlecht egal, sein Körper, all das. Ich war erstaunt, ich war nicht mal besessen davon, mir vorzustellen, wie er Henry küsst oder ihn anfasst. Gar nicht meine Art. Früher konnte ich mich über Stunden mit Fantasien dieser Art durch den Tag bewegen. Ich wünschte mir jetzt einen Schockmoment, einen klassischen Schockmoment. Eine Reaktion meines Körpers. Nichts. Die Anzahl von Schockmomenten war aufgebraucht, ähnlich wie bei Aschenputtel die Nüsse. In einigen Nächten hatte ich gebetet. Gott sollte mir die Entscheidung abnehmen, Katastrophen geschehen lassen, die mir keine Wahl lassen würden. Das erwartete ich von einem katholischen Gott. Große Unglücke, Todesfälle, harte Schicksale. Damit war ich aufgewachsen, und diese Art der Bedrohung hielt mich als Kind in Schach.

Gott schickte mir jedoch nur Flecken auf dem Oberschenkel. Mehr nicht. Ich ging vielleicht, weil Gott nichts mehr für mich tun würde.

Ich hatte mir die Adresse vom »Orange Beach« gemerkt. Vielleicht könnte ich mich da auf eine Liege setzen, dann einschlafen, bis mich jemand rauswirft. Ich fühle mich nicht betrogen. Nicht direkt. Ich hatte doch alles unterschrieben, ich hatte zugestimmt zu dem Leben, zu dem aufregenden Leben, in dem mein eigenes nicht mehr vorkommt. Was hatte ich für mein eigenes Leben im Austausch bekommen? Lass mal sehen; Sex, Sex und Sex als Experiment, Abendessen und Mittagessen nicht mehr zahlen und so tun, als ob mich das nicht stören würde. Erfahrungsvorsprünge gegenüber dem Rest der Bevölkerung.

Ich weiß den Weg. Er ist einfach, ich gehe die Straße runter zum Strand und folge den teuersten Autos, ganz einfach. Ich fühle mich nicht mal stumpf oder abgestumpft. Herzrasen. Ich verstehe später, was passiert ist, nicht jetzt. Ich gehe nicht zurück, meine Hände zittern. Ging es den Berg nach oben oder runter? Orientierungsverlust in einer Minute, trockener Mund. Im Rückblick, da geht es besser. Falls mich jemand jetzt auf der Straße anspricht, hab ich keine Antwort. Wieso, was denn? So war das bisher. Wie viele Leute hatten mich in Mitte auf der Straße angelabert, mich ab und zu kopfschüttelnd angesehen, wie sie mich gestern Nacht gesehen hätten. Wie ich aussah. Wie ich in der Ecke saß und mich nicht rührte. Ich hatte einen Ausweg für mich selbst in diesen Momenten, ich dachte einfach: Ich bin das ja nicht selbst. Ich bin diese Puppe aus Fleisch, morgen, ja, morgen kenne ich mich wieder. Ich fand nicht, dass man in das eigene Ich so weit einsteigen sollte, das war möglicherweise ein Fehler, wenn man dann am Ende gar nicht mehr merkte, wann und wie man besoffen in der Ecke saß und die Dinge, die direkt vor einem spielen, nicht mehr sah. So hatte ich mich über Jahre erzogen, es war mir nicht schwergefallen, ich hatte das lange geübt, immer weiter. Ich konnte mich so umprogrammieren, in diese Richtung. Ich konnte die Richtung nicht mehr wechseln. Bisher hatte das alles gut funktioniert, ich hatte mich so durchgewieselt und wollte nicht stoppen. Das ging doch immer, das ging, das lief.

Das ist praktisch. Ich finde es absurd. Ich kenne mich nicht. Ich sollte in einen Aktivismus verfallen. Flüge buchen, Menschen anrufen, die mich abholen und mich trösten können. Ich würde es natürlich bescheuert finden, mich mitten in

Porto Cervo trösten zu lassen. Schwachsinn, glaube ich. Niemand wird mir meine Art von Not glauben, also lasse ich es.

Niemand wird mich ernst nehmen, ich habe mich zu oft vorher beschwert und dann so getan, als wäre alles wieder gut, und den Leuten einen Vogel gezeigt, die mir einreden wollten, ich hätte doch vor kurzem noch Probleme gehabt und das Ende von allem prophezeit. Hin und her. Dieses Hin und Her bringt mich in Teufels Küche, da spielt es keine Rolle, ob mir jetzt der feinste Sand der Welt an den Füßen hängt. Ich merke nicht mal, wenn Gefahr kommt. Das Hin und Her lenkt mich schön ab. So ging es bisher. So ging es immer.

Ich sehe die Giraffe aus dem »Café Prince«. Sie steht an der Bar neben dem Pool. Ich könnte sie ansprechen, ich kenne sie ja. Sie könnte mir helfen, sie wird mich für verrückt halten. Könnte sein, könnte alles sein. Noch bin ich unauffällig. Ich hatte heute Morgen weiße Shorts und ein enges Top angezogen, Sandalen, meine Haut war leicht gebräunt. Keine Kreditkarte. Fünf Euro, die ich beim Waschen letztes Mal vergessen hatte. So weit geht meine Nichtverantwortung, ich laufe die Straßen runter ohne Telefon, ich setze mich in den teuersten Club vor Ort ohne Geld, ohne Make-up. Ich kann mich entschuldigen für das, was ich tue, ich kann nichts machen. Ein Unfall. Ein Zwischenfall.

Natalie ging seit Tagen nicht ans Telefon. Ich hatte ihr ein paar Nachrichten hinterlassen. Textmessages. Ich hinterließ ganz normale Dinge. Wie geht es dir? Was macht Berlin? Haha, bist du lange aus gewesen? Keine Antwort. In den ersten Tagen war mir die Sache noch scheißegal, ich lag faul und fett neben Henry im Liegestuhl und dachte, alle können mich ohnehin.

Wir beide zusammen, das zählte. Mehr brauchte ich gar nicht. Nach drei Tagen hatte ich diesen Moment. Ich sehnte mich nach Natalie. Egal was vorgefallen war. Ich hatte bisher kein Beweismaterial. Ich wollte mit ihr am Telefon lachen, absurde Dinge besprechen, ich wollte mich auskotzen über die billigen Partys, die Typen, ich wollte mit ihr unsere Sprache sprechen. Das fehlte mir, ich gab es ungern zu. Ich versuchte, keinesfalls daran zu denken. Ich drehte mich auf dem Liegestuhl herum und griff nach dem nächsten Glas Rosé. Ich süffelte mir die Erinnerung weg. Ich bereitete den Ausstieg aus unserer Freundschaft vor, ich dachte mir unter dem Einfluss von Supermarktrosé, das mache Sinn. Natalie, wer war sie denn? Eine Tante aus dem Nachtleben, die keine Kontrolle über sich hatte. Typische Berlinalte. Typisch fertige Braut. Meine Leber kam mit diesen Begriffen an, die Leber kann ein echter Feind sein. Niemals hatte ich wütendere Leute gesehen als solche, die statt mit dem Mund mit ihrer Leber sprechen, vom Herz mal abgesehen. Ich wollte über Natalie nicht so denken und nicht so sprechen. Wir hatten doch viele Momente, Sternstunden, Diamanten, wir schauten uns in die Augen und sahen, was wir meinten, wenn wir die Straßen langgingen oder mit vorgehaltener Hand in den Bars der Stadt lästerten. Das hatte eine bestimmte Schönheit. Das war mir wichtig, Natalie und ich machten uns nichts vor, sagen wir: in einigen Momenten. Wir konnten uns dennoch die Momente verzeihen, in denen wir uns was vormachten. Wir fantasierten viel, was wir tun würden, wenn wir hier nicht mehr hinter dem DJ-Pult stehen würden, wenn wir nicht mehr viel zu viel trinken würden, lange aufbleiben würden, lange, alles zu lange, viel zu lange machen würden. Wir laberten rum. Wir waren nicht mehr fünfundzwanzig. Wir waren sechsunddreißig. Wir ignorierten unsere Jahre. Wir taten so, als ob es für immer okay wäre, wegen Eisenmangels in Ohnmacht zu fallen, mit Gespenstergesichtern durch die Ackerstraße zu laufen. Wir hatten nichts vorzuweisen. Keine Produkte, keine Kinder, keine Haltung, keine Stimme. Nur eine Stimmung. Und auf die konnte sich wirklich niemand verlassen.

Da steht die Giraffe. Ich erkenne sie an ihren Pobacken wieder, das mag merkwürdig klingen, aber ich hatte ihren Hintern studiert. Sie sitzt auf der Liege neben mir, ich schaue sie nicht an, am Ende glaubt sie, ich bin lesbisch. Oder nicht. Mädchen wie die Giraffe sind es gewohnt, dass man sie anschaut, so viel ist klar. Die Giraffe schaut gar nicht komisch, wenn ich ab und zu rübersehe.

Die Giraffe bewegt jetzt ihren Kopf zur Seite. Sie ist schön. Sie glänzt, so sauber, sie hat etwas Aufgeräumtes, Klares. Das hätte ich gern. Ich hatte mir niemanden ausgesucht, der um sieben ins Bett ging, nur am anderen Morgen um sieben, ich hatte mir jemanden ausgesucht, der auf Brüste starrte, auf Partys Hände auf Hintern legte. Ich machte mich selbst an, wie konservativ ich sei und weshalb ich die Sache loslassen müsste. Ich schrie mich vorm Spiegel an, die Sache nicht so ernst zu nehmen. Wo würde ich denn sonst hinkommen. Ernsthaft. Ich hatte mein Leben ignoriert, meine blauen Flecken, meine Antibiotika-Sucht, meine kommenden Falten. Jetzt lag die Quittung vor mir, so war es doch. Die einzige Schuldige, das war ich. Die Sache ging über Selbstsabotage hinaus, ich steuerte auf einen sehr speziellen Selbstmord hin, wenn das so weiterging.

Ich bin in Stimmung, die Giraffe nach Geld zu fragen. Oder nach einem Bett. Ich werde bald duschen müssen. Oder was essen. Ich kann niemanden fragen. Ich lege das rechte Bein über das linke und schaue die Giraffe jetzt noch mal von unten an. Der Giraffe wird das jetzt doch zu viel.

»Kennen wir uns?«

»Nein, ich glaube nicht.«

Die Giraffe schaut mich an.

»Ich heiße Sascha«, sagt die Giraffe und hält mir ihre gebräunte Hand hin. Ich vergleiche ihre Nägel mit meinen, nur für eine Sekunde, und könnte im Erdboden verschwinden. Ich sollte mit dem Kauen aufhören. Sascha will meine Hand kaum anfassen.

»Ganz schön hier.«

Sascha schaut mich merkwürdig an.

»Ja, doch ... Woher kommst du?«

Ich sage Berlin. Berlin-Mitte. »Also Bergstraße, kennst du die?« Sascha muss lachen. Kennt sie nicht. Sie war mal in Berlin auf einer Filmpremiere. Aber nur für eine Nacht.

»Am anderen Tag sind wir wieder weg.«

Ich kann mir auch nicht vorstellen, wie Sascha im »Cookies« auf dem Klo steht. Sie würde angefeindet werden, weil so viel an ihr glänzt und weil sie nach Parfüm riecht, das deutlich über dreihundert Euro kostet.

»Woher kommst du?«

Sascha lacht. Derzeit, sagt Sascha, fliegt sie hin und her. New York, ab und zu London. Aber jetzt im Sommer, da bleibt sie in Porto Cervo. Den Stress tut sie sich nicht an. Alle kommen ohnehin hier vorbei.

Sascha muss nichts bestellen. Ab und zu kommt jemand und bringt Champagner. Sascha ordert ein Glas für mich.

»Du siehst blass aus, du kannst ein Glas vertragen.«

Ich bin beeindruckt von Sascha. Von dieser Nahtlosigkeit ihrer Bräune, sie muss nackt sonnenbaden, kann nicht anders sein.

Sascha schaut mich an, sie mustert mich. Ob Sascha etwas in mir erkennen kann?

»Du siehst fertig aus. Hast du nicht geschlafen?«

Hab ich geschlafen? Lange her, es muss vor ein paar Wochen gewesen sein. Ich habe nicht mehr in den Spiegel geschaut, seitdem ich weggelaufen bin. Es hat mich nicht mehr interessiert, wie ich aussah. Schon lange nicht mehr. Das hätte mir zu denken geben sollen, das war keine gute Sache. Das war es, was mir alle vorwarfen, und so machte ich es erst recht genau so. Ich hatte mich in den letzten zwanzig Jahren so benommen, als wäre ich drei Jahre alt.

Ich wollte Sascha nicht erzählen, was passiert war und weshalb ich weggelaufen war. Sascha vertreibt mir die Gedanken an meine nicht existente Zukunft, Sascha hat ein Geheimnis, ich kann das spüren, ein Geheimnis der guten Sorte. Keines von meinen, komischen. Ich sehe in Saschas Augen, dass niemand sie besiegen kann. Das macht mir Sascha angenehm, mehr als das, ich muss die Unterwürfigkeitsbremse ziehen.

Sascha erzählt jetzt von sich und ihren Freundinnen vor Ort. Sie kommen jeden Sommer. Einige verlassen Porto Cervo mit einem Ring an ihrem Finger, wenn sie Glück haben, aber das muss gar nicht sein. Sascha selbst will nicht heiraten.

»Mir wäre das jetzt zu früh.« Sascha sagt, sie will noch warten und feiern. Sie und ihre Freundinnen, das wäre wie eine eigene Familie. Sie treffen sich an den verschiedensten Orten der Welt. Sascha bleibt für die Saison. Was macht sie dann? »Ich sehe zu, nach St. Barth zu kommen. Da gefällt es mir.«

Ich schaue nicht auf die Uhr. Magengefühl sagt, es ist früher Abend, da beginnt sich mein Bauch zu wölben nach einem Alkoholtag. Ich sollte etwas essen, irgendein Kohlehydrat. Irgendein Salatblatt, ich kann nicht sagen, dass ich schwach bin, es ist eher so, dass ich mich kaum rühren kann, nicht aufstehen kann. Sascha hat mich mitgenommen, ich nehme an, ich tat ihr leid in meinem zerfetzten Röckchen und komischen Schuhen aus der letzten Saison. Sie sitzt ein paar Meter von mir entfernt mit einer Armee neuer Mädchen, die ich nicht kenne. Sascha und die Armee ist ein Anblick, sie müssen eine bestimmte Formation verfolgen, eine Art Choreografie, ihre Beine liegen angeordnet wie bei einem Mikadospiel, aufeinander, nebeneinander, miteinander, sie bewegen sie so geschickt, dass einige Männer nur bei ihrem Anblick sicher die Miete zahlen würden.

Sascha hatte mir erzählt, es ginge nicht nur um die Miete, es müsste immer um mehr gehen, die Miete wäre die Grundausstattung, wenn es um einen Typen ginge, falls man nicht eh bei dem Typen einziehen würde. Sascha sagt, sie ist keine Prostituierte, weil sie sich nicht für Sex bezahlen lässt, sondern für ein Leben. Ein volles Leben. Sex findet statt, aber gezahlt wird für andere Dinge.

»Für was denn?«

»Anwesenheit, Verfügbarkeit, Schönheit, Unbeschwertheit. Eine ganze Menge, nicht?«

So, sagt Sascha, können Mädchen wie sie diese schöne, reiche Welt dominieren. Sascha erklärte mir, man sollte mit einem

Rahmen zwischen vier Wochen und vier Monaten rechnen. In dieser Zeit wäre man »fuckable«, wie Sascha sagte, das heißt, in diesem Zeitraum wäre es möglich, eine bestimmte sexuelle Attraktivität aufrechtzuerhalten und sich nicht mal dafür anstrengen zu müssen, man würde quasi alles ohne extrateure Unterwäsche hinbekommen – und in diesem Zeitraum würde es sich empfehlen, möglichst viele Produkte einzufahren, je nach Typ könnte man sich überlegen, ob man sich aus der Sache rauskaufen lässt. Bei einigen, sagte Sascha, wäre die Sache simpel, wenn sie merkte, dass sie ihnen auf die Nerven ging, dann machte sie eine Andeutung, und die Männer würden ihr mit Kusshand ein paar zehntausend anbieten, um zu verschwinden. Sascha sagte, der »Fuckable«-Zeitraum wäre außerdem für beide Parteien ideal, um kein größeres Gefühl zu entwickeln. Hatte sie nie ein paar Tränchen vergossen? Selten, sagte Sascha. Wenn ein Job vorbei war, begann eben der nächste. Sascha flog an andere Orte, schlief in anderen Betten und hatte den Exmann dann bald vergessen. Ich fragte mich, ob sich die Betten in den Hotels oder die Orte nicht doch zu wiederholen begannen, wie viele durchgefickte Betten in Porto Cervos Hotels würde es wohl geben? Irgendwann würde man doch im selben Bett landen, in dem man neulich schon mit dem anderen Banker geschlafen hatte. Sascha dachte nicht so wie ich, sie dachte pragmatischer. Neuer Typ, neuer Sex, neues Konto, neues Leben. Ich fragte Sascha, wann sie aufhören würde und ob sie ihr Geld auch schön anlegen würde. Daran, sagte Sascha, würde sie nicht denken, weil sie später nicht mehr an Geld hätte erinnert werden wollen, quasi inhaltlich. Heirat, sicher, das wäre eine Möglichkeit. Aber noch nicht, und dafür würde sie jemanden suchen, der sich vor Geld kaum mehr bewegen könnte, einen, der so viel Geld hätte, dass er vielleicht gar nicht merken würde, dass er mit Sascha verheiratet ist. Ich fragte Sascha, ob sie süchtig wäre nach den Begegnungen, nach dem Gefühl »Geld«, nach der Abwesenheit von Sorge praktischer Natur. Sascha überlegte ein wenig.

»Nicht abhängig. Aber ich kann es gut.«

Ich sah in Sascha einen Profi, ich hingegen war Laie. Ich verfing mich in Abhängigkeiten, ich überzeugte mich oft selbst von der Liebe, obwohl es keine Anzeichen dafür gab von der anderen Seite. Lange, sehr lange bildete ich mir immer wieder ein, ich würde auf der anderen Seite Liebesbeweise finden. Wenn Henry mir morgens um fünf nach dem Ausgehen Bilder von seinem toten Bruder zeigte und sich in seinen unvorstellbar heftigen Heulkrämpfen verfing, hielt ich das für Liebe, weil er doch vor mir heulte, aber er heulte gar nicht für mich. Er heulte für sich, wegen seiner Leber, wegen Neuronen in seinem Kopf, die nicht mehr klarkamen. Seine Tränen galten nicht mir, das verstand ich lange nicht. Ich hielt es außerdem für einen Liebesbeweis, wenn Henrys Schwanz beim Sex extrem hart war. Ich weiß nicht, woher ich das hatte, zu viel gelesen und so. Auch der harte Schwanz galt nicht mir, er hatte rein physische Gründe, Kokain, Tabletten, Pornografie, mir war es egal, ich nahm, was ich kriegen konnte, ich schaute nicht so genau hin.

Ich hatte mich nicht getraut, Saschas Weg einzuschlagen. Es gab sogar einen Moment, da hätte ich es versuchen können. Es war ein Abend in Cannes, ich weiß nicht mehr, warum ich da war. Henry war früher abgefahren und hatte mich bei Freunden gelassen, es waren keine echten Freunde in dem Sinne, aber als Ausgehpartner konnte man nichts gegen sie haben. Ich wartete an der Bar im Hotel und machte mir keine allzu großen Gedanken über die Tatsache, alleine an einer Hotelbar zu sitzen, warum auch nicht. Ich trug ein pinkfarbenes Kleid, ich hatte nicht daran gedacht, was Pink bedeuten könnte. Es hatte nur zwei Minuten gedauert, bis ein Glas mit Champagner neben mir stand. Ein Typ mit dunklen Locken fragte mich, ob ich auch aus Brasilien sei, was mich erstaunte. Ich sagte, ich sei nicht braun, zu blass, bla, bla.

In Brasilien gäbe es auch schöne Hellhäutige, sagte der Typ und schob gleich die Frage nach meiner Zimmernummer nach, oder wenn es mir besser passen würde, könnte er mir auch seine Zimmernummer sagen. Der Typ sah nicht arm aus, keinesfalls. Golduhr, handgemachtes Jackett, gute Schuhe, diese Art von Wissen hatte ich längst erworben. Ich bedankte mich für die Nummer, und der Typ nahm meine Hand, um sich für mein Bedanken zu bedanken. Die Hand war warm, sie roch gut, sie war nicht unangenehm, sie machte mir nichts aus. War das ein schlechtes Zeichen? Würde ich da wegen einer Hand mitgehen oder wegen einer warmen Hand mit einer goldenen Uhr? War es so simpel und so peinlich? Ich sah nicht mal Reichtum vor mir, solche konkreten Gedanken löste das alles gar nicht in mir aus. Ich hatte nichts gegen den Typen. Und ich hatte nichts für ihn. Das war der angenehmste Zustand, der, in dem ich alles handeln konnte. Wäre ich damals nicht verabredet gewesen, wäre ich mitgegangen. Kein konkreter Grund. Keine Langeweile, keine Lust, kein Interesse. Es gab kein Gefühl zu dieser Situation. Das war für mich der größte Turn-on.

Sascha ist seit langem die erste Person, die Mitleid mit mir hat. Das tut gut, obwohl Mitleid ein gefährliches Gefühl ist. Aber ich fand es schön, dass jemand an mich dachte, da ich das selbst nicht schaffte. Sascha muss meine Not sehen. Wie mache ich den ersten Schritt? Den Schritt raus aus der Misere, den durchaus konsequenten Schritt. Sascha sagt, es gibt keinen Grund, sich zu schämen. »Das Ganze ist ein Kreislauf, niemand kommt zu Schaden«, sagt Sascha und zieht mich in eine der Ecken mit den weißen Strandmöbeln.

»Du bist frei, du kannst immer gehen. Du kannst zum Nächsten gehen. Niemand kann dir die Dinge befehlen.«

Sascha schaut Richtung Party und zeigt auf einen Typen in seinen Sechzigern.

»Der ist was für dich. Den kannst du heute haben. Er ist gut zum Üben und für die nächsten Tage.«

Sascha greift mein Haar und dreht es zu einem Pferdeschwanz nach oben, sie pudert mich ein bischen ab, bevor sie mich rausschickt. »Hab keine Angst«, sagt Sascha. »Du musst dir die Dinge nehmen, und wenn du sie nicht mehr brauchst, wirf sie weg.«

Sascha hatte mich für heute Nacht befreit. Von dem Selbsterschaffenen. Niemand hatte mich gezwungen, niemand hatte mir Handschellen angelegt. Ich hätte doch ein Glas Wasser auf den Pornocomputer schütten können und einfach aus der Tür schweben. Unberührt. Ohne Kokain im System, aber mit einer guten Haut, mit einer Idee für die Zukunft. Hatte ich nicht getan. Ich hatte mich hundertprozentig in den Dreck geworfen. Ich dachte, das macht man so.

»Sprich mit ihm. Sag irgendwas. Sei nicht aufdringlich. Lob ihn«, sagt Sascha und schiebt mich Richtung Tanzfläche. Ich bin dankbar, dass sie mir jemanden ausgewählt hat. Der Typ sei ein GFE-Typ, wie Sascha erklärt. Ein »Girlfriend-Experience-Typ«. »Er mag die Idee einer Freundin, das Gefühl einer Freundin. Er mag keine Prostituierten, das macht ihn nicht an«, sagt Sascha. Wie kann sie das sehen?

Er schaue unsicher in Momenten, wenn niemand ihn beobachte. Er würde tanzen und trinken und mit Mädchen plaudern, doch er suche nach Glück, nach kurzem Glück, aber nach Glück.

»Suchen andere Männer nicht nach Glück?«

»Doch, aber anders. Sie brauchen das Mädchen nicht. Die Männer, die eine Girlfriend-Experience suchen, wollen Erinnerung, an eine Freundin, die sie hatten, an eine Liebe, die verloren ist. Das reicht ihnen. Die anderen Männer wollen genau das nicht, sie suchen sich Mädchen, die ihnen fremd sind, sie suchen das Fremde, ganz dringend, das Vertraute stößt sie ab.«

Sascha sagt mir, für diese Männer bin ich nicht gemacht. Ich soll mich an die halten, die nach dem Freundinnengefühl suchen. Das konnte nicht schwer sein. Ich hatte das drauf, ich wusste es. Irgendwo in meinem Fundus der Verhaltensweisen lag die Sache herum. Ich hatte außerdem die letzten vier Jahre Freundin gespielt, nur ernst gemeint hatte ich die Sache nicht.

Duft oder Rasierwasser ist nicht schlecht. Erinnert mich an einen alten Freund, eine große, drogenabhängige Liebe, von der ich damals nicht wusste, wie drogenabhängig sie war.

Ich tippe auf Egoïste. Oder Davidoff. Der Duft schickt mich raus, der Duft hält mich im Moment. Ich verstehe nicht, was ich hier mache. Ich müsste Notfallanrufe starten. »Hol mich hier raus« brüllen. Ich müsste Menschen auf die Mailbox schreien, sie sollen mich abholen. Ich hatte festgestellt, es gab diese Menschen nicht mehr. Ich hatte mich aller entledigt. Ab einem bestimmten Punkt hatte niemand mehr Lust auf dieselben Geschichten, auf die Ups nicht mehr oder die Downs. Ich hatte nichts mehr. Nicht mal ein Telefon, meinen treuen Begleiter.

Ich konzentriere mich auf den Duft am Nacken dieses Mannes, direkt vor mir. Das geht immer. Das geht gut. Ich muss mit ihm mitgehen später. Ich habe sonst kein Bett. Am Flughafen schlafen geht nicht.

Er steht ein wenig abseits, aber er lacht mit den anderen Männern. Er hat dieses breite Lachen. Nicht zu breit, er ist nicht der Chef der Truppe. Ich vermute, er ist mit den Freunden hergekommen, die haben ihn eingeladen. Alle wohlhabend, alle seit Jahren relativ weit oben. Nur der Typ hatte ein paar harte Jahre hinter sich. Scheidung. Er trägt einen geschiedenen Zug um den Mund. Die Freunde mussten ihm die oberen Hemdknöpfe aufmachen und das Unterhemd ausziehen. Das hatte er in den letzten Jahrzehnten sicher verlernt, sie mussten sich vorgenommen haben, ihn auf ein Präsentationspodest zu stellen, ich kann sehen, wie schwer es ihm fällt, Mädchen anzuschauen, er fühlt sich schuldig nach all den Jahren Ehe. Ich hatte viele solcher Männer gesehen, sie hatten mir oft leidgetan, weil sie nicht wussten, wie ihr Leben ging und was sie anfangen sollten, wenn die Ehefrau, die sie nicht mehr sehen konnten, endlich abgehauen war und sie alleine mit ein paar Kindern dastanden, die sie ab und zu sehen durften. Die meisten flüchteten sich in Sex, den sie bisher nie hatten.

Ich habe etwas übrig für solche Männer, ich kann ihr Astronautendasein verstehen, sie schwirren irgendwo herum und wissen nicht, wo sie andocken sollen. Ich stelle mich direkt daneben. Da kann nicht viel schiefgehen. Der Typ wird mein Bett für heute Nacht. Er wird mich nicht wegschicken, er sieht aus, als ob er sein Leben lang den Menschen um sich herum geholfen hat. Seine Freunde haben ihn heute Nacht mitgenommen, ihm das auszutreiben, dem armen Teufel. Er wird sich darauf einlassen und sich dann selbst verlieren.

»Georg, das ist mein Name«, sagt Georg und wackelt mit einer halb leeren Champagnerflasche vor mir herum. Das muss er gar nicht, ich spreche auch so mit ihm.

»Hallo! Toller Abend, nicht?«

»Absolut! Wie ist dein Name?«

»Eva.«

»Und? Zum Feiern hier?« Georg traut sich was.

Ich erzähle Georg, was ich so mache. Ich bin schon eine Weile hier, mit Freunden. Ich zeige nicht auf Sascha, die Gefahr ist zu groß, dass Georgs Freunde ihn aufklären werden. Ich erzähle Georg meine Märchengeschichte. Ich komme aus Berlin, dort lebe ich seit langem, habe viele Freunde, einen schönen Job ((ich sage, ich bin in den Medien, obwohl ich da schon lange nicht mehr bin), und ich bin in der Regel gut drauf.

Wegen der Sonne, wegen der guten Luft sehe ich weniger krank aus, als ich mich fühle. Ich habe noch ein paar Flecken an den Oberschenkeln, die wird Georg nicht zu sehen bekommen, dafür sorge ich. Ich erzähle nichts. Kein Wort von Henry, kein Wort über die Kater der letzten Jahre, kein Wort über das Gallekotzen, kein Wort über Ausraster, kein Wort über die dreckige Stadt, aus der ich komme. Georg hält mich nicht für eine räudige Katze. Georg glaubt, er hat einen guten

Fang gemacht, er fragte mich gegen eins, ob wir nicht noch einen Drink auf seinem Zimmer nehmen wollen. Das traut sich Georg sonst sicher nicht. Ich sehe das in seinen Augen. Doch die Sonne und die Freunde haben Georg dazu gebracht. Ich sehe, wie jemand in Georgs Richtung eine »Daumen hoch«-Bewegung macht. Wir laufen durch die Hotelhalle, lässig. Ich habe keine Angst vor ihm, ich sehe eine bestimmte Erregung. Ein Zeichen, dass Georg solche Dinge nicht tut. Sonst, in seinem anderen Leben.

Ich hatte das vorher nicht getan, mit jemandem auf sein Zimmer gehen und sehen, was passiert. Ich meine, als ungeklärte Situation, als vorher nicht kommunizierte Situation. Und dann hatte ich es eben doch getan, damals im »Vier Jahreszeiten«, als das Zimmer für eine Nacht achthundert Euro kostete und Henry und ich obendrauf eine Flasche für hundert Euro bestellten. Damals hatte ich das alles für einen großen Spaß gehalten. Ich hielt es für eine Fun-Variante der Prostitution, ohne Bezahlung in Cash. Ich hatte mir all diese Film wie *Belle de Jour* angesehen, in denen alles wie eine Modestrecke in der *Vogue* aussah. Damals, nach der Nacht im »Adlon« und nach einem Hundert-Euro-Frühstück im Bett, bei dem Henry und ich uns sehr wenig zu sagen hatten, lief ich zu Fuß nach Hause. Ich wankte die Friedrichstraße entlang, die üblichen wackeligen Knie vom Schlafmangel, ich gab vor, stolz zu sein. Wie abenteuerlustig ich war, wie krass ich drauf war, sagenhaft. Während ich ging, rief ich Natalie an. Und noch ein paar andere. Ich eröffnete immer mit demselben Satz. »Hey, weißt du, wo ich gerade herkomme?« Oder: »Weißt du, was ich gerade gemacht habe?« Die Freundinnen bestätigten mir meine Kühnheit, sonst wären sie ja damals keine Freundinnen gewesen. Wahnsinn. Krass. Und noch krasser, weil alles so teuer war, so viel Geld gekostet hatte. Genau das hatte alles verändert. Es machte keinen Sinn, ein Hotelzimmer für achthundert Euro zu mieten, um sich darin gegenseitig anzufassen. Oder doch? Ich konnte mir diese Frage nicht beantworten. Als ich damals zu Hause ankam, schien mein Stolz verschwunden. Übrig blieb die Müdigkeit. Und die Sehnsucht nach Henry, nach dieser merkwürdigen Situation. Zur klassischen Prostituierten würde ich nie taugen.

Aber da waren doch all diese neuen Formen der Prostitution, die weniger fremd schienen.

Georgs Zimmer liegt über dem Fünfhundert-Euro-Pegel, so viel ist sicher. Ich nehme an, sogar über dem Achthundert-Euro-Pegel wegen der Saison. Alles steht bereit. Eine große Flasche Champagner, vom Hotel, die wissen, was er wann braucht. Georg öffnet die Terrassentür, von unten dringen ein paar Musikfetzen ins Zimmer, ich erkenne die Bässe von Technotronic, ein Song, den die Gesellschaft da unten aus ihrer Jugend kennt.

Georg erzählt jetzt von seinen Bankerfreunden. Sie haben ihm ein paarmal das Leben gerettet, als es ihm in den letzten Jahren nicht gut ging. »Meine Exfrau wollte das ganze Geld. Und die Kinder«, sagt Georg, das hätte er physisch kaum geschafft. Er habe immer gearbeitet wie ein Pferd. Für alle. Reich sei er geworden und alle mit ihm. Nach der Scheidung haben ihn seine Freunde »zwingen müssen«, mit nach Porto Cervo zu fahren.

»Sie haben gesagt, du musst zwei Wochen lang ficken. Dann wird alles gut.«

Wir lachen, weil es so eklig klingt und wir beide nicht wissen, wie eine andere Reaktion aussehen könnte. Für Empörung über so eine Bemerkung ist es zu spät. Ich bin mitgegangen. Ins Hotelzimmer für über achthundert Euro. Ich brauche ein Flugticket. Ein paar hundert Euro. Das ist nicht wild. Das bekomme ich hin. Ich leugne nicht mehr. Das bedeutet Fortschritt.

Ich hätte mir vorstellen können, in einer Welt aus Reichtum zu leben, ein paarmal hatte ich den Zeh hineingetaucht, es war eine Welt, in der jeder viel Geld besaß und daher niemals ein Wort darüber verlor. Ich hatte eine Freundin aus dieser Welt. Sie hieß Alexandra, und wir liebten uns, obwohl sie jünger war als ich. Zehn Jahre. Sie kam oft zu mir, um mich um Rat zu fragen. Über Drogen, Beziehungen, Sex. Das fand ich geradezu lustig, aber Alexandra hatte viele Fragen, ähnliche Fragen wie ich. Ich wollte gerne Alexandra sein, auch wenn mir ihre Verzweiflung irgendwann zu viel geworden wäre. Zwischen uns gab es dieses Ding. Liebe zwischen Frauen, die nicht lesbisch sind, sich gegenseitig bloß die Eigenschaften der anderen wünschten. Alexandra hatte alles. Dickes brünettes Haar, gutes Gesicht, hübsche Lippen, einen guten Namen, einen Freund mit einem guten Namen, Freunde mit guten Namen, sie würde niemals Geldsorgen haben. Alexandra war wild. Rockstars fragten sie, ob Alexandra eventuell Interesse am Heiraten haben könnte, und Alexandra sagte nein. Sie würde durchbrennen, mit jemand anderem. Das erzählte Alexandra den Rockstars, also schickten die Rockstars Diamantringe für Alexandra, und weil sie selbst genügend Diamantringe im Schrank hatte, waren ihr die Rockstarringe egal. So hätte es mir gefallen. So wollte ich sein, und so war ich nicht. Ich versuchte, in Alexandras Welt klarzukommen, sie lud mich darin ein, sie versuchte ihr Bestes, sie wollte, dass ich bei ihr bin. Ich passte da aber nicht hinein. Alexandra ignorierte das, so gut es ging. Eines Abends gaben Alexandras Eltern ein Dinner nach der Jagd. Ihre Freunde waren aus der ganzen Welt gekommen. Eine Ansammlung hübscher Mädchen, cleverer Jungs. Wer hätte in diesem Club nicht Mitglied sein wollen? Es war die Zeit der Finanzkrise, und ich war überrascht, in welche Zustände dies die Zauberwesen rechts und links neben mir versetzte. Ein pummeliger Junge, Ende zwanzig, Besitzer mehrerer Apartments in London, wünschte sich, die Krise würde noch heftiger zuschlagen. Das würde den Verlust seines Bankerjobs garantieren, und dann bräuchte er nicht mehr jeden Morgen in die Bank zu gehen. Dann könnte er Dinge tun, die ihm Spaß machen. Das Mädchen gegenüber, auf der Attraktivitätskala etwa bei Grace Kelly, sagte, sie würde bald dreißig Millionen erben, und so, wie sie es sagte, klang das nach einer Bedrohung. Sie stocherte im Selleriesalat herum und murmelte vor sich hin. Sie hatte einen großen Wunsch. Sie wollte wissen, was sie machen soll. Ich wusste, was ich machen sollte, wenn ich sie wäre. Ich hätte tausend Einfälle, tausend Ideen, die eventuell nie etwas werden würden. Es war diese Art von Einfällen, die ich später mit Henry in Hotelzimmern besprach, wenn wir beide nicht in der Verfassung waren, Einfälle zu besprechen. Wie später im »Chateau Marmont«, in dem wir uns anschrien, weil die Internetverbindung schlecht war und das Zimmer überteuert. In solchen Momenten schnitt ich Themen wie Zukunft an und erhielt eine Quittung dafür. An dem Abend bei Alexandra begriff ich, dass ich im Zustand des schönen Mädchens mir gegenüber vielleicht auch keine einzige Idee gehabt und weiter im Selleriesalat gestochert hätte. Alexandras Freundinnen waren freundlich zu mir, sie liehen mir

Lippenstifte im Laufe der Nacht, sie stellten höfliche Fragen, doch unsere Kommunikation war so, wie wenn jemand von der einen Rheinseite einer anderen Person auf der anderen Rheinseite etwas entgegenbrüllt. Ich hatte mich angestrengt, Alexandra zu gefallen, ich war auf eine bestimmte Art in sie verliebt, identitätsmäßig. Ich wollte nicht mehr da herkommen, wo ich herkam, obwohl unsere Heimatorte nahe beieinanderlagen. Ich wollte in ihrer Klasse, in ihrer Welt leben und kannte keinen einzigen Code. Am Dinnerabend trug ich ein weißes Satinkleid, knielang, mit Netzstrümpfen. Ich sah gut aus, aber ich sah nicht aus wie alle anderen. Mit anderen Worten, die Gäste dachten, ich gehöre zum Personal, auch weil ich ein paar Stunden Platten auflegte. Ich erntete Blicke von Jungs, die fieberhaft überlegten, ob sie mich vom Internat kennen würden, auf dem ich nicht war, und dann doch beschlossen, ich sei niemand. Menschen aus Alexandras Klasse mochten am Ende ihresgleichen. Oder Menschen, die sie mit Arbeiterklasseallüren amüsierten. Die Mitglieder der Mittelklasse wie mich mochten sie am Ende nicht, denn es waren die ohne Stolz, die unbedingt zu ihnen gehören wollten. Ich hatte es versucht, ich dachte, mich dranhängen zu können. Niemand schubste mich weg, doch genauso wenig nahm mich jemand in die Arme. Ich stand eine Weile dumm in der Gegend, bis ich Henry traf. Von da an hatte ich auf den Partys der ehemaligen Internatsbesucher einen anderen Stand, ich genoss ein bestimmtes Ansehen, auch wenn es nur das einer Krankenschwester war, die wusste, wie man ausgekotzte Galle aus einem Leinenhemd entfernt. Und ich hatte Verehrer. Solche, die mich bewunderten, fragten, wie ich das aushalten würde, solche, die nicht verstanden, wo ich meinen Ärger und meinen Hass auf die Situation abladen würde. Es waren die, die Henry und mein Geschäftsmodell nicht verstanden hatten.

Georg sitzt auf dem Bett. Ich glaube, er schämt sich. Seine Wangen sind geschwollen vom vielen Saufen der letzten Tage. Ich sitze ihm schräg gegenüber, Beine im Schneidersitz. Wir schauen uns nicht richtig an, Georg ist die Sache peinlich, obwohl sie ihm gefällt. Ich kann das sehen. Ich kann es riechen, ich kenne mich damit aus. Georg will reden. Das erleichtert ihn, das macht ihm keine Angst. Georg ist einer der Männer, die Angst vor dem Sex haben, weil sie kaum mehr wissen, wie er geht. Deshalb tut mir Georg leid. Er bemüht sich, er hat doch ein Mädchen abgeschleppt, das erfordert Aktion. Georg bestellt am Telefon eine neue Flasche Champagner und versucht, cool auszusehen. Ich habe ihm im Fahrstuhl nach oben ein paar Hemdknöpfe aufgemacht, das hat ihm gut gefallen, und jetzt sitzt er mit offenem Hemd auf einem Bett. Sein Bauch hängt über der Hose, er ist nicht klein. Ich schaue nicht hin, das wird Georg honorieren.

Soll ich gleich einen Handjob anbieten? Das macht keinen Sinn, ich brauche ja ein Bett zum Schlafen, ich muss die Sache hinauszögern. Sascha hatte mir empfohlen, die Geschwindigkeit zu drosseln. Auch wenn der Typ gleich will.

Sie sagte, ich solle ruhig bleiben, Zeit verstreichen lassen. Nicht durchdrehen. Und dann zuschlagen. So hätte ich die beste Aussicht, ein paar Wochen dabei zu sein.

Ich hätte jemanden wie Sascha früher treffen sollen. Ihre Ratschläge widersprechen meiner alten Vorgehensweise. Ich ging einfach zu schnell mit, wenn jemand mit mir schlafen wollte. Schlimmer noch, ich brachte die meisten Typen dazu, mich abzuschleppen, ich forcierte das Tempo. Wenn es so weit war, machte ich einen Rückzieher und flüsterte demjenigen ins Ohr, ich wäre noch nicht so weit. An Sex, an wirklichem Sex war ich nicht interessiert. Ich tat nur so. Die meisten Eroberungen konnten ihr Pech kaum fassen und forderten wenigstens einen Handjob, nachdem sie schon mal halb nackt auf dem Bett lagen. Nach solchen Episoden duschte ich lange und schrubbte mich ab, obwohl mich nicht mal jemand angefasst hatte. Ich glaube, der Katholizismus war schuld. Ich wollte wissen, wie es wäre, Maria Magdalena oder Catherine Deneuve zu sein, und dann kniff ich, weil ich es einfach nicht war. Der Körper an sich war mir fremd, ich wollte ihn nicht kennenlernen. Schon gar nicht meinen eigenen.

Georg sagt, er will seinen Kopf in meinen Schoß legen.

»Darf ich?« Er dreht seinen Eisbärenkörper in die andere Richtung, sein Kopf liegt auf meinem Schenkel. Das ist keine Sexgeste, die ich kenne. Georg will reden. Er will auf jemandem draufliegen und reden. Ich gehe davon aus, das war sein größter Wunsch. Georg fragt sich, was aus seinem Leben geworden ist und wer ihn zu dem gemacht hat, was er ist. Ich hatte selten Männer gehört, die über ihre Zweifel sprachen, aber Georg scheint besonders zu zweifeln. So stark, dass sein Interesse an Blowjobs versiegt. In meinem Schoß referiert Georg über die Wirtschaft, über die Zukunft, die wir alle nicht haben, nicht mal seine Kinder. Er sagt, er habe mal ein schönes Haus gehabt. Im Grunewald. Darin wollte er sterben, wie ein Patriarch eben stirbt. Umringt von seinen Kindern, betrauert von seiner Frau.

»Nichts ist so, wie ich dachte.« Georg raunzt das heraus und entschuldigt sich gleich bei mir. So hat er das nicht gemeint.

»War ich aggressiv?«

»Nein, warst du nicht.«

Georg dreht seinen Kopf jetzt so weit, dass er mir in die Augen schauen kann. Was soll ich machen? Küssen? Ist es das, was Georg will? Ich lege meinen Mund sehr sanft auf seinen. Ich muss erst mal schmecken, sonst kann ich nicht küssen. Georg öffnet seinen Mund nicht. Wir sind noch nicht so weit.

Schlafen wir gleich ein? Klaue ich Georg dann Geld aus seiner Tasche und haue ab? Ich bringe das jetzt nicht mehr übers Herz. Georg ist nett. Er verlangt nichts von mir. Er behandelt mich gut. Wer sagt eigentlich, das Verhältnis von Konsument und Anbieter muss gestört sein?

Um vier Uhr morgens bestellt Georg die nächste Flasche. Jetzt ist es Zeit für seine Fantasien, Georg sagt, er würde mich am liebsten in Schwarz sehen. Enger Rock, hochhackige Schuhe, das Haar offen. Wir würden in seinem Auto durch Berlin fahren, und er hätte die Hand zwischen meinen Beinen. Dann beginnt Georg zu schnarchen. Bevor er die Augen zumacht, legt er meine Hand auf seinen Schwanz. Angezogen. Das wird meine Einschlafposition. Ich kenne schlimmere.

Gegen zehn wachen wir auf. Georg sieht nicht gut aus. Verquollen, er geht pinkeln, ich tue so, als ob ich noch schlafe. Was ist, wenn er zu denen gehört, die Sex am Morgen wollen?

Ich habe keine Lust, ich ziehe mir die Decke über den Kopf. Ich bin gestern Abend mitgekommen. Das war es, keine Versprechungen, kein Gefühl, etwas tun zu müssen. Ich habe keine Erfahrung mit diesen Momenten. Was ist, wenn nichts passiert ist? Was ist, wenn noch alles kommen soll? Oder nicht? Es gab eine Zeit, in der ich diesen Moment als großen Spaß empfunden hätte. Als Material für mein Leben, als Stoff für lange Nächte, in denen die krassen Dinge unter dem Tisch oder in den Ecken erzählt wurden und man schwören musste, niemandem irgendwas davon zu erzählen.

Ich habe Pause. Georg duscht. Ich liege ausgestreckt auf dem Bett, die Arme ganz nah ran. Ein paar Minuten Pause. Was ist, wenn Georg kommt? Sollte ich nackt sein? Ist das zu früh? Ich habe nichts gemacht, außer betrunken die Hand auf seinen Schwanz zu legen, ich müsste Sascha fragen, ob man das schon berechnet oder ob das als Vorlage gilt. Sascha hatte mir eingebläut, dass ich mich erst zu etwas verpflichtet fühlen muss, wenn es um Miete geht. Wenn jemand mir Miete zahlt. Vorher bedeutet alles nichts. Henry hat mir ein paarmal Miete gezahlt. Widerwillig, aber ich arbeitete ja nicht. Ich gab meine ganze Energie für das bloße Sein aus.

Ich kenne Georgs Laune am Morgen nicht. Ich bin hier wegen ein paar hundert Euro für ein Flugticket. Schön im Kopf behalten. Die Gegenleistung dafür kann nicht hoch sein. Wir sind in Porto Cervo, da sind die Preise anders. Georg setzt sich aufs Bett. Er hat ein Handtuch um sich gewickelt und sieht nicht glücklich aus. Er spricht von der Scheidung, die ansteht. »Ich weiß nicht, ob ich das alles packe.« Sein Blick geht raus, Richtung Meer. Georg sieht in mir die Freundin. Für die Zeit, in der wir auf dem Bett sitzen. Laut Sascha sucht Georg eine Girlfriend-Experience, das Gefühl einer Freundin, die keine ist und in ihrer schwarzen Unterwäsche nach ein paar Stunden wieder verschwindet. Männer wie Georg, das hatte Sascha mir gesagt, suchten danach. Ich könnte es leicht erkennen.

Sie

– gaben kurze Einblicke in ihr emotionales Leben, ohne eine Lösung zu fordern,
– konnten den Gedanken nicht ertragen, bei einer »echten« Prostituierten zu sein,
– brauchten den Human Touch, die Idee, jemand sei freiwillig an ihrer Seite, daher wählten sie nie die allerhübschesten Mädchen,
– würden trotzdem verlangen, das Mädchen solle in bestimmter Unterwäsche vor ihnen auf und ab gehen,
– wollten eine bestimmte Normalität erhalten, der Sex wäre nicht besonders ausgefallen,
– sind nicht auf der Suche nach etwas Langfristigem, auch wenn es so aussieht.

Georg zieht seine Uhr an und legt das Handtuch ab. Ich vermute, das hat Georg jeden Morgen getan. Georg schaut mich nicht an, ich gehe davon aus, ich soll den ersten Schritt machen. Sein Schwanz ist klein, geschrumpft über Nacht. Die Alkoholgeilheit ist verschwunden, das Gesicht trotzdem aufgebläht. Georg streckt seinen Arm aus, den mit der Uhr, und legt die Hand auf meine Schulter. Es ist das internationale Zeichen für »Komm, los geht's«.

Ich kann trampen. Ich kann mich an den Straßenrand stellen und Familien auf Rastplätzen nach Essen fragen. Andere Menschen haben ohne Kreditkarte überlebt. Ich habe keine Lust. Meine Erinnerung der letzten Jahre ist die, dass ich mich mit einem Schwanz beschäftigen muss, der mich in bestimmten Momenten nicht interessiert. Punkt. Entweder sollte ich diesen Schwanz kneten. Oder einen ganz normalen Blowjob machen. Keine Diskussion darüber, denn ich war ja gut darin. Einmal hatte ich mir den Spaß gemacht und Jenna Jamesons Top-Ten-Liste studiert, wie ein guter Blowjob geht. Ich hatte automatisch, ganz von allein, alles richtig gemacht. Ich hätte Unterricht geben können. Nur achtete ich nie darauf, ob ich Lust dazu hatte. Weil ich so gut war, hatte ich mir eingebildet, ich hätte immer Lust darauf. In mir entstand ein merkwürdiger Ego-Verlust, ich tat Dinge, die ich konnte, aber nicht wollte. Lob war im Spiel, Anerkennung, Bezahlung auch.

Ich nehme Georgs Hand von meinem Hals.

»Ich will nicht.« Ich weiß nicht, was ich da sage. Ich gehe die Worte durch. Ich. Und dann will. Und dann nicht. Es klingt geil, hab ich noch nie gesagt. Georg nimmt sein Handtuch und setzt sich neben mich. Es täte ihm leid, er ist aus der Rolle gefallen, er wüsste nicht, was über ihn gekommen sei, er habe so etwas noch nie getan, er fühle sich schuldig, er sei verwirrt, dumm, er leiste sich in der letzten Zeit Dinge, die er nie getan hat. Georg sagt, er will sich entschuldigen. Er greift zum Geldbeutel und nimmt einen Fünfhundert-Euro-Schein.

»Bitte, nimm das.« Er schaut mich nicht an. Ich weiß nicht, wofür ich das Geld bekomme. Für den nicht stattgefundenen Sex, für den angedeuteten Sex, für die nette Gesellschaft, fürs Zuhören, für das kommentarlose Zuhören, für das Aushalten all der Scheidungsgeschichten, für das Kopf-in-den-Schoß-Legen.

Georg zahlt aus Schuld. Ich kann das in seinen Augen sehen. Wir haben dieselben Augen. Ich kenne die Schuld, sie ist diffus. Sie kommt von irgendwo und legt sich auf dich drauf.

Ich will Georg sagen, dass er sich nicht schuldig fühlen

muss, dass wir uns nie mehr schuldig fühlen müssen. Es ist nur so, dass ich die fünfhundert Euro für Easyjet brauche. Und noch einen Kaffee unterwegs.

Henry. Der Impuls anzurufen. Ich habe kein Telefon mehr, vergessen, vielleicht lag es noch auf dem Klo im Crêpe-Restaurant. Oder bei Thomas, irgendwo. Mein Telefon ist mein Leben, und jetzt bin ich froh, es los zu sein. Adressen löschen, Anrufe, Stimmen, alles weg. Henry. Wie sieht er noch mal aus? Nach zwei Tagen und drei Nächten verschwimmt das Gesicht vor mir. Unwahrscheinlich, dass es sich um Liebe handelt. Um was handelt es sich?

Ich kaufe ein Ticket am Easyjet-Schalter in Olbia. Einhundertsiebzehn Euro. Vom Rest kann ich leben. Ich kaufe eine Sonnenbrille, billiger Pilotenstil. Das habe ich von Henry gelernt. Brille aufsetzen, wenn es kritisch wird. Es wird kritisch. Alleine Easyjet fliegen, das hatte ich bisher nicht geschafft. Ich hatte Henry neben mir, und unser vereinter Snobismus hatte uns den Easyjet-Ekel vom Hals gehalten. Wir hatten uns Blicke über andere Fluggäste zugeworfen, die böser nicht sein konnten. In dieser Blase lebten wir, und zu zweit ist es möglich, in einer Blase zu leben. Alleine schwierig. Alleine bin ich mit dem Elend alleine. Blauer Sitz, orangefarbener Gurt. Aus dem Fenster scheint mir die letzte Sardiniensonne entgegen. Ich habe nichts. Keine Wohnung. Keinen Haustürschlüssel, kein Telefon, keine Idee. Alles hat Henry gehört. Der Frühstückstisch, das Bett, die Seife im Badezimmer. Gehört alles Henry. Gabel, Messer, Teller, Lampe, Fernseher. Gehört alles ihm. Einer der Gründe, warum ich mit dem Aussteigen, dem Nichtmehrmitmachen so lange gewartet habe. Ich besitze nichts mehr, außer einem Koffer mit Kleidern, für die ich in der letzten Zeit zu fett geworden bin. Vom Trinken, vom Wenigschlafen, ich hatte viele Kleider nicht mehr in den Schrank gehängt, weil vor allem mein Bauch größer geworden war und die Flecken an den Beinen nicht verschwinden wollten.

Neben mir ein Paar mit Tüten. Zehn Tüten. Vollgestopft. Die Frau hört nicht auf zu reden und raschelt mit den Tüten, der Mann sagt nichts. Keine Kommunikation. Alkoholikerehepaar. Beide tragen diese Röte im Gesicht, diese ungesunde Purpurröte, der Mann hat mit Pocken auf der Nase zu kämpfen. Ich sollte genau hinsehen. Das wären dann wir in zehn Jahren oder nach einem klassischen gesellschaftlichen Absturz.

Wo gehe ich hin? Wo schlafe ich? Die beiden Fragen springen hin und her, als ich im Flugzeug die Augen zumache. Setze ich mich vor die Berliner Sparkasse in der Torstraße? Oder klingle ich bei Leuten, die ich zum letzten Mal auf der Tanzfläche der »Panorama-Bar« gesehen zu haben meine?

Wieso funktionieren meine Beine und Arme noch? Ich hätte vorher schlafen sollen. Doch Georgs Bett schien mir nicht der richtige Ort. Ich wollte keine lange Verabschiedung, ich wollte nicht so tun, als ob sich Dinge zwischen uns entwickeln, dafür fand ich Georg zu nett, und mit den fünfhundert Euro fand ich mich beinahe überbezahlt.

Ich werde von Berlin aus anrufen. Ich werde gefasst klingen. Ich werde sagen, ich komme nicht mehr wieder. Ich werde schreien, ausflippen. So stelle ich es mir vor, so hab ich es mir oft vorgestellt, und so passierte es nicht. Ich habe keine Lust zum Schreien. Mein System gibt keine Energie dafür frei.

Bin ich jetzt schon unten? Oder erst gleich, wenn ich aussteige und der orangefarbene Flughafen Schönefeld mich umarmen will? Oder bin ich unten, wenn ich vor der Berliner Sparkasse Platz nehmen muss, neben dem Mädchen in den alten Margiela-Klamotten? Vielleicht erinnert es sich an mich, ich habe einmal einen Zwanzig-Euro-Schein in seinen alten Filzhut geworfen.

Ich hatte mit Henry kein richtiges Gefühl für das Unten. Jedenfalls nicht so, wie ich es mir als Kind vorgestellt hatte. Aus Mülltonnen essen, unter der Brücke schlafen, eine gegerbte Haut besitzen. Das einzige Unten war ein physisches Unten, gekoppelt an ein psychisches Unten. Das hatte mit dem finanziellen und dem gesellschaftlichen Unten nichts zu tun, diese verschiedenen Arten des Untenseins hatten miteinander nichts zu tun. Das war das Kranke an diesem Zustand. Ich sah das alles nicht als Zustand. Ich sah es als Leben.

Ostwind. Harter Ostwind in Schönefeld. Ist ja klar, dass der mich in Berlin empfängt. Ostwind im Sommer hat etwas Trostloses. S-Bahn Richtung Friedrichstraße. Die Sitze stinken. Ein paar Skinheads glotzen mich an. Ich kann sie verstehen. Ich muss aussehen wie eine Pennerin vom Strand. Aus meinem Haar rieselt noch der Sand vom »Orange Beach«. Ich muss an Sascha denken und an die in Zukunft unbezahlbaren Baumwolllaken, auf denen sie jetzt schläft oder jemandem einen blasen muss, damit sie in der nächsten Woche nach St. Barth fliegen kann. Ich denke nicht schlecht über Sascha. Im Gegenteil, ich mochte sie. Sie war reizend zu mir. Sie hat keinen Ton über meine Augenringe verloren, auch die Flecken auf meinen Schenkeln hatten sie nicht interessiert. Sascha hatte keine Zeit für Be- oder Verurteilungen einer Lage oder einer Person. Leute wie Sascha waren daher die größten Menschenfreunde.

Friedrichstraße, S-Bahn. Pizzageruch. Dönergeruch. Bratwurstgeruch. Willkommen. Ich laufe mal geradeaus. Ich habe keinen Plan. Ich war ein paar Wochen nicht da. Die Stadt ist unwirklich, jetzt, wo alles vorbei ist. Was soll ich hier tun, wenn niemand mein Essen oder meine Rechnungen bezahlt? Fünf Uhr, Nachmittag. Es ist noch warm. Brücke über die Spree, unten im »Grill Royal« ist noch alles dicht, der fertige Friedrichstadtpalast, weiter, nicht stehen bleiben, niemanden treffen, »Tacheles«, Touristenbusse, ich schlängle mich durch, niemand sieht mich, niemand erkennt mich, bestens, Torstraße, Richtung Berliner Sparkasse. Ich habe keine EC-Karte, ich habe noch 363 Euro, Flugticket bezahlt und einen doppelten Espresso in Porto Cervo für zwanzig Euro, den hatte ich mir noch gönnen müssen. Ich sollte hamstern, haushalten, rechnen, viel ist das nicht, selbst für Berlin. Vielleicht kommt doch bald ein Schwächeanfall. Dann würde ich mich für ein paar Tage in die Charité legen, bis die merken, dass ich simuliere. Was passiert dann eigentlich? Müsste ich in ein Heim? Für Leute wie mich gibt es so was nicht, aber es wäre keine schlechte Geschäftsidee. Die Stadt, die Welt ist voll von Frauen wie mir. Wir unterscheiden uns nur durch den Zeitpunkt des Ausstiegs und durch die Beträge, die wir einspielen und erwirtschaften. Erfahrungsgemäß ist unsere Karriere in einigen Ländern einträglicher. Sascha hatte mir erzählt, welche Summen die Mädchen abräumen, einige würden sich einfach weigern, bei ihrem Typen wieder auszuziehen, und dafür gäbe es eine Art Abfindung. Sascha versicherte, die liege im sechsstelligen Bereich. Davon konnte ich nur träumen. Ich hatte den Fehler deutscher Mädchen oder Frauen begangen. Ich hatte einfach zu wenig Geld für zu hohe Leistungen verlangt. Das war eine Art, die Sache zu sehen. Die andere: Ich hätte früher aussteigen sollen. Nach drei Tagen.

Doch das gelang mir nicht. Ich sah die Chance meines Lebens vor mir, eine Haut abzustreifen. Jetzt stand ich ohne da.

Natalies Name steht an der Klingel. Hingekrakelt wie eh und je. Natalie wohnt nicht weit von der Berliner Sparkasse. Ich war in die Richtung gelaufen, aber ich hatte mich nicht getraut, am Geldautomaten nachzusehen. Ich fürchtete einen Nervenzusammenbruch, falls das Bettlermädchen vor der Tür gesessen hätte. Ich hatte mich eine Minute vor die Stufen des Edeka-Marktes in der Torstraße gesetzt.

Natalie war die Einzige, der ich jemals vertraut hatte, in dieser ganzen merkwürdigen Welt. Die Sache mit Henry war mir egal. Falls es überhaupt eine sogenannte Sache zwischen den beiden gab. Ich hatte keinen Beweis, wusste nichts, kein Foto oder so. Es war eventuell mein eigener Wahnsinn. Die Möglichkeit bestand. Im Flugzeug hatte ich die Idee, bei Klaus zu klingeln. Nach ein paar Sekunden verschwand meine Lust darauf. Ich wollte nicht reden oder erklären, ich wollte Klaus' Ideen über Männer und Mädchen nicht mehr hören. Das trieb mir die Kotze hoch. War alles falsch. Warum? Wegen der Verzweiflung, wegen der Unterwerfung, wegen der Angst? Die Nacht mit Klaus war keine, aus der ich Kraft geschöpft hatte. Sie hatte mich Kraft gekostet. Ich hatte bei Klaus Trost gesucht und keinen Sex. Deshalb war der Sex entsetzlich. Unangenehm. Ich glaube, für beide, ich wollte Klaus nie wiedersehen. Ich hatte seine Theorien befolgt. Über Schlampen, Mädchen und Hinterfotzigsein. Sie stießen mich näher an den Abgrund.

Ich wollte auf einem Küchenboden sitzen und die Schnauze halten. So fiel mir Natalie wieder ein. Sie verurteilte nicht. Sie hatte nie verurteilt, selbst in den nuttigsten, ekelhaftesten Momenten. Ich hatte ihr das nie angerechnet. Ich konnte es nicht sehen. Vielleicht erst jetzt. Auf den Stufen von Edeka. Allein. Andere Möglichkeit: Ich hatte seit zwei Tagen nichts getrunken. War mir nicht aufgefallen. Ich hatte das Trinken vergessen. Ich spürte keine Sucht, kein Verlangen, mir eine Flasche Weißwein an den Hals zu hängen. Ich fühlte mich lächerlich ohne das Trinken. Nutzlos, ich kannte die Stimmung gar nicht mehr. Es war möglicherweise eine gute Stimmung, stabil, keine, die ständig umkippte. Ich hatte im Flugzeug bemerkt, welche Klamotten ich eigentlich trug. Jeansshorts, halb kaputt, T-Shirt mit zwei kleinen Flecken am Busen, dazu Schuhe mit einem Sieben-Zentimeter-Absatz. Um so ein Oufit zu tragen, muss man besoffen sein. Oder Nymphomanin.

Natalie hat mich nicht erwartet. Ihre großen russischen Augen können hart sein, ohne Mitgefühl.

»Was willst du?« Natalie steht im Türrahmen und sieht atemberaubend aus. Sie trägt einen weißen Bademantel und ein weißes Handtuch als Turban gewickelt. Natalie hat diese lange Liste von Schönheitsritualen, die Stunden dauern. Kuren, Lotionen, Masken. Ich habe sie offenbar mittendrin unterbrochen, doch das ist nicht der wahre Grund für Natalies fehlende Zuneigung. Als wir uns zum letzten Mal sahen, hatte ich sie als Fotze bezeichnet und ihr danach meine Nägel in den Oberarm gerammt, danach hatte ich sie beschuldigt, mit Henry zu ficken. Natalie hätte sich anders verhalten können, aber ich war diejenige, die durchgedreht war, und weil ich oft gesehen hatte, wie Natalie durchgedreht war, dachte ich, das sei okay.

»Du hast krasse Dinge gesagt.« Natalie verschränkt die Arme, sie bittet mich nicht hinein. Ich erinnere nur die Hälfte.

»Du bist durch halb Berlin gerannt und hast über mich hergezogen.«

Natalies blaue Russenaugen machen mir Angst. So kannte ich sie nicht. Sie war immer umzustimmen, wenn jemand in ihrer Umgebung zu weinen begann. Jetzt nicht.

Ich weine nicht. Ich weiß nur nicht, wo ich anfangen soll mit dem Zurückdenken, dem Zurückgehen. Wo fing es an? Wann genau begann ich, mich abzumelden und meine Freundinnen als Fotzen zu bezeichnen? In den Nächten fühlte ich mich oft als abgestumpftes, räudiges Tier im Gewand einer Partymaus. Wobei selbst dieser Begriff nicht korrekt war. Party würde Ausgelassensein bedeuten. Maus würde Süße, sogar Unschuld bedeuten. Ich besaß bald nichts mehr von beidem. So gesehen konnte ich mich eher zur Kategorie der Substanzenhyäne zählen: schlecht draufkommen auf Kokain, dann unangenehm lachen. Ich hatte gelesen, je lauter Hyänen lachen, desto beschissener fühlen sie sich.

»Ich weiß nicht, wo ich bleiben soll, bin abgehauen.«

Ich starre auf meine Füße, meine Zehen bräuchten Pediküre. Ich lenke mich mit dem Gedanken ab, die Sache ist peinlich. Mehr als das. Dieser Moment ist das Unten schlechthin. Aufgabe. Alles hingeworfen. Jeden Glaubenssatz in den Dreck werfen müssen. Alles endet vor einer Wohnungstür nahe der Berliner Sparkasse. Da stehe ich jetzt.

Natalie schaut mich an. »Was heißt abgehauen?« Ich hatte das öfter getan, sie hatte keinen Grund, mir Glauben zu schenken, alles könnte nicht gleich wieder so werden wie vorher. Das war unsere alte Disziplin, die wir wie kein anderer beherrschten. Wir beschwerten uns, wir rasten, wir keiften über unsere jeweiligen Freunde, die sich schlimm benahmen. Dann, nur wenige Stunden später, schienen wir glücklicher, als es die Polizei erlaubt, denn unsere Freunde hatten sich für Dinge ganz nett und süß entschuldigt, die im Prinzip unentschuldbar waren, aber da sie es süß und nett getan hatten, drückten wir beide Augen zu, ja klopften uns sogar gegenseitig auf die Schultern, wie süß und am Ende doch einsichtig unsere Freunde schienen. Wir waren Blinde, einer blinder als der andere, die sich gegenseitig durch komplett hoffnungslose Situationen zu manövrieren versuchten. Falls das nicht klappte, keiften wir uns dann gegenseitig an. So ging das über Jahre. Wir sahen keinerlei Sucht. Weder in uns, immer wieder diesen Kreislauf extrem geil zu finden, noch die Sucht unserer Freunde, denen wir mit unserer Sucht halfen, die ihre aufrechtzuerhalten. Das Gute an Natalie und mir: Wir trugen dieselbe Schuld, wir trugen dieselbe Last.

Natalie erinnert sich daran und nimmt den Handtuchturban ab.

»Setz dich«, sagt Natalie und beginnt, einen Tee aufzusetzen. Natalie sagt, ich soll schlafen. Ich sähe beschissen aus. Ich nehme ihr das nicht übel. Sie hat recht. Wir sollten nicht reden. Nicht jetzt. Natalie hat mir ein Bett auf ihrem Sofa gemacht. Es duftet gut, sie legt großen Wert auf Weichspüler, der nach irgendetwas riecht.

»Ich würde ihn nicht anrufen.«

Sie steht mit dem Rücken zu mir. Ihr nasses Haar tropft. Sie schaut raus auf die Bergstraße, ihr Gesicht wird von einer Laterne da draußen angestrahlt.

»Nein, mach ich nicht. Sag mal …«

»Was willst du fragen?«

Ich wollte nicht. Aber es war an der Zeit. Ich druckse nicht herum. Wenn alles in Trümmern liegt, verflüchtigt sich jede Angst vor einer Antwort. Ich hatte mir oft überlegt, ob ich Natalie einfach anrufen sollte und sie geradeheraus, ohne Abschweifungen fragen sollte. Ich traute mich nicht, und das machte mich rasend, noch wütender auf Natalie, obwohl ich die Antwort nicht kannte. Eines Abends in Porto Cervo war ich kurz davor gewesen. Ich saß auf einem Ledersofa, trank den fünften Wodka und schaute Henry beim Glotzen zu. Er hatte gerade einer fetten Brünetten einen Drink gekauft, ziemlich sicher, um mich zu ärgern. Ich warf einen Eiswürfel in seine Richtung, und das fand Henry nicht gut. Er drehte sich um, ich sah Hass in seinem Blick, hatte ich vorher nicht gesehen, den Blick. Ich glaube nicht, dass er mich hasste, nicht mich persönlich. Er hasste die Unterbrechung in seinem Prozedere, in seinem Flow, sich alles zu erlauben, Verantwortungen abzugeben. Ich störte ihn bloß dabei, aber das war nichts Persönliches.

Ich will fragen. Ich will, es ist nicht einfach.

»Hattest du was mit Henry?« Ich füge dieses sinnlose »Du kannst es mir sagen« hinzu und würde mir ab jetzt gern die Ohren zuhalten. Ich würde es verstehen, ich würde es nicht verstehen. Ich hatte kein eindeutiges Gefühl mehr dazu. Es war mir abhandengekommen in all den Jahren, klare Gefühle, klare Ansagen, Klarheit überhaupt. Ich hätte nicht mal mehr zwischen Mars und Snickers wählen können.

Natalie dreht sich um. Ihr Haar hängt in Strähnen herunter.

»Was glaubst du denn?« Ich sage nichts. Ich schäme mich, woher kommt das jetzt?

Natalie hat die Schnauze voll. Was ich mir denke. Was ich jemals dachte. Nach all den Jahren, die wir hinter uns hatten, nach all den schlimmen Nächten, nach all den sensationellen Nächten, da müsste ich geistesgestört sein, auch nur anzunehmen, sie hätte mit Henry geschlafen. Natalie sagt kein klares »Nein«, dazu ist sie zu aufgewühlt.

Wir hatten beide in dieser Gesellschaft gelebt. Dort passierten diese Dinge nicht nur, sondern die Leute erwarteten sie sogar voneinander. Ja, sie schienen sogar genau aus diesem Grund Mitglied dieser Gesellschaft geworden zu sein. Es hatte etwas Masochistisches, gepaart mit einem wissenschaftlichen Interesse. Die Versuchsanordnungen waren überschaubar, und der beliebteste Versuch lautet wie folgt: Was passiert, wenn ich in zwei bis drei Nächten in der Woche Kokain nehme, Kontrolle abgebe und schließlich mit der nächstbesten Person schlafe, die Ähnliches tut? Mitglied dieser Gesellschaft zu sein bedeutet ein Spiel mit Kontrolle, Verantwortung und deren Abgabe. Und das vierundzwanzig Stunden. Die Teilnehmer an den Experimenten hatten sich freiwillig dazu entschlossen. Es gab keine Schuldzuweisungen später. Das alles war in völliger Abstimmung und mit Zustimmung passiert. Natalie sagt, ich soll schlafen. Sie will jetzt nicht reden. Lieber morgen. Ich tue, was Natalie sagt. Es fühlt sich richtig an. Wenn ich morgen aufwache, weiß ich nicht mehr, wer ich bin. Ich sollte mich darauf freuen.

Natalie war verschwunden aus alldem. Sie hatte niemanden mehr aus der alten Clique gesehen. Von heute auf morgen. Niemand wusste, wohin sie abgetaucht war. Ich nahm an, sie wollte nicht mehr, sie hatte keine Lust mehr auf die Kaputtheit. So lebte Natalie. Sie haute ab, und niemand wusste, wohin, das kannte ich von ihr. Und von mir, kein Grund, sie zu beschuldigen. Sie hatte ein paar Orte in ihrem Leben verlassen. Ruck, zuck. Das machte Natalie zu einer Expertin. Sie hatte ein paar Wohnungen hinter sich gelassen, komplett eingerichtet. Sie hatte Männer hinter sich gelassen, die mich damals anflehten, Natalies Nummer rauszurücken. Alles an ihr war anders. Ich hatte letzte Nacht Fotos gesehen, auf denen Natalie einen Blazer und eine große Kette trägt. Ihr Haar war fest nach hinten gebunden, sie sah aus wie eine strenge Bibliothekarin. Ich konnte die alte Natalie nicht mehr finden. Die Natalie aus der Toilette, die Natalie, die nicht aufhören konnte, die Natalie, die über eine Woche im Bett blieb, die Natalie, die mich auf den Mund küsste, wenn nichts mehr ging.

Kaffee am Morgen. Natalie und ich sitzen uns an einem Holztisch gegenüber. Niemand ist geschminkt. Niemand ist betrunken, verkatert oder sonst was. Ich trage einen alten Bademantel von Natalie, natürlich mit Weichspülerduft. Natalie ist schön. Sie trägt einen Pyjama, ihr Haar ist streng nach hinten gekämmt. Wäre ich ein Mann, ich würde sie hier im Schlafanzug heiraten.

Wir kommen uns nicht nahe. Vielleicht später, in ein paar Jahren, können wir uns umarmen. Natalie ist eine von den Lieben meines Lebens. Mir ist das klar. Wir teilen dieselben Idiotien. Was wir beide nicht können: bleiben. Und gehen. Wenn es an der Zeit ist. So würde ich die letzten Jahre zusammenfassen. Warum kann ich Natalie lieben, aber mich nicht? Vor allem, wenn wir dieselbe Person sind.

»Was willst du jetzt machen?« Natalie beißt in ein Knäckebrot und schaut ernst. Das Wort Arbeit kommt mir nicht über die Lippen.

»Ich dachte an eine Übergangslösung.«

Natalies Augenbrauen schnellen nach oben.

Was soll das sein? Mir ist das Wort nur so eingefallen.

Ich spreche mit Natalie nicht über Henry. Ist mir peinlich. Ich will nicht sprechen, ich will das Problem, diesen Ritt der letzten Jahre nicht mehr nach außen tragen. Ich will nicht schreien. Jetzt wäre ein guter Zeitpunkt, in den Knast zu gehen. Angenommen, ich müsste dahin. Ich brauche Zeit. Warum fehlt mir der Geruch von Henrys Nacken denn gar nicht, warum fehlt mir sein Schwanz nicht, sein schönes Gesicht, seine Zehen, die nicht gerade stehen? Warum muss ich nicht weinen? Warum musste ich vorher weinen? Und dann nicht mehr. Ich lege mich auf den Holzboden in Natalies Küche. Hatten wir wirklich existiert? Ich kann es nicht sagen. Wir waren ein Märchen, und jetzt ist der eine ohne ein Leben, und der andere liegt betrunken irgendwo in der Welt.

Ich bin drin. Mittendrin. Ich hatte sie gefürchtet, über all die Jahre. Ich hatte »Doris'Trinkstube« aus den Augenwinkeln betrachtet wie ein komisches Tier. Es würde mich fressen, wenn ich nicht aufpasste. Jetzt stehe ich da, neben dem Tier. Fertig zum Schnapsverkauf. Natalie hatte mich angeglotzt, als ich ihr von meiner Idee erzählte. Fassungslos. Ich fand die Sache vernünftig. Hier konnte ich untertauchen, so gut es ging.

Die Tür klebt beim Aufmachen. Ich werde alles anfassen, was ich anfassen muss. Geruch am Eingang: Putzmittel, Schweiß, Alkohol. Mein Vater würde in so eine Bar gehen. Dort hatte er die Wetten laufen, mit mir. Einmal war er stolz auf mich und hat seinen Saufbrüdern erzählt, seine Tochter wäre in einer großen Sonntagszeitung. Der Gewinn war ein Kasten Bier, den mein Vater ohne Probleme gewonnen hatte. Aus irgendwelchen Gründen war von mir und Henry ein Foto in der *Bild am Sonntag* gewesen, wir standen auf einer Party rum und lachten, als jemand abdrückte. Meine Augen waren nur halb offen, aber ich lachte und sah ein wenig dumm und beschwipst aus. Das gefiel dem Fotografen sehr.

Den Typen am Tresen schau ich mir von hinten an. Graue Strippenfrisur, zerzaust, nicht gewaschen, was hatte ich denn erwartet? Franziska oder Doris, die Besitzerin. Sie lässt die spitzen Fingernägel über die Flaschen gleiten. Ganz, ganz sanft, als ob sie ein Tier streichelt. Das kann ich mir schon mal abgucken, so verkauft man Schnaps. Franziska oder Doris nimmt ein eisgekühltes Schnapsglas und sagt, sie war gestern im Seniorenheim. »Da is es richtig unten.« Der graue Zottelhaarmann nickt, draußen geht jemand vorbei und winkt. Er trägt eine Jacke mit der Zahl 1963. »Kenn ick nich«, sagt Zottelmann. Das ist jetzt meine Welt. Da stelle ich mich jetzt drauf ein. In ein paar Monaten rauche ich Kette und denke an nichts mehr, alle meine Kleider stinken. Aber hier bin ich sicher.

»Katharine«, sagt Katharine, die nicht Doris heißt. Ihre Hand ist dürr, langes Haar im Kneipenlicht brünett, ich glaube, schwarz.

»Pass mal auf. Du übernimmst die Nachmittagsschicht, da ist nicht viel los«, sagt Katharine. Ihr ist das recht, sie muss irgendwas mit der Krankenkasse klären und mal weg.

»Was soll ich machen?«

»Bloß einschenken. Nicht zu voll.«

Kommt eine Panikattacke? Herzrasen, ich bin doch nüchtern. Ich kann das nicht machen. Nachts um vier hatten wir so oft über so etwas geredet. Du musst durch die Dinge durchgehen, und dann bist du stärker als vorher. Mein System reagiert so nicht mehr. Ich bin nicht stärker. Ich wackle. Aber ich bin noch nicht tot. Gutes Verzweiflungstraining.

Katharine hat mir kaum Anweisungen gegeben. Ein Mädel wie ich würde das hinbekommen. Glas hinstellen, reinschütten, nachschenken. »Das ist es.« Ich weiß nicht, ob Katharine das als Kompliment gemeint hat.

Punkt drei steht ein Typ im Anzug am Tresen. Er hat seinen Freund mitgebracht. Die beiden sehen ganz vernünftig aus. »Wo ist denn Matze?« Der Freund schaut sich um. Ich hab keine Ahnung, wer Matze ist. Ich weiß nur, der Alkoholiker mag nicht, wenn sich die Umstände plötzlich ändern.

»Der hat heute frei.« Ich stemme die Hände in die Hüften, patent sein ist immer gut bei Säufern.

»Katharine war eben hier.« Der Anzugmann schaut nicht beeindruckt. »Und wer bist du?«

»Ich bin Eva.«

»Eva mit E.«

»Ja, so sieht's aus.«

»Ja, Eva mit E, mach uns mal zwei Wodka Tonics, und dann sehen wir weiter.«

Das ist kein Problem. Ich hab Schwierigeres gemeistert. Zwei Flüssigkeiten zusammenschütten, das kann ich. Der Freund vom Anzugmann schaut, wie sich mein Busen bewegt, wenn ich die Arme hebe.

»Ich würde sagen, sehr gut!« Der Anzugmann nippt.

Frauen, sagt der Anzugmann, verirren sich nie hierher.

Höchstens als Gast. »Aber mit besoffenen Frauen sprechen wir nicht.« Der Freund vom Anzugmann kommt jetzt ganz nah ran. Müsste mir unangenehm sein. Ist es aber nicht. Ich reagiere auf Fahnen anderer Leute nicht mehr. Sie fallen mir allerdings wieder auf. Meine Nase hat sich erholt.

»Wir können dich nicht zu was einladen, richtig?«

»Später einmal.« Ich bin ganz höflich. Distanz ist besser, sonst will jemand gleich küssen.

Ich kenne die nächsten Minuten, sogar Stunden. Die Typen reißen sich erst zusammen. Sie werden mir sagen, sie haben einen Job in Aussicht. Was sehr Geiles. Ausgefallenes. Ich werde nicken und sagen, wie toll ich das finde. Der Anzugmann sagt, er wird kommen, bis der Job anfängt. Um die Zeit zu überbrücken. Jeden Tag.

»Darauf kannst du dich einstellen.« Ich befürchte, der Freund ist der Unkontrollierbarere, ich befürchte, er wird der Erste auf allen vieren sein. Auch Pinkeln in der Bar schließe ich nicht aus. Der Anzugmann traut sich jetzt endlich.

»Sag mal, was macht ein Mädchen wie du überhaupt hier?«

»Ich arbeite hier. Als Übergang.« Ich spüle ein Glas nebenher. Das Wasser müffelt.

»Ein Übergang? Wohin? Warst du im Knast?« Der Freund lacht laut.

»Nicht direkt …«

»Schau mal, hinterm Tresen steht eine Kriminelle!«

Die beiden bekommen sich kaum ein. Ich muss lachen. Ich muss schlimm lachen, beinahe irre. So hab ich nicht gelacht seit 2006. Fast peinlich. Warum geht das erst in »Doris' Trinkstube«? Hätte ich das früher gewusst.

»Ich bin obdachlos.«

»Ich glaube dir kein Wort«, sagt der Anzugmann.

»Auf dich wartet doch ein Typ. Ich weiß, wie Frauen aussehen, die einen zu Hause haben.« Der Anzugmann täuscht sich.

»Was ist dein Beruf?«

»Ich hab keinen.«

Der Freund vom Anzugmann wird jetzt grob.

»Du lügst doch, Schatz.«

»Lass mal, das Mädchen muss uns nichts sagen.«

Der Anzugmann, der Freund und ich. Es gibt keinen Unterschied. Wir haben alle drei versagt. Wir sind alle drei abgehauen. Da müssen wir uns nichts vormachen.

Ich mache die nächste Runde fertig.

»Komm, jetzt trink einen mit. Als Einstand«, sagt der Anzugmann.

Warum nicht. Es ist Nachmittag. Ich muss an Henry denken. Wo er wohl liegt? Oder steht? Ich kann mich nicht mehr an sein Gesicht erinnern, das finde ich komisch. Das ging schnell. An was kann ich mich erinnern? Was ist mit dem Schmerz? Ist der noch da? Ich check mal. Was für ein Schmerz ist es? Dumpf, Organ weggerissen. Phantomschmerz. Ich war in einen Alkoholiker verliebt. Das kann passieren. Nur, warum lernte ich den Alkoholiker nicht kennen? Die lassen sich nicht kennenlernen. Ich kannte Henry nicht. Nach ein paar Tagen ohne ihn konnte ich nicht mal sagen, wie er vom Bett zur Küche ging. Oder wie er einen Fernseher anmachte. Ich wollte das so. Ich wollte die Anonymität zwischen uns. Deshalb hatte ich ihn ausgewählt. Nicht er mich. Ich war mitschuldig an seiner Oberfläche, ich sah in Henry so lange einen verzweifelten Socialite mit einem schönen Gesicht, bis er sich schließlich so benahm. Dagegen kam er nicht an und gab schließlich auf. Ich hatte es gut, ich konnte mich bei den anderen beschweren, einen verzweifelten Partymann zu

Hause zu haben. So hätte das noch Jahre weitergehen können, wenn mein Körper das mitgemacht hätte. Ich hatte eine ganz genaue Vorstellung von Henry, und da ließ ich ihn nicht mehr raus. Ich lud ihn quasi ein, Dinge zu tun, mir anzutun, ich forderte sie beinahe von ihm, damit ich etwas merkte, das wehtat. Das war auf meiner Gefühlsskala immer ganz oben gewesen. Schmerz spüren. Nummer zwei war Beleidigtsein. Glück, die Sucht oder die Jagd nach Glück, die andere immer als ihr großes Problem sahen, war mir nicht bekannt. Ich jagte nach Extremen. Ich mache für den Anzugmann und den Freund einen Wodka Tonic zurecht. Ich trinke einen mit. Immer dasselbe wie der Gast trinken. Das kommt gut an. Der Anzugmann beginnt, über die Leute zu plaudern, die früher »ganz oben dabei« waren. Da höre ich zu.

Das war doch ich. Ich dachte, ich wäre es. Uns ging es gut. Wahnsinnig gut. Geradezu lächerlich gut. Ich war in dieser ganzen Zeit mit Henry nicht ein Mal dankbar für das, was ich hatte. Für das Leben in den anderen Städten, für die Reisen, für diese Ausblicke von Bergen oder aus Hubschraubern. Ich hatte immer diese Brille auf, diese Brille aus schlechter Laune, ich sah nicht richtig, ich hatte keine Sehschärfe, ich war blind. Einmal flogen wir über den Himalaja. Wer fliegt schon in seinem Leben über den Himalaja? Ich sah den Himalaja nicht, obwohl ich doch drüberflog. Ich sah den anderen Film, bestehend aus Nervosität, Angespanntsein und Wut darüber, dass ich den Himalaja nicht sehen konnte. Da konnte niemand was dafür, nicht mal Henry. Die Entscheidung, diesen Film zu sehen und eben nicht den Himalaja, die würde mir niemand abnehmen. Ich hatte sie ganz alleine gefällt. Wie es dazu gekommen war, warum ich diese Entscheidung traf, davon hing alles ab. Davon würde alles abhängen. Ob ich noch mal ein Leben haben würde oder nicht. Ob ich mir von anderen die Sicht verbieten lassen würde oder nicht. Beim Gläserspülen, vor dem Anzugmann stehend, wird mir das jetzt klar. Wenn ich den Film nicht abstelle, und zwar am besten schon nach den ersten Minuten nach seinem Beginn, sehen meine Augen tot aus und wollen auch nicht mehr glänzen.

Der Anzugmann kennt das. Da bin ich sicher. Er wird sich ähnlich wie ich ruiniert haben. Selbst, von ganz allein. Er stand an ähnlichen Haltestellen, so sehen seine müden Augen aus. Der Anzugmann und sein Freund erklären mir jetzt, ab heute wäre jeder Tag mein Glückstag. Sie würden für mich, und nur für mich, jeden Tag frisch geduscht um drei vor der Bar stehen. Und sich dann so gepflegt wie möglich vor mir betrinken. Ich weiß, das ist ein großes Alkoholikerkompliment. Das habe ich in all den Jahren gelernt, der echte Säufer lässt sich nur vor Menschen gehen, die er mag. Eventuell sogar liebt. Er fragt die Menschen nicht, vor denen er sich präsentiert oder auf den Boden pinkelt.

Gegen fünf. Jetzt kommt der nächste Schwung. Der Anzugmann hat angekündigt, seine Freunde kommen vorbei. Er stellt sich jetzt vor die vier Typen, die neu dazugekommen sind, und hält einen zehnminütigen Vortrag über mich. Wenn mir jemand blöd kommt, wird er persönlich dazwischengehen. Der Anzugmann ist noch nicht fertig mit dem Vortrag. Er sagt, ein Mädel wie ich hat es nicht nötig, hier zu stehen. Er will das nur mal gesagt haben. Ich kann mich nicht erinnern, wann mich jemand das letzte Mal verteidigt hat.

Ich spreche mit jedem und stelle mich jedem vor. Viele Männer sind das nicht gewöhnt, ich glaube, höchstens dumpfe Blicke, wenn sie neue Drinks bestellen. Niemand erkundigt sich nach dem toten Hund oder der toten Katze. Eine Katze heißt Anton. »Na, wie geht's denn dem Anton?«, sage ich zu einem der Freunde vom Anzugmann. Der Anzugmann ist gerührt. Stellvertretend.

Gegen acht ist der Anzugmann der Überzeugung, die ganze Bar muss gemeinsam für mich einen Ehemann finden. »Von uns kann es keiner sein. Wir sind doch Vollalkoholiker!« Der Besitzer hat mich gewarnt. Wenn ich eines Tages gehe, werden das einige nicht so leicht wegstecken. Was ist mit mir? Vielleicht stecke ich es auch nicht besser weg.

Meine Erfolgsschiene reißt am anderen Tag nicht ab. Der Anzugmann und der Freund öffnen als Erstes ihr Jackett. Sie haben neue Hemden gekauft.

»Nur für dich.«

Der Anzugmann traut sich danach endlich, eine Frage zu stellen.

»Warum bist du am späten Nachmittag immer traurig?«

»Findest du, ich sehe so aus?«

Der Anzugmann sagt, ihm ist das aufgefallen. Da muss ein Typ dahinterstecken.

»Ich sehe ihn nicht. Aber ich habe das Gefühl, er steht neben mir. Er spricht zu mir. Verstehst du?«

Der Anzugmann muss denken, ich bin verrückt. Die Umgebung beginnt, auf mich abzufärben. Das kann meine Antwort nur bedeuten. Gut, dass Henry sie nicht sehen kann. Der Anzugmann sagt, er hat Respekt vor Leuten, die solche

Dinge zugeben. Er kann Menschen verstehen, die sich an Menschen erinnern, die sich zu Tode saufen. »Du darfst ihn nicht wegschicken. Denn er kommt wieder. Er bleibt bei dir.«

Ich arbeite eine Woche jeden Tag. Nach einer Woche fange ich an, Routine zu mögen. Ich trinke keinen Tropfen. Ich verstehe trotzdem jeden. Ich habe eine Ausbildung, die ich anwenden kann. Ich habe ein Leben. Abends koche ich mit Natalie, wir reden nicht mehr über früher. Morgens schlafe ich lange, um zwölf gehe ich in die Kneipe zur Arbeit. Meine Flecken sind verschwunden. Jetzt kann es gut werden.

Dank für den Titel *Giraffen* an Darius Ghanai.

THANKS

Ferdinand Zapp, Berta Zapp, mom&dad, meine Familie, Rainer Schmidt, Adriano Sack, Kristin Rübesamen, Dorothée Steigleiter, Andreas Oster, Dagmar von Taube, Nancy Bachmann, Esma Dil, Donald Seibert, Crackers, Los Angeles, Kundalini Yoga, Andrea Emmerich, Guru Singh, Tej, Inga Humpe, Brian Jespersgaard, Patrycja Pappelbaum, Frédéric Beigbeder, Leni Ohngemach.